INSTINCT FURIEUX

Le Livre de Megan
Tome 1

MELISSA HAAG

À tous ceux qui sont prêts à donner sa chance à un nouveau livre :
Merci !

À tous ceux qui ne l'étaient pas :
Mes lecteurs dingues et incroyablement dévoués finiront par vous convertir.
Bienvenue à vous !

INSTINCT FURIEUX

J'ignore ce que je suis, mais je sais que je ne suis pas humaine.

Les sautes d'humeur de Megan la conduisent à l'académie Girderon, une école exclusive fondée dans une ville peuplée de créatures surnaturelles marginales. C'est le seul endroit où elle devrait se sentir à sa place, mais elle n'y parvient pas. Pire encore, elle meurt d'envie de coller son poing dans la figure du shérif prétentieux, de tirer les cheveux d'un groupe de blondes trop possessives et d'embrasser le garçon timide. Malheureusement, elle ne peut rien faire de tout cela, parce que des humains commencent à mourir et que tous les indices l'accablent.

Alors que le tempérament volcanique de Megan fait des siennes, le temps qu'il lui reste pour trouver le véritable meurtrier et pour laver son honneur s'amenuise. Elle a beau rêver de retrouver sa propre vie, elle doit s'abandonner à sa véritable nature. C'est le seul moyen de retrouver et de punir la créature responsable.

CHAPITRE UN

Dans les bruits sourds et rapides de mes pas sur le ciment, je chassai du trottoir les autres élèves, m'éloignant du lycée en courant. Je devais rentrer à la maison avant maman.

— Ce n'était pas ma faute cette fois, marmonnai-je dans ma barbe.

Je fonçai et tournai au croisement, me frayant un chemin jusqu'à chez moi au pas de course.

— Elle m'a poussée contre les casiers. Qu'étais-je censée faire ?

Je savais ce que j'aurais dû faire. Ne pas me battre. Mais mon tempérament ne m'écoutait jamais. Pourquoi ne pouvais-je pas être comme tous les autres de mon âge ? Être soupe au lait sans ressentir de colère irrationnelle ?

Je secouai la tête tout en bondissant par-dessus un gamin sur son tricycle. Sa mère brailla depuis leur porche. Le regard qu'elle me jeta raviva ma mauvaise humeur.

— Il va bien ! hurlai-je. Vous devriez peut-être lever vos fesses et rester à côté de lui si vous ne voulez pas qu'on lui saute par-dessus !

Mais j'étais déjà quatre maisons plus loin quand je terminai mon coup de gueule et je doutais qu'elle ait entendu plus que « il va bien ».

Concentrée à nouveau sur ce que je prévoyais de raconter à ma mère, je rejetai ma première approche.

— Allez, Megan. Tu peux faire mieux que ça, me dis-je. Je ne faisais qu'appliquer le règlement anti-harcèlement de l'école. J'ai vu cette fille racketter les autres pour leur argent de poche du déjeuner et j'ai simplement employé des mots pour l'arrêter.

J'acquiesçai. Ça m'avait l'air bien. Je mettrais en avant le fait que je m'étais d'abord servie de la parole et non pas de mes poings.

— Elle n'a pas apprécié que je prenne la défense de ses victimes et elle a essayé de me plaquer contre les casiers.

Je pourrais gagner, avec ça. Serait-ce suffisant pour m'éviter d'être privée de sortie parce que le lycée m'avait suspendue pendant une semaine ? Probablement pas. Je courus plus vite. Si je rentrais à la maison avant maman, je pourrais effacer tous les messages que la secrétaire avait laissés sur le répondeur.

Encore une autre personne que j'aurais aimé frapper au visage, et pas seulement à cause de son ton condescendant quand elle m'avait adressé la parole aujourd'hui. Quelque chose chez elle m'avait pris à rebrousse-poil dès le premier jour, et ça n'avait fait qu'empirer durant tout le mois que j'avais passé à Parkerville High.

Sans même être essoufflée à cause de ma course, je m'arrêtai devant chez moi, à seulement sept pâtés de maisons du lycée. Comme un présage de ma mauvaise fortune, la voiture de sport rouge étincelante de ma mère était garée au bord du trottoir. Je jurai et posai la paume sur le capot. Froid.

J'étais vraiment dans la merde.

Glissant une main frustrée sur mon visage, je regardai mon reflet dans la peinture brillante. Des mèches châtain s'échappaient de ma queue de cheval, encadrant mon visage en colère. Je pris une profonde inspiration et j'essayai de détendre mes traits pour prendre un air vaguement agréable. Mes yeux marron s'adoucirent juste assez pour ne pas donner l'impression que j'avais envie d'arracher la tête de quelqu'un, ce qui était totalement le cas. Je détestais ce sentiment dont je ne parvenais pas à me débarrasser.

M'efforçant de garder un air détendu, je me tournai vers la maison et commençai lentement à avancer.

— J'appliquais le règlement anti-harcèlement de l'école, répétai-je tout bas avant d'ouvrir la porte.

Mon excuse toute faite disparut de mon esprit à la vue des cartons alignés dans le couloir et empilés sur la table de la salle à manger.

— Arrête, maman ! Sérieux ?

Abandonnant mon sac sur le côté, je marchai jusqu'à la cuisine où je pouvais entendre le tintement de la vaisselle.

— C'est comme ça que tu m'appelles ? demanda-t-elle calmement dès que j'entrai.

Je perdis le contrôle. J'avais besoin d'une mère, pourtant elle se battait contre ce rôle depuis des années maintenant.

— Très bien, *Paxton*, mon emmerdeuse de génitrice. Deux petites bagarres en une semaine ne justifient pas un nouveau déménagement.

Cela dit, nous n'étions que mardi et j'espérais qu'elle ne le mentionnerait pas.

Elle reposa lentement sa tasse à café. Je ravalai le juron que j'avais envie de marmonner. J'étais allée trop loin. Encore. Je demeurai là, immobile, attendant qu'elle se déchaîne contre moi. Au lieu de ça, elle resta sans bouger, empoignant la tasse comme si c'était ma tête qu'elle voulait presser. Une rougeur rampa sur sa peau sans défaut et naturellement bronzée. Mon imagination s'accéléra, car j'aurais pu jurer sentir la chaleur de sa rage irradier autour d'elle. De la sueur perla sur mon front.

— Paxton, je suis déso...

La tasse vola en éclats.

— Tu penses tout savoir, mais c'est faux. Je t'ai tout donné, et tu me renvoies à la figure les quelques règles que j'ai établies. Va dans ta chambre. Fais tes valises. Quand tu auras terminé, reviens m'aider. On part dans la matinée.

J'avais envie de dire quelque chose, mais le froid glacial que je lus dans son regard quand elle se tourna finalement pour me dévisager me fit détaler dans ma chambre comme une petite fille sage.

Même si je n'étais plus petite. À dix-sept ans, je ne faisais que quelques centimètres de moins que ma mère. Que Paxton. Je levai les yeux au ciel dans la sécurité de ma chambre. Elle n'avait eu aucun problème à ce que je l'appelle « maman » jusqu'à mes quatorze ans et que mes seins commencent à pousser. Puis, tout à coup, je devais dire « Paxton », parce qu'elle ne voulait pas que ses petits amis sachent qu'elle était assez vieille pour avoir un enfant de mon âge. Je ne voyais pas quel était le problème. Elle ne faisait pas vieille. Pas même un peu. Nous ressemblions plus à des sœurs qu'à une mère et sa fille. Tant qu'elle était belle, pourquoi se préoccupait-elle de cela ? C'était tellement vaniteux.

Je commençai à jeter mes vêtements dans un des cartons sur mon lit en espérant ne pas me transformer en femme vaniteuse comme elle lorsque j'aurais son âge.

Après une heure à emballer mes affaires dans ma chambre, je revins dans la cuisine. Un mot m'attendait sur la table, avec une assiette de nourriture.

Partie régler tout ça avec Darren. Mange et finis les cartons. On décolle à 2h.

JE REGARDAI LA MAISON. Tout ce que nous avions était déjà pratiquement emballé. Nous vivions léger, car nous déménagions régulièrement. Parfois à cause de mes bagarres, mais souvent à cause des échecs sentimentaux de Paxton. Même si, ces derniers temps, la balance basculait le plus souvent de mon côté. Je ne savais pas ce qui clochait chez moi. Pourquoi étais-je constamment en colère ?

Je n'avais pas toujours été comme ça. Mon dernier thérapeute avait supposé que c'était dû à un déséquilibre hormonal provoqué par la puberté. Étant donné mon âge, j'avais du mal à croire son pronostic. Mais ce que je pensais ou non ne changeait rien au fait que j'avais des problèmes pour maîtriser ma colère, et que personne n'en trouvait la raison.

Dans un soupir, je m'assis puis mangeai mon assiette de spaghettis, avant de ranger ce qui restait dans les cartons. Lorsque j'eus terminé, je me mis directement au lit. Deux heures du matin arriveraient bien trop tôt, et mon humeur empirait quand je ne dormais pas suffisamment.

LES VIBRATIONS apaisantes des pneus sur la chaussée s'arrêtèrent, me réveillant lentement. J'ouvris les yeux et clignai des paupières, confuse, face à la route de campagne faiblement éclairée. De l'herbe haute jusqu'à la taille occupait l'espace autour de la maison devant laquelle nous nous étions garées.

— Pourquoi on s'arrête ? demandai-je, essayant de chasser le brouillard dans ma tête.

Même en m'étant couchée tôt, me lever au son de la voix de ma mère qui me criait « on y va » avait été rude.

— On est arrivées.

— Il fait encore nuit ? Pourquoi partir à deux heures du matin alors ?

Je posais la question, mais je savais pourquoi. Un trajet au calme signifiait que j'avais moins de raisons de perdre mon sang-froid.

Elle ouvrit la portière et sortit sans répondre. Je n'avais pas fini de l'interroger et je bataillai avec ma propre portière pour la suivre.

Dehors, mon regard incrédule se posa sur la bâtisse à deux étages, d'un blanc délavé, qui se cachait dans la végétation surabondante. La peinture s'écaillait grossièrement sur les larges panneaux. Aux fenêtres troubles et aux rideaux qui pendaient, à moitié déchirés, on avait l'impression que la baraque était abandonnée et sortait d'un film d'horreur.

— Qu'est-ce que tu veux dire par « on est arrivées » ? demandai-je. Arrivées où ?

— À la maison, répondit-elle, se frayant un chemin dans l'herbe jusqu'au porche.

Les planches de bois ne cédèrent pas sous son poids et ne la firent pas basculer directement en enfer, comme je l'avais espéré.

Ce devait être une mauvaise blague. Ma mère préférait les endroits meublés et branchés, elle persuadait toujours ses petits amis de les louer pour elle.

— Ce n'est pas une maison. C'est un incendie qui attend la moindre occasion pour se déclencher.

— Dépêche-toi de rentrer, Megan, dit-elle doucement en déverrouillant la porte. Je vais porter les cartons moi-même.

Tiraillée entre la colère et la frustration, je marchai d'un pas lourd sur l'herbe vers le porche, pendant qu'elle disparaissait à l'intérieur. Une lumière s'alluma, puis une autre. Ce ne fut donc pas à l'aveugle que je pénétrai dans le septième cercle de l'enfer.

L'odeur de renfermé provoquée par le manque d'entretien me monta aux narines, et un éternuement m'ébranla un instant plus tard.

— Sérieux, cet endroit est un dépotoir.

La vieille ampoule jetait une faible lueur dans le salon que maman venait d'allumer. Des meubles anciens recouverts de poussière décoraient modestement l'espace. La pièce suivante, une petite cuisine, n'avait pas meilleure allure. La plus vaste salle, sur le côté, semblait supplier de devenir une jolie bibliothèque quand elle serait plus grande. Des étagères vides et une cheminée jouaient les hôtes pour des toiles d'araignées depuis longtemps abandonnées.

— Pas moyen que je dorme ici, grommelai-je.

— Ne joue pas les bébés, dit ma mère juste derrière moi, me faisant sursauter. Il y a une chambre correcte en haut à droite des escaliers. Retourne te coucher. À ton réveil demain matin, tu verras tout sous un autre jour.

Je secouai la tête.

— Tu parles, le jour rendra tout ça encore pire.

— Allez !

Son cri de colère me fit détaler vers les escaliers sombres.

Une lumière à l'étage me guida jusqu'à une pièce qui n'avait pas l'air aussi terrible que le reste de la maison. Un grand lit avec une couette blanche sans poussière me tentait. Ignorant l'envie qui me disait de retourner me coucher et de prétendre que tout cela n'était qu'un rêve, je regardai le reste de la chambre. Une commode ? OK. Un placard vide et flippant décoré de nouvelles toiles d'araignées ? OK. Une belle vue depuis la seule et grande fenêtre de la pièce ? Non. Juste un bosquet d'immenses pins.

— Adorable.

Je me tournai et me laissai tomber contre le matelas, la tête la première. Pas de volutes de poussière pour m'accueillir ; je fermai donc les yeux et me prêtai au jeu.

Cependant, lorsque je les ouvris à nouveau plusieurs heures plus tard, sous une lumière abondante, je sus que je ne pouvais plus faire semblant et je descendis d'un pas lourd les escaliers à présent immaculés. Je fronçai les sourcils et passai la tête dans la bibliothèque. Elle avait l'air plus propre, avec quelques livres.

— Viens manger, dit ma mère depuis la cuisine.

Je me retournai et vis une assiette remplie pour moi sur la table. Des œufs, du bacon et des toasts avec de la confiture. La totale.

— Waouh. Merci. Tu as dormi au moins ?

— Non. J'ai encore beaucoup à faire. Je suis partie faire les courses pour remplir les placards. C'était encore trop tôt pour me rendre à la banque ou à l'école, alors je vais devoir ressortir dans un moment.

— On est où ?

— Dans le Maine.

— Ça, je l'avais compris étant donné qu'on n'a pas roulé longtemps. Où, dans le Maine ?

— Cette maison est en périphérie du village d'Uttira. Population d'environ mille habitants, même si la plupart ne vivent pas ici à l'année.

— Tu es en train de me dire que c'est une résidence de vacances ?

Je ne pouvais dissimuler l'incrédulité de ma voix.

— Ne joue pas les malignes. Pendant que je finis les courses, je veux que tu tondes la pelouse derrière.

Elle se tourna pour me regarder droit dans les yeux.

— Seulement à l'arrière.

— Très bien. Purée. Tu ferais mieux de faire une sieste éclair avant de partir.

Elle poussa un long et lent soupir avant de continuer son examen du jardin de derrière.

— Je dormirai plus tard, dès que tu seras installée. Tiens-toi bien et reste à l'intérieur une fois que tu auras fini dehors.

Elle tourna les talons et quitta la pièce. Une minute plus tard, j'entendis la porte d'entrée s'ouvrir et se refermer.

Je levai les yeux au plafond et terminai rapidement mon petit-déjeuner. D'aussi loin que je m'en souvenais, elle avait toujours essayé de me garder à l'intérieur, à l'écart du monde. Je ne pouvais pas l'en blâmer. Je ne supportais pas les gens parce qu'ils ne me supportaient pas. Pourtant, j'adorais être dehors.

Je lavai mon assiette et rangeai tout, avant de sortir faire un tour. La terrasse à l'arrière était triste comparée au porche de devant. Elle surplombait un océan d'herbes à hauteur de taille qui montaient en graine. Je ne connaissais aucune tondeuse sur la planète capable de s'attaquer à ce problème.

Fendant l'herbe, je fis mon chemin jusqu'à l'abri de jardin abîmé par le temps. La porte de droite s'actionna facilement. La gauche me donna plus de mal, mais j'étais plus forte qu'il n'y paraissait.

Une fois le cabanon grand ouvert, j'examinai la variété d'outils de jardinage rouillés. La tondeuse était sur un côté, le cordon de démarrage moisissant et suspendu en deux morceaux. Même si je parvenais à l'allumer, elle n'aurait pas servi à grand-chose.

Sur le mur, j'attrapai un truc qui ressemblait à un club de golf avec un bout en dents de scie et je tentai un swing expérimental sur l'herbe. Il cisailla proprement les brins, avec les lames du haut au mouvement aller, puis avec le bas au retour.

Tout sourire, je ressortis et me mis au travail. Le temps que maman rentre, j'étais dans la cuisine, à siroter un thé glacé. On aurait dit que quelqu'un avait fait les foins dans le jardin.

Elle posa tout un tas de papiers et un sac en plastique contenant plusieurs boîtes sur la table, puis elle se dirigea vers la porte de derrière.

— La tondeuse ne fonctionnait pas ?

— Le cordon d'alimentation est cassé et il n'y a pas d'essence. J'ai utilisé le machin qui était suspendu contre la porte. Ça a plutôt bien marché.

— Tu te sens mieux ? demanda-t-elle sur un ton maternel, pour une fois.

— Oui.

— Faire de l'exercice aide toujours à calmer ses humeurs. Ne l'oublie pas.

Comment le pourrais-je ? Elle m'avait élevée en me le répétant. J'avais pris l'habitude de courir pour m'apaiser, mais quand les gens que je croisais avaient commencé à m'agacer pour le simple fait d'exister, j'avais tout arrêté en bloc. Après ça, ma mère avait suggéré que je me trouve un petit ami. Elle avait prétendu que si je trouvais le bon, il pourrait aussi m'aider avec mes humeurs. J'avais quatorze ans à ce moment-là, et j'avais eu des haut-le-cœur, enfermée dans ma chambre, à essayer de ne pas visualiser quel genre d'exercice ses copains l'aidaient à faire pour garder son calme.

— J'appellerai quelqu'un pour le jardin de devant.

— Quel intérêt ? Il nous faudra peut-être tondre deux fois le gazon avant que ça ne pousse plus pour la saison. Je peux le faire.

— Les gens voudront s'arrêter pour discuter.

Je soupirai sans objecter. Je ne parlais pas aux gens, je les méprisais.

— Je vais voir si on peut se faire livrer une nouvelle tondeuse ou réparer l'ancienne, pour que tu puisses faire l'arrière, dit-elle.

— D'accord.

Elle se tourna et fit un signe de tête vers la pile de papiers et les boîtes.

— C'est pour toi. Le système scolaire ici est un peu différent de ce dont tu as l'habitude. Ils s'adaptent aux besoins des élèves. À cause de tes problèmes de bagarres, tu travailleras toute seule à la maison, et ils feront le point toutes les semaines comme il se doit. Si un jour tu arrives à aller en cours sans avoir envie de casser les dents de quelqu'un, leurs portes te seront ouvertes.

Je pris le premier dossier d'un air indifférent. Il y avait écrit « Académie Girderon ». Cette ville avait des résidences secondaires et des écoles privées qui s'adaptaient aux besoins individuels des élèves ? Voilà qui sentait l'argent à plein nez. Chose que nous n'avions pas, contrairement aux hommes dans la vie de ma mère. Peut-être étions-nous ici pour qu'elle puisse s'en dégoter un nouveau.

— Sommes-nous dans une maison à loyer modéré au milieu d'une communauté aisée ?

— Quelque chose comme ça. Je monte faire une sieste. Ne réponds pas à la porte et ne cause pas de problèmes.

Tandis qu'elle grimpait à l'étage, je m'emparai du sac. Elle m'avait acheté un nouvel ordinateur portable, un téléphone sans fil, un modem câble et un routeur. Je commençai à tout installer, je me préparai à déjeuner, puis je pris le téléphone. Je n'étais pas certaine de comprendre pourquoi elle m'en avait apporté un. Les amis n'étaient pas mon point fort. Qui allais-je appeler, d'après elle ?

Je l'abandonnai et sortis pour commencer à désherber au pied des pins. À l'heure du dîner, maman était levée et elle avait dressé mon couvert sur la table.

Elle s'assit à côté de moi avec son assiette.

— Il n'y a pas de télévision ici. J'en ai commandé une, ainsi qu'une connexion au câble pour que tu ne deviennes pas folle.

Tout ce déferlement de gentillesse était suspicieux. Pour une fois, néanmoins, je gardai mes commentaires irrévérencieux pour moi et me contentai de la remercier.

— De rien, Megan.

Elle tendit le bras et me serra la main.

Ce fut la dernière fois que je vis ma mère.

CHAPITRE DEUX

Mon opinion sur notre nouvelle maison ne s'était pas améliorée quand j'ouvris les yeux le deuxième matin.

— On dirait toujours l'enfer.

Je repoussai les couvertures et descendis au rez-de-chaussée. Espérant trouver ma mère dans la cuisine, je fronçai les sourcils devant un message qui m'attendait sur la table et je cherchai mon assiette à la place. Elle me préparait toujours le petit-déjeuner.

— Bon sang, maman. Tu ne peux pas me conditionner comme un chien de Pavlov et ensuite ne pas respecter ça.

Les sourcils froncés, je saisis le mot et je commençai à lire. Après la première phrase, je m'assis lourdement et relus le tout :

Cette maison est la tienne, maintenant, mais plus jamais la mienne. Tu es plus spéciale que tu le penses. Apprends tout ce que l'académie Girderon peut t'enseigner. Tu en auras besoin. Il y a un carnet de chèques dans le tiroir de la cuisine à droite de l'évier. Le compte contient assez pour te permettre de commencer la vie que tu auras choisie. Je suis certaine que tu comprendras rapidement comment gagner ton propre argent avant que tu sois à court.

Je t'aimais, Megan. N'en doute jamais. Partir était la meilleure chose que je pouvais faire pour nous deux. Je me suis déjà raccrochée trop longtemps, et j'en suis désolée.

Prends soin de toi,
Maman.

ELLE M'AVAIT ABANDONNÉE ? Ça n'avait aucun sens. Si elle était fatiguée d'avoir affaire à moi, pourquoi s'embêter à faire tout le déménagement jusqu'ici ? Pourquoi ne pas simplement quitter l'ancienne maison ? Et pourquoi signer « maman » ? Elle ne s'était pas comportée comme une vraie mère depuis longtemps.

Les paroles qu'elle avait prononcées le jour de mon départ firent écho dans mon crâne. *Je t'ai tout donné, et tu me renvoies à la figure les quelques règles que j'ai établies.*

— Quelle connerie, m'écriai-je dans la cuisine. Elle était toujours fâchée à cause de la bagarre. Tu sais quoi ? Je m'en fiche. Je peux me préparer toute seule mon petit-déjeuner.

Je jetai le papier sur la table et me dirigeai vers les placards. Elle n'avait pas menti quand elle avait prétendu faire les courses. Des paquets et des boîtes occupaient chaque espace de rangement dans la cuisine. Il y en avait assez pour tenir des semaines. J'essayai d'ignorer la petite boule d'appréhension qui grandissait en moi.

La boîte de céréales sous un bras et un bol et une cuillère dans une main, je retournai à la table et m'assis. Le mot attira à nouveau mon attention.

Je pouvais aisément croire que ma mère était toujours en colère contre moi pour ce qui était arrivé à l'école – en fait, si j'étais honnête avec moi-même, pour ce qui arrivait à une fréquence croissante depuis ces derniers mois. Mon esprit me disait qu'elle ne s'était fait la malle que pour quelques jours, histoire de me donner une leçon sur le respect ou une autre connerie de ce genre. Néanmoins, mes tripes continuaient à tirer mes pensées vers une autre direction. Et si ce mot n'était pas une manière de me rendre la monnaie de ma pièce ?

Au lieu de me verser du lait, je regardai autour de moi. Ce n'était pas son style habituel de maison. Je m'en étais rendu compte tout de suite. Maman aimait les dernières tendances, la frénésie de la ville. Rien de ce que nous avions emballé dans l'autre maison n'était là, simplement des cartons remplis de mes affaires à moi, à présent dans ma chambre. Hier, j'avais cru qu'un camion de déménagement nous apporterait le reste. Aujourd'hui ? Je n'en étais plus si sûre.

Regardant autour de moi, je ne vis que des preuves supplémentaires qu'elle m'avait fait emménager sans elle. J'ignorais quoi faire ou que croire. Je ne pouvais pas l'appeler pour lui demander ce qui se passait ni quand elle serait de retour. De ce que j'en savais, elle n'avait jamais eu de téléphone. Les hommes se contentaient toujours de passer lorsqu'ils voulaient son attention, ou bien c'était elle qui se déplaçait chez son petit ami du moment. Je ne savais rien de plus que le prénom de son dernier copain. Elle ne les laissait jamais s'attarder bien longtemps.

Le corps engourdi en prenant conscience que je n'avais aucun moyen de contacter ma mère, je me servis du lait et me raccrochai à l'idée que ce n'était qu'une punition. Elle reviendrait après quelques jours. Ce serait un peu comme ces longs week-ends de vacances qu'elle prenait avec Darren. Elle rentrerait à la maison, épuisée, pour dormir toute la journée.

Je fis la vaisselle du petit-déjeuner, puis je montai à l'étage dans la seconde chambre afin de tirer les rideaux en lambeaux et d'ouvrir la fenêtre. L'air frais circula dans la pièce chargée de poussière. À la place de ma mère, si cela avait été ma chambre, je n'aurais pas voulu vivre ici, moi non plus. Il me fallut épousseter, nettoyer, laver et retirer les toiles d'araignées dans toute la pièce. Puisqu'elle n'était pas grande, cela ne me prit pas longtemps.

Contente que ma mère ait un coin où dormir quand elle reviendrait, je partis me doucher dans la seule salle de bain de la maison, au rez-de-chaussée, dans l'espace exigu entre le salon et la cuisine. Comme le reste de l'endroit, la pièce avait besoin d'être rafraîchie. Et agrandie. Chaque fois que je tendais les bras pour laver ou rincer mes cheveux, je me cognais le coude contre le mur ou je faisais tomber quelque chose du rebord étroit, près de mes épaules.

— La résidence de l'enfer, marmonnai-je dans ma barbe.

Si on avait de la chance, maman serait prête à déménager à nouveau d'ici un mois.

Juste au moment où je pensais que la situation ne pouvait pas être pire, la sonnette retentit. C'était la mélodie dissonante de *My Darling Clementine*.

— Sérieux, sans déconner.

Je coupai l'eau et enroulai une serviette autour de mon corps avant de quitter la cabine. Le son devint plus fort lorsque j'ouvris la porte de la salle de bain. Son origine, une boîte blanche assez récente montée juste au-dessus de l'entrée, était difficile à occulter. J'aurais besoin d'une chaise et d'un marteau.

Mais d'abord, il me fallait enguirlander la personne qui appuyait encore sur la sonnette.

J'ouvris en grand et sursautai devant les deux hommes en uniforme qui discutaient sur le porche. Une colère instantanée éclata en moi et j'essayai de claquer la porte.

L'officier de police bougea trop rapidement et, avec son pied, déjoua ma tentative.

— Y a-t-il une raison qui vous pousse à vous enfuir ? demanda-t-il.

Je stoppai mes efforts et le laissai ouvrir la porte en grand.

— Vous plaisantez ? Je suis en serviette. Bien sûr que j'ai une raison.

Il plissa légèrement les yeux vers moi.

C'est un flic, Megan, me rappelai-je. *Mieux vaut ne pas l'agacer alors que tu n'as que dix-sept ans et aucun moyen de contacter ta mère.*

— Vous attendiez-vous à quelqu'un d'autre ? demanda-t-il avec un rictus.

L'envie soudaine de le frapper en plein visage me fit crisper les doigts autour de ma serviette et de la poignée de porte avec une colère assassine.

— Bien évidemment, je n'attendais personne, sinon je me serais déjà habillée.

Mon regard se posa sur l'autre homme, un livreur.

— Je peux vous aider ?

Ses yeux enveloppèrent mon buste recouvert d'une serviette et mes cheveux mouillés, et je sentis une légère rougeur me monter aux joues. Mon tempérament s'apaisa et je lui lançai un petit sourire encourageant.

— J'ai une livraison prévue pour Megan Smith, dit-il. Une télévision, et il semble que la compagnie du câble soit également là pour vous brancher.

Il fit un geste par-dessus son épaule vers les trois véhicules garés sur l'accotement de gravier, devant ma maison.

— Oui, pas de soucis. Apportez ce dont vous avez besoin.

L'homme s'éloigna du porche, me laissant seule avec le policier. L'idée de dire ou de faire quelque chose qui l'énerverait comme il ne s'était pas gêné de le faire avec moi me démangeait.

— Vous connaissez les règles. Toutes les visites extérieures doivent être approuvées avant que vous organisiez quoi que ce soit.

— Désolée, je l'ignorais. Ma mère et moi, nous avons emménagé hier. C'est elle qui a organisé tout ça, pas moi.

— Je sais. C'est pour ça que je laisse passer cette fois, mais j'aimerais lui parler.

— Oui, moi aussi. Elle est partie ce matin pour un déplacement professionnel et elle a été assez vague sur sa date de retour.

— J'imagine, dit-il à nouveau avec ce fichu rictus. Vous devrez vous habituer très vite au fonctionnement, dans le coin, sinon vous aurez des problèmes. Bienvenue à Uttira, Megan.

Sa voix était tout sauf accueillante quand il me tendit une brochure avec les mots « Bienvenue à Uttira » imprimés en jaune et en gras sur un fond bleu.

Lorsque je relevai les yeux, l'officier avait déjà tourné les talons et quittait le porche, alors que de son côté, le livreur poussait sur roulettes un grand carton de télévision dans les hautes herbes.

Dégageant la porte, je déguerpis à l'étage pour enfiler des vêtements propres. Habillée d'un jean et d'un t-shirt, je me sentais mieux équipée pour gérer le nouvel enfer dont ma mère m'avait accablée. Non pas la télévision et la mise en place du câble, dont les livreurs s'occupèrent rapidement, mais la ville où elle m'avait temporairement abandonnée.

À peine une heure après l'interruption de ma journée, je fermai la porte derrière l'installateur et retournai dans la cuisine. Dès que le moteur de sa voiture s'éloigna, je sortis et pris une bouffée d'air frais. C'était la fin de l'été. La seconde semaine d'une nouvelle année scolaire n'avait jamais senti aussi bon. Si maman voulait se faire la malle, j'en étais tout à fait capable, moi aussi.

Souriant à moi-même, je contournai la maison et descendis l'allée de gravier envahie de mauvaises herbes.

Un vaste champ occupait l'espace juste en face de chez nous. Derrière, des arbres s'étendaient à perte de vue. La route sinueuse sur la droite n'avait pas l'air bien différente de celle sur la gauche. Rien d'intéressant, d'un côté comme de l'autre, mis à part les boîtes aux lettres au loin, marquant la présence des quelques maisons disséminées alentour.

Écoutant mon instinct, je tournai à droite et me mis à marcher. Cependant, il devint très vite évident que nous ne vivions pas à côté de la ville. Des arbres commencèrent à longer les deux côtés de la rue étroite et tortueuse, et des routes se séparaient à intervalles fréquents, créant une toile dans laquelle je me perdis rapidement.

Lorsque les chants des oiseaux se turent, je ralentis le pas.

Soudain, les poils de ma nuque se hérissèrent à la sensation d'être observée. Quelque chose courait dans le bosquet sur ma droite. Un éclat de lumière faible, au ras du sol, apparut et s'éteignit trop vite pour que je le distingue clairement.

Un léger grognement se fit entendre derrière moi et je me tournai dans cette direction. Il y eut un autre mouvement vif, qui disparut tout aussi rapidement. La partie logique de mon cerveau me disait que j'étais terrifiée. Ce grognement appartenait à un animal. Avec des arbres si denses, allez savoir ce qui traînait là-dedans ! Malgré ça, je ne ressentais pas de peur, juste de l'impatience envers cette chose qui se cachait et qui, quelle qu'elle soit, semblait avoir envie de jouer avec moi avant d'attaquer.

J'attendis.

Un hurlement s'éleva dans les arbres, suivi d'un autre, puis d'un troisième, jusqu'à ce que cinq voix fusionnent en un seul appel lugubre.

— Activez, lançai-je. J'ai rendez-vous chez Mère-grand.

Un rire étouffé retentit derrière moi. Je fis volte-face et je me retrouvai devant une paire incroyable d'yeux marron. Ils appartenaient à un garçon, grand, de mon âge à peu près. Une longue masse de cheveux châtain clair retombaient autour de son visage amusé.

Curieusement, je n'étais pas agacée en le voyant. Pas le moins du monde.

— Des loups hurlent, et la première chose à laquelle tu penses, c'est que tu as rendez-vous chez Mère-grand ?

Un sourire taquin jouait sur ses lèvres.

— Je me glissais dans mon rôle, répondis-je en haussant les épaules sous mon sweat à capuche rouge.

Il rit et tendit le bras.

— Fenris.

Je lui serrai la main avec aisance.

— Megan.

— Et derrière toi, mes chiennes, dit-il en jetant un coup d'œil par-dessus mon épaule.

Je regardai derrière et découvris quatre louves qui se tenaient de l'autre côté de la route. Quelque chose dans la bête de tête me contrariait. Probablement parce qu'elle montrait les crocs dans un grondement silencieux. Je lui rendis la pareille. Son grognement redoubla et elle s'assit. C'était étrange. En général, je n'avais pas de problèmes avec les animaux, mais quelque chose chez elle me donnait envie de lui filer un coup de pied dans les gencives.

— Aubrey, dit Fenris. Ça suffit.

La louve se calma immédiatement.

— Waouh. Elle est bien éduquée. Mais tu devrais peut-être la garder en laisse.

Il éclata de rire.

— Oui. J'imagine à peine la bagarre. D'après la direction dans laquelle tu marches, tu viens de la ville. Tu loges à l'auberge ?

— De la ville ? Non. Je pensais m'y rendre. J'ai emménagé hier.

— Alors, tu es déjà perdue. Viens, je te raccompagne chez toi.

La louve de tête, derrière moi, émit un grognement sourd. Fenris avait beau m'apprécier, ce n'était clairement pas le cas de son animal.

— Ça ira, tu n'as qu'à me montrer la bonne direction.

Il continua à sourire.

— Étant donné ton odeur, je doute que ça aille. Il ne faudra pas longtemps avant que chaque mâle à un rayon d'un kilomètre ne te repère. Je vais t'accompagner. Vous pouvez rentrer à la maison, les filles, dit-il en regardant ses bêtes. On a fini de courir pour aujourd'hui.

La première grogna et aboya avant de tourner le dos et de foncer vers les arbres. Les trois autres la suivirent. Ce type était fou d'avoir des loups pour animaux de compagnie.

— Je pense qu'un jour, elles se retourneront contre toi.

— Non, elles m'adorent. Elles sont simplement mal lunées, parfois. En particulier quand je suis distrait par une jolie fille.

Je levai les yeux au ciel.

— Alors, dans quelle direction ?

Il inclina la tête vers le chemin que je venais d'emprunter – évidemment. Cependant, je n'étais pas sûre que nous retrouverions notre route une fois que nous aurions quitté celle-ci. Je marchais depuis presque une heure et j'avais emprunté bien trop d'embranchements qui m'avaient conduite sur des sentiers étroits sous les arbres.

— Parle-moi un peu de toi, Megan. Des actes héroïques de courage, des missions ou des destinées prophétiques se cachent-ils derrière ces jolis yeux marron ?

— Non. Pas vraiment.

— Alors qu'est-ce qui t'amène à Uttira ?

— Ma mère frivole, qui change de petit ami aussi fréquemment que de marque de mascara.

Il émit un bruit, à mi-chemin entre le rire et la tentative de réconfort.

— Et toi ? Depuis quand habites-tu ici ?

— Depuis toujours. Né et élevé dans le cercle surprotecteur de ma famille étouffante. Contrairement à toi, mes parents m'ont martelé depuis ma naissance quelle était ma mission de vie.

— Oh ? Et quelle est donc cette mission ?

Je lui jetai un œil tandis qu'il tournait la tête à gauche vers le croisement. Il inspira profondément et me regarda.

— Aider les damoiselles en détresse. Il faut aller à droite.

Je souris et lui emboîtai le pas, dans la direction qu'il indiquait.

— C'est une sacrée mission.

Le bruit d'un moteur, au loin devant nous, nous écarta de la route juste au moment où une voiture de police s'engageait dans le virage. Elle alluma ses phares sans un bruit et s'arrêta à notre hauteur. L'homme que j'avais rencontré plus tôt baissa la vitre.

— Bonsoir, Trammer, dit Fenris. Un problème ?

— Ça dépend. Que faites-vous si loin tous les deux ?

— Les filles et moi, nous étions partis courir un peu. On est tombés sur Megan qui avait pris la mauvaise direction et j'ai proposé de la raccompagner.

— La mauvaise direction ? Je vois.

Le sarcasme dans sa voix me picota la peau. J'avais une folle envie de le frapper.

— Ils n'avaient plus aucune carte de villes de bouseux à me vendre, à la station essence, lançai-je.

Il plissa les yeux vers moi pour la deuxième fois de la journée. Mais son aversion évidente ne me dérangeait pas autant qu'elle l'aurait dû.

— Montez. Je vais vous ramener.

— On aimerait beaucoup. Merci de nous déposer, Trammer, dit Fenris en ouvrant la portière et en se glissant dans la voiture.

J'hésitai. Je ne voulais pas monter, mais sans savoir où je me trouvais et avec mon guide déjà installé à l'arrière, je n'avais pas trop le choix. Je grimpai et claquai la portière. Les verrous automatiques s'enclenchèrent et je croisai le regard Trammer dans le rétroviseur avant qu'il ne se pose sur Fenris.

— Que diraient tes parents de tout ça ?

— » Beau travail, fiston. Nous sommes tellement fiers que tu rendes enfin service à la communauté. »

Il haussa les épaules.

— Il y aura peut-être quelques larmes de joie avec ça. C'est dur à dire parfois.

Le visage de Trammer rougit et il fit demi-tour avec la voiture. Le trajet jusque chez moi ne prit que quelques minutes, ce qui m'agaça royalement. J'avais dû tourner en rond.

Lorsque Trammer se gara devant la maison, nous dûmes attendre qu'il nous laisse descendre de l'arrière. Il m'avait jeté des regards renfrognés tout du long, mettant à rude épreuve mes efforts pour contrôler mon humeur.

Dès que nous posâmes les pieds dans ma cour aux hautes herbes, il déguerpit.

— C'est quoi son problème ? demandai-je.

— Comme d'habitude. Sous-payé. Sous-valorisé. Une très petite...

Il écarta son index et son pouce de quelques centimètres au niveau de la taille.

— ... estime de soi.

Je ricanai. J'appréciais ce moment et j'étais surprise d'avoir trouvé quelqu'un qui ne me mette pas en rogne, pour une fois.

— Il n'est pas si mal, quand on prend tout ça en considération, ajouta Fenris en haussant les épaules, avant de se tourner vers ma maison. Hmm. Je crois que je n'ai jamais vu personne habiter ici.

— Vu l'état de l'intérieur, ça ne m'étonnerait pas.

Une voiture arriva dans le virage et s'arrêta devant chez moi dans un crissement de pneus. Les trois passagères du cabriolet firent un geste dans notre direction. La conductrice, une blonde, serrait le volant entre ses mains tout en me regardant. Du coin de l'œil, je remarquai Fenris qui faisait un signe vers la voiture.

— Les filles et moi, nous allons à soirée au Roost. Tu veux venir ? C'est un bon moyen de rencontrer tout le monde.

J'arrachai mon regard de la blonde pour le lever vers lui.

— Je passe mon tour. Merci pour l'invitation, par contre.

— Si tu changes d'avis, prends juste à gauche en sortant de ton allée. La route te mènera tout droit à la ville. Tu ne pourras pas manquer le Roost.

— Je ne changerai pas d'avis.

Il sourit, se pencha comme s'il était sur le point de m'embrasser, mais au lieu de ça, il inspira profondément devant mon visage.

— Dommage.

Il me lécha le bout du nez, et alors que je le dévisageais d'un air choqué, il tourna les talons et marcha vers la voiture qui l'attendait. Il sauta à l'arrière, entre les deux filles qui y étaient déjà.

— On se voit lundi ! s'exclama-t-il en me faisant signe.

Sans aucun doute, ce Fenris était un coureur. Mais pas du genre prétentieux. Du genre amusant.

Sans pouvoir m'en empêcher, je levai la main en retour.

La blonde me jeta un autre regard noir, appuya sur l'accélérateur et braqua le volant pour projeter une pluie de gravillons dans ma direction.

CHAPITRE TROIS

J'entrai par la porte de derrière et errai dans la maison. Mis à part regarder la télé, il n'y avait pas grand-chose à faire. Je me fis donc toute une série d'épisodes jusqu'à la fin de la journée, me préparai à manger et me couchai tôt.

Le matin suivant, aucune assiette ne m'attendait sur la table. Sans me laisser décourager, je me versai un bol de céréales avant de flâner jusqu'au salon pour regarder encore la télé. Un nouveau jour sans responsabilités et sans école, c'était le paradis. Néanmoins, consciente que rester assise sans rien faire trop longtemps finirait par me casser les pieds, je me levai du canapé et je partis à la recherche d'une activité plus physique.

Arrivée au dîner, j'avais lavé toutes les vitres de la maison dans mon désespoir de trouver quelque chose à faire. Il avait fallu beaucoup de temps pour retirer la couche de crasse qui empêchait une bonne partie de la lumière de passer. Et pourtant, la vue dégagée qu'offrait la fenêtre de ma chambre sur les grands pins, et rien d'autre alentour, ne m'inspira aucune pensée joyeuse. J'étais toujours seule, à me demander combien de temps il faudrait pour que la colère de ma mère retombe.

Une lueur distante, à l'horizon, capta mon attention à travers les branches des arbres, juste avant que je quitte la pièce. La ville. Je regardai la lumière comme un papillon de nuit devant un tue-mouche électrique, attirée tout en sachant que cela n'entraînerait que du mal. C'étaient là que s'arrêtaient mes similitudes avec le papillon. Aller en ville ne causerait pas ma propre souffrance, certes, mais celle de quelqu'un d'autre.

Comme j'étais déjà tombée deux fois sur *Dudley Do Right* à la télé, le dessin animé moralisateur, je savais que je devais éviter toute situation qui m'attirerait des ennuis. Après tout, ma tendance à accumuler les problèmes était la vraie raison pour laquelle ma mère nous avait forcées à déménager ici avant de se faire la malle. En rajouter ne la ferait pas revenir plus vite. Cependant, je ne pouvais pas me cacher dans cette maison à attendre éternellement, si ?

Sans me laisser le temps de changer d'avis après-coup, je me débarrassai de mes vêtements poussiéreux, je me lavai le visage et j'enfilai une veste. Dehors, je levai les yeux vers la lumière de la pleine lune et j'inspirai profondément. La nuit fraîche embrassait ma peau et soulagea un peu la tension qui avait enserré mon cœur au moment où j'avais lu le mot de maman.

— Elle va revenir, pas vrai ? demandai-je doucement.

La lune ne répondit pas.

Avant que j'aie le temps de détourner le regard, une ombre étendue traversa le ciel. Je frissonnai et clignai des yeux. Ce que j'avais cru voir avait déjà disparu.

— La vie à la campagne me rend maboule, dis-je à voix haute, persuadée d'avoir aperçu quelque chose qui ne pouvait pourtant pas exister.

Quelque chose avec des ailes assez grandes pour cacher la lumière de la lune. Quelque chose avec quatre jambes et non deux.

La silhouette apparut de nouveau dans le ciel avant de plonger vers les pins, sur ma droite. Des branches craquèrent quand elle atterrit.

Moins d'une minute plus tard, un homme nu, d'à peu près mon

âge, sortit des arbres en marchant. Ses cheveux blonds et ses yeux sombres brillaient sous les rayons de la lune, ainsi que sa peau joliment hâlée. Je forçai mon regard à rester au-dessus de ses épaules, même si ma curiosité me poussait fortement à descendre sous sa taille.

Tandis qu'il avançait vers moi, les vestiges de ses ailes disparurent dans son dos.

C'était, et de loin, le meilleur et le plus bizarre des rêves. J'aurais simplement voulu avoir conscience de m'être endormie. Je m'étais sans doute évanouie sous les émanations de poussière provenant des fenêtres, ou alors d'ennui.

— Tu n'es pas réel, dis-je dans un souffle.

Pourtant, en dépit du fait qu'il se tenait là, nu comme un bébé qui venait de naître, et que quelques minutes plus tôt il avait arboré de gigantesques ailes, des serres et un bec, quelque chose chez lui paraissait très réel.

— Fenris dit que tu avais l'air naïve. Aubrey pense que tu fais semblant.

Son regard balaya mon visage.

— Qui dois-je croire ?

La curiosité moqueuse dans ses yeux m'agaça autant que le fait qu'il s'attendait vraiment à une réponse. Au lieu de lui donner satisfaction, je serrai le poing et je le lui écrasai en pleine face. Il étouffa un juron et sa tête recula légèrement sous l'impact. Aussitôt, il m'attrapa par le poignet avant que je puisse m'éloigner.

— Pourquoi tu as fait ça ? demanda-t-il.

La colère avait chassé toute trace de raillerie dans sa voix.

J'avais mal à la main. Ce type avait le nez dur.

— Pour voir si tu étais réel.

— La plupart des gens pincent, rétorqua-t-il d'une voix plus nasillarde qu'auparavant.

Mon imagination n'avait pas son pareil pour ajouter les petits détails capables de rendre tout cela bien réel. Mais je refusais de me laisser distraire.

— La plupart des gens ne se baladent pas les fesses à l'air dans le jardin des autres.

Non pas que cette partie me dérangeait vraiment. Ses biceps étaient très bien dessinés et ses cuisses étaient plus épaisses que ma tête. Consciente que mon regard avait dérivé, je relevai rapidement les yeux.

Il secoua la tête et lâcha mon poignet.

— Où avais-tu l'intention d'aller ? demanda-t-il.

— En ville. Tu as un pantalon ?

— Ce serait bien si tu restais ici.

— Bien pour qui ?

— Pour toi.

— Rester dans une maison alors qu'un type s'est pointé à poil dans le jardin ? Désolée, mais ça ne semble pas être une bonne option.

— C'est pourtant la plus sûre.

— Bien sûr, c'est logique. Mais puisque c'est mon rêve, je vais attendre de voir combien d'autres mecs nus débarquent ici.

Il resta silencieux un moment, sans me quitter des yeux. J'étais sur le point de tourner les talons vers l'entrée de la maison quand il reprit la parole :

— Les habitants de cette ville vont te manger toute crue et te recracher.

Sans prévenir, il me souleva dans ses bras et me ramena jusque chez moi. Sous la lumière de la cuisine, j'examinai son visage. Il avait l'air furieux, la mâchoire serrée et les lèvres plissées. De très jolies lèvres. De hautes pommettes et un nez puissant. Son regard se posa sur moi juste avant qu'il monte les escaliers. Des yeux d'un bleu profond. J'avais vraiment bon goût pour les hommes dans mes rêves.

Quand il prit la direction de ma chambre, mon cœur manqua un battement. Allais-je vraiment rêver de ça ? Un type nu me posant dans mon lit ? Je savais où cette histoire mènerait.

— Je crois qu'il faut s'arrêter là, dis-je.

— Oh, ça va s'arrêter.

Il me jeta sur le lit, si violemment que je rebondis deux fois sur le matelas.

— Si tu es intelligente, tu resteras ici. Je t'aurais prévenue.

Le temps que je relève la tête, je n'eus qu'un aperçu de ses fesses. Me laissant retomber sur le lit, je fermai les yeux et me forçai à me détendre. C'était le seul moyen de me réveiller de ce rêve.

JE ME RÉVEILLAI, non pas dans une pile d'essuie-tout, défoncée aux produits ménagers, mais dans mon lit, habillée comme si je m'apprêtais à sortir en ville. Les sourcils froncés, je me rassis, je frottai mon visage et je regardai la lumière du jour entrer à flots par ma fenêtre.

Il était impossible que ce soit réel. Évidemment, j'avais terminé les vitres et je m'étais changée dans l'intention de sortir, mais je m'étais couchée à la place et je ne m'en souvenais plus. Le stress à l'idée que ma mère m'ait effectivement abandonnée avait probablement causé une sorte de cassure mentale étrange, où mon imagination avait remplacé la réalité.

Mais un griffon, vraiment ? Je comprenais pourquoi l'homme de mon rêve avait mentionné Fenris. Du peu de temps que j'avais passé avec lui, j'avais apprécié ce garçon. C'était certainement pour ça que le prénom de sa chienne avait également fait une apparition dans mon rêve.

Pourtant, je ne parvenais pas à chasser l'idée que ce songe avait semblé vraiment réel. La façon dont ce type m'avait regardée quand il m'avait portée dans les escaliers...

Mon ventre se mit à palpiter. J'éprouvais la même sensation de

« oh, non » que lorsque je devais annoncer à ma mère que je m'étais encore battue. Cela dit, ce n'était pas parce que j'avais frappé l'homme de mon rêve. Il s'en était agacé, mais ça ne l'avait pas vraiment blessé.

Songeant à maman, je sortis du lit et vérifiai l'autre chambre de l'étage. Rien n'avait bougé et ma colère commença à peser, plus lourde encore que la douleur. Je m'étais bagarrée, et alors ? Elle m'avait élevée. Je me bagarrais tout le temps. Se faire la malle comme ça, ce n'était pas cool.

Je me détournai et descendis au rez-de-chaussée. Une douche longue et agréable m'aida à dissiper mon rêve étrange.

Revigorée, je me préparai un petit-déjeuner à base d'œufs, de bacon et de toasts, puis je m'assis à table. Seule. Avant que je puisse m'en empêcher, je me demandai ce que ma mère faisait. Est-ce que je lui manquais ? Probablement pas. Je n'étais pas la personne la plus facile à vivre. Même si elle m'avait lâchée, elle me manquait. À quel point était-ce tordu ?

Soudain, mes œufs ne me parurent plus aussi bons. Je demeurai assise là, à me demander pourquoi je jouais le jeu. Pourquoi rester ici ? J'avais presque dix-huit ans. Bon, d'accord, pas vraiment. J'avais encore six mois à tirer. Mais tout de même, à quoi bon ?

Je quittai ma chaise et me dirigeai vers le tiroir de la cuisine pour prendre le carnet de chèques mentionné dans le mot qu'elle m'avait laissé. Le compte annonçait cinquante mille dollars. J'éclatai de rire en levant les yeux au plafond, doutant fortement que ce montant soit réel. Heureusement, il devait y avoir au moins cinq mille dans tout ça, ou déjà juste assez pour une nuit dans un hôtel, le temps que je retourne à pied jusqu'à notre ancienne maison. Je ne doutais pas une seconde que ma mère était encore là-bas, à faire les cartons ou à passer du bon temps seule avec Darren.

Fourrant le carnet de chèques dans ma poche arrière, je dévorai rapidement mon petit-déjeuner puis je m'occupai de la maison. Une fois que j'eus sorti les poubelles, rangé et tout fermé, j'enfilai ma veste d'un coup d'épaule et quittai les lieux.

La lueur faible de l'aube montait à travers les branches des pins alors que je prenais la route qui m'éloignait de la ville. Ayant fait attention durant notre trajet en voiture la veille, je savais où tourner. Les chemins tortueux ne mirent pas longtemps à s'élargir en une longue route presque dénuée d'arbres.

Avec un sourire, j'imaginai la réaction de ma mère lorsque je débarquerais sur le pas de sa porte. Je lui dirais que j'en avais fini de jouer à ce jeu stupide et qu'elle devait garder son rôle de mère encore quelques mois avant que je déguerpisse de sa vie pour de bon, comme elle le souhaitait.

Perdue dans mes pensées, je ne repérai pas les volutes, semblables à des ondulations de chaleur sur le goudron en plein soleil. Cependant, les poils de mes bras se dressèrent au garde-à-vous. Je ralentis mon allure. Non que j'en aie envie, mais mes jambes étaient devenues si lourdes que chaque pas me demandait un effort considérable.

— C'est quoi, ce bordel ? marmonnai-je en regardant mes pieds.

Les yeux tournés dans la mauvaise direction, je me rendis compte trop tard que je m'étais rapprochée des vagues étranges. Un éclat de lumière vive surgit, me projetant à la renverse. J'atterris durement sur la chaussée et ma tête entra en contact avec le sol dans un bruit sourd et creux.

J'ignore combien de temps je restai étendue là, mais l'odeur amère de cheveux brûlés et le goût du sang dans ma bouche me réveillèrent. J'ouvris les yeux et clignai des paupières face au ciel bleu et clair au-dessus de moi. Il me fallut une seconde pour me rappeler pourquoi j'étais couchée sur le dos au milieu de la route.

Considérant l'odeur nauséabonde qui emplissait mes narines, je me levai et tapotai ma tête en panique, puis j'expirai de soulagement en sentant les cheveux sur mon crâne.

— Ça ne brûle rien, en réalité, fit une voix à côté de moi. Ça empeste, c'est tout.

Je tournai la tête et découvris l'homme de mon rêve, accroupi non loin de là. Cette fois, il portait un jean. Malgré cela, mes yeux se délectèrent de son large torse nu tandis que mes pensées éparpillées essayaient de formuler une explication rationnelle.

Comment avais-je pu rêver d'une personne qui existait vraiment ? Je doutais posséder des dons de voyance. Si tel était le cas, je me serais vue en train de tomber sur les fesses. Et je doutais l'avoir croisé quelque part en ville parce que je n'avais pas quitté la maison. En y repensant, je me rappelais être partie par la porte de derrière dans mon rêve. Avec l'apparence d'une créature ailée, il était alors descendu en piqué et il était sorti de l'ombre sous forme humaine.

Il n'y avait qu'une seule réponse. Il n'existait toujours pas. Je m'étais cogné la tête plus durement que je l'avais cru dans cette chute, et il était le résultat d'une commotion cérébrale.

Ses cheveux blonds scintillaient sous le soleil, qui faisait ressortir toutes les nuances de ses mèches. Des nuances qui ne pouvaient pas être le fruit de mon imagination.

— Tu n'es pas réel, murmurai-je avec un désespoir grandissant.

— Et ça recommence.

Il se leva et se pencha pour m'offrir sa main, que j'ignorai. Dès que je fus sur pied, il recula d'un pas.

— Si tu ressens le besoin de vérifier si c'est bien réel, pince-toi le bras, dit-il.

Je secouai la tête, non pas pour lui répondre, mais pour nier toute cette histoire. Mais la force de mon déni faiblit lorsque je regardai la route et ses vagues miroitantes.

— Je ne réessayerais pas, à ta place. En fait, si tu étais futée, tu partirais en courant à travers bois pour rentrer chez toi avant que Trammer atteigne la barrière.

Je détournai mon regard des volutes, juste à temps pour voir l'homme de mon rêve faire un signe de tête vers la forêt sur la gauche.

Je comprenais ce qu'il me disait. Fuir pour ne pas se faire attraper. Mais attraper pour quelle raison ?

— La barrière ? demandai-je.

— Oui. Tu ne sais vraiment rien, n'est-ce pas ?

Il soupira.

— Les parents font ça parfois. Ils nous laissent dans le noir jusqu'à nous abandonner. Rends-toi service et rentre en courant chez toi. N'essaie plus de t'enfuir. Personne ne s'en va sans avoir prouvé qu'il est capable de se débrouiller correctement face aux humains.

J'ouvris la bouche pour lui demander de quoi il parlait lorsque je repérai le bruit d'un moteur. Son avertissement à propos de Trammer fit écho dans mon esprit. Je ne pouvais pas me permettre une autre prise de bec avec la police. Sans attendre, je sprintai vers les arbres.

— Quelle fille intelligente, lança-t-il dans mon dos.

Son attitude hautaine et cavalière commençait à me fatiguer.

La pensée s'était à peine formée dans mon esprit que j'entendis un énorme souffle derrière moi. Le lourd battement d'ailes me fit regarder vers le ciel tout en m'enfonçant toujours plus loin dans la forêt. À travers la canopée multicolore, je vis la créature planer au-dessus de moi. Elle volait dans la même direction et sa vitesse la fit rapidement disparaître au loin.

Il était réel ? Tout cela était réel ?

Le bruit du moteur s'estompa en peu de temps. Je ne ralentis pas. J'avais bien trop peur pour ça. Tandis que je slalomais entre les arbres, mon esprit filait à toute allure. Qu'est-ce qui était réel ? Tout ? Où ma mère m'avait-elle conduite ? J'avais beau avoir envie de croire que mon coup à la tête était responsable du griffon qui volait au-dessus de moi, le doute m'en empêchait. Je ne m'étais pas cognée hier soir.

Pas plus d'une minute après que la chose ait disparu, elle fit demi-tour et se montra à nouveau, répétant le chemin comme si elle m'indiquait la bonne direction. Je virai légèrement à gauche. La bête émit un son grave qui ressemblait à un grondement de tonnerre, puis descendit en piqué vers les arbres avant de tourner une nouvelle fois. Elle revint à nouveau et recommença le mouvement jusqu'à ce que je corrige ma course.

Oui. La créature me montrait clairement la voie. J'étais si préoccupée à observer le ciel que je ne compris pas tout de suite où je me trouvais lorsque je sortis des bois, faisant irruption dans une clairière. Le jardin tondu me renseigna bien avant la maison ou le cabanon de guingois. Je regardai autour de moi en me demandant où courir, mais le griffon décrivit un cercle avant de partir vers la ville. L'option la plus sûre était encore de rester sur place.

J'entrai rapidement et verrouillai derrière moi. L'arrière de mon crâne m'élançait, et j'avais toujours le goût du sang dans la bouche.

— C'est quoi cet endroit, putain ?

Je n'avais aucune réponse et personne digne de confiance à qui le demander. À ce moment précis, je haïssais ma mère. Mais surtout, je me haïssais encore plus. Si j'avais pu simplement apprendre à contrôler mon tempérament, rien de tout ça ne serait arrivé. Je serais restée chez moi, là où était ma place, et non pas dans cette ville dingue.

L'ordinateur sur la table attira mon attention. Je m'assis et l'allumai avant de taper une recherche rapide sur Uttira, dans le Maine. Une page sur les activités de la ville, incluant un festival de l'automne qui ne tarderait pas, ainsi qu'un rappel de notre rôle de citoyens ordonnés et pacifiques, résumait assez bien le message du site web pathétique de la municipalité. Ça ne m'aidait pas plus que la stupide brochure que j'avais reçue la veille.

Cédant à ma migraine, je retirai mes chaussures d'un coup de pied, laissai tomber ma veste et rejoignis le meuble de la salle de bain pour prendre deux analgésiques. Afin d'accentuer les effets abrutissants, je marchai lentement jusqu'au salon et j'allumai la télévision.

Avant même que je puisse m'installer confortablement sur le canapé, la sonnette retentit. Je me maudis d'avoir oublié d'arracher ce boîtier du revêtement. Elle sonna une seconde fois juste au moment où je parvenais jusqu'à l'entrée.

J'ouvris en grand, affichant déjà un air mauvais. Mon humeur à vif s'embrasa encore plus à la vue de Trammer.

— On va quelque part, Megan ?

Je baissai avec insistance le regard sur mes pieds nus avant de le relever pour croiser le sien.

— Oui, à la plage.

Il plissa les yeux.

— Restez ici, à votre place, sinon il y aura des problèmes. Vous comprenez ?

— Que vous harcelez les mineurs sans aucune raison apparente ? Oui, je comprends. Si c'est tout, j'aimerais retourner à mes rediffs de séries des années quatre-vingt-dix.

Je lui claquai la porte au nez, trop furieuse pour me préoccuper des conséquences. Je n'avais rien à faire ici, et nous le savions tous les deux.

CHAPITRE QUATRE

En dépit de la certitude que je n'avais rien à faire à Uttira, j'ignorais comment m'en aller. Chaque fois que je songeais à essayer de passer les frontières de la ville à pied, les relents de cheveux brûlés m'entouraient si intensément que j'avais du mal à respirer. Cependant, dès que je cessais d'envisager de partir, l'odeur disparaissait instantanément.

Je ne pouvais plus me bercer d'illusions et prétendre que ce que j'avais vu, senti et ressenti était un rêve. Pourtant, admettre qu'il y avait une barrière magique pour contenir les gens et autres créatures dans les limites d'Uttira semblait complètement fou.

Je passai donc le reste de mon week-end sur Internet, à chercher des explications possibles. Rien de plus ne fit surface au sujet la ville que ce que j'avais déjà découvert. Et ma recherche sur les griffons tourna court. Aucune information ne correspondait à ce que j'avais vu. Les barrières magiques s'avérèrent plutôt intéressantes, en revanche. Des gens s'étaient filmés en train de faire des incantations ou de lancer des sorts, bien que cela ne prouve rien. Mais devant leur totale certitude qu'ils avaient pratiqué un acte de magie tout en s'étant documentés sur le sujet, j'eus envie de rechercher la liste des pathologies susceptibles de faire croire à une odeur de cheveux brûlés.

Au lundi matin, je n'avais rien trouvé pour étayer l'idée que ce que j'avais vécu était possible. Ma non-vie à Uttira me donnait l'impression de n'être qu'un long et mauvais rêve, ce qui m'inquiétait carrément. La dernière fois que j'avais pris des événements réels pour un cauchemar, la réalité avait joué les garces et m'avait giflée en pleine face. J'avais un hématome à l'arrière du crâne pour le prouver.

Frustrée et perdue, je réfléchissais à mes options. Demander de l'aide à n'importe quelle figure d'autorité était impensable. Qu'est-ce que je dirais ? *Venez à mon secours, je ne peux pas quitter Uttira à cause d'une barrière magique !* Au mieux, je finirais en foyer d'accueil, au pire, en cellule capitonnée. Je n'avais personne vers qui me tourner à part moi-même. Et la seule manière de comprendre quoi faire, c'était de sortir à nouveau de la maison et d'en apprendre plus sur cet endroit que j'appelais désormais, à contrecœur, « chez moi ».

Ainsi, je me lavai, m'habillai et pris mon petit-déjeuner comme une personne normale, pendant que mon esprit imaginait tout ce que je découvrirais une fois arrivée au centre-ville.

Quelqu'un tambourina soudain à ma porte, me faisant bondir sur mes pieds. Tout le triomphe que j'avais pu ressentir en désactivant la sonnette durant le week-end retomba bien vite quand je vis Trammer sur mon porche. Puisqu'il me regardait par la vitre à présent propre, à côté de la porte, je n'avais pas d'autre choix que de répondre.

— Bonjour, Trammer, tentai-je pour me montrer agréable.

J'avais vraiment essayé, mais ma voix était sortie comme un ricanement plus qu'autre chose. C'était quoi, mon problème ?

— Allons-y, dit-il en désignant sa voiture.

— Où ça ?

— À Girderon.

Le nom me semblait familier et je me rappelai rapidement où je l'avais entendu. C'était celui de l'académie bon chic bon genre. L'école dont ma mère m'avait donné les papiers. Celle-là même qui ne requérait pas ma présence, selon ses dires.

— Pourquoi dois-je y aller ?

— Pour le contrôle du lundi. Si vous refusez, j'ai l'autorisation de vous arrêter. Est-ce que vous refusez ?

Il posa la main sur l'appareil qui pendait à sa ceinture d'uniforme.

— Un contrôle ? Je n'ai aucune idée de ce dont vous parlez.

— Montez dans la voiture, sinon je considérerai vos tergiversations comme un refus d'obtempérer et je vous arrêterai.

Je me concentrai sur ma respiration pour chasser l'envie pressante de le blesser physiquement.

— J'aimerais prendre ma veste, si vous le permettez.

— Dépêchez-vous, et gardez la porte ouverte.

Je tournai les talons et me rendis dans la cuisine, où je récupérai mon téléphone et les papiers de l'académie. Je n'avais rien touché depuis le départ de maman. Trammer se trouvait au même endroit quand je revins et il attendit que je ferme la porte à clé.

Le trajet à l'arrière de la voiture de patrouille me donna quelques minutes pour feuilleter la paperasse de l'école. La lettre de bienvenue fournissait des instructions sur la façon de se rendre sur leur site Internet afin de passer en revue les cours proposés. Ils insistaient sur le fait que les cours spéciaux de Girderon ne seraient pas disponibles sur le net pour des raisons de sécurité. Au lieu de ça, ils seraient dispensés lors des présences obligatoires du lundi. Un rapide coup d'œil m'apprit que le code vestimentaire, le code de conduite et les politiques de sécurité en ligne étaient plutôt classiques.

Intriguée par ce qui m'attendait, je fis soigneusement une petite pile avec tous les papiers et je regardai par la vitre. La route sinueuse au bord de laquelle je vivais conduisait directement à la ville. Il y avait beaucoup de bâtiments, mais le bourg semblait mort. Personne ne marchait dans la rue ni ne se déplaçait d'un magasin à un autre. Un mauvais pressentiment s'installa au creux de mon ventre. Où était tout le monde ?

Trammer tourna dans un boulevard longé par des arbres majestueux. Il arrêta la voiture un peu plus loin dans la rue devant un portail, et il appuya sur le bouton d'un interphone.

— *Oui ?* fit une voix dans le boîtier.

— J'amène Megan Smith, comme demandé, dit-il.

— *Entrez.*

Un grésillement retentit et le portail s'ouvrit.

Après un léger virage, la gigantesque bâtisse de pierre qui se dressait un kilomètre plus loin s'offrit à mon regard. Il montait sur deux étages supérieurs et s'étendait à droite et à gauche, consommant plus d'espace que n'importe quel autre immeuble.

La pierre claire couleur crème scintillait sous la lumière du matin, conférant à l'endroit une impression de propre et de neuf. Malgré cela, la date gravée au-dessus de la double porte établissait clairement que le bâtiment existait depuis plus de deux cents ans.

Je remarquai négligemment Trammer qui arrêtait le moteur et contournait la voiture pour m'ouvrir la portière.

— Merci, mon brave, dis-je sans le regarder, les yeux rivés sur la bâtisse.

L'expression bon chic bon genre décrivait à peine la majesté du lycée d'Uttira.

Je gravis les marches vers la femme qui m'attendait.

— Megan Smith ?

— Oui.

Elle afficha un sourire affable avant de regarder par-dessus mon épaule.

— Vous pouvez partir, Trammer. Merci pour votre aide.

Elle ne posa les yeux sur moi que lorsque le bruit du moteur s'estompa au loin, ce qui me laissa un moment pour l'examiner. Ses longs cheveux foncés retombaient souplement dans son dos. Elle portait un tailleur gris uni, une chemise blanche et des escarpins qui lui donnaient une allure autoritaire. Je m'attendais à ce que ma colère irrationnelle me prenne à la gorge, me poussant à faire quelque chose qui me ferait renvoyer dès mon premier jour. Au lieu de ça, je ne ressentis rien d'autre que de la curiosité pour cette école, le portail fermé et l'accueil personnalisé.

— Bienvenue à l'académie Girderon. Je vais te faire visiter et te donner des explications.

Elle tendit le bras, me faisant signe de la précéder.

Le vaste hall d'entrée s'élevait sur deux étages surplombant le rez-de-chaussée. Un plafond entièrement vitré en forme de dôme laissait passer la lumière. Des plantes en pots emplissaient l'espace, créant un sentier imaginatif jusqu'au double escalier qui montait.

— Je m'appelle Adira Grenald. Je suis la coordinatrice des études pour tous les élèves de Girderon.

Je détournai les yeux de l'impressionnant hall d'entrée pour la regarder.

— Qu'est-ce qu'une coordinatrice des études ?

— La personne qui te dit de quelles sessions tu as besoin pour obtenir ton diplôme, qui suit tes progrès et qui te fait des recommandations en fonction de tes performances et de tes capacités.

— Alors, vous êtes conseillère d'orientation ?

— On peut le dire comme ça.

Elle afficha un autre sourire avenant et se dirigea vers le couloir sur la gauche. Je la suivis.

— Nous faisons tout notre possible pour faire de Girderon un lieu d'apprentissage sécurisé pour nos élèves. Comme tu l'imagines, ce n'est pas une tâche facile. Certaines précautions existent pour empêcher tout décès dans l'enceinte de l'académie, même si on ne peut éviter quelques blessures.

J'étais en train d'essayer de jeter un œil au passage à travers les fenêtres étroites sur les portes des salles de classe lorsque je saisis ses paroles. Mes pas chancelèrent. Mon récent coup à la tête avait dû me détraquer les oreilles. Il était impossible qu'elle ait dit ce que je croyais avoir entendu.

— Venez-vous vraiment de parler de mort ?

Elle cessa de marcher et croisa mon regard inquiet.

— En effet. Comme vous, d'autres étudiants ont encore besoin d'apprendre à contrôler leurs pulsions.

Elle se tourna et continua à avancer dans le couloir.

— Une bonne partie des cours généraux se situent dans ce corridor. Si tu as d'assez bonnes notes dans les matières obligatoires du tronc commun, il y a peu de chances que tu passes beaucoup de temps ici.

Elle tourna à l'angle, dans un couloir plus large avec moins de portes.

— Tu peux passer dans cette section les pauses entre les sessions qui te sont assignées, pour des études indépendantes ou optionnelles. Chaque pièce possède un planning d'occupation, que je gère moi-même. Si tu souhaites y réserver du temps, viens me voir. Les salles sont protégées de sorte que personne ne puisse venir te déranger et que rien ne soit détruit à l'intérieur.

— D'accord, dis-je d'une voix traînante.

Au bout du couloir, elle tourna à nouveau.

— Tu trouveras ici les bureaux administratifs. Nous allons arrêter la visite et passer à l'examen d'aptitude.

Elle ouvrit la porte d'une salle spacieuse, avec un bureau et une chaise installée devant.

— Assieds-toi.

Elle me désigna la chaise tout en se déplaçant derrière le bureau. Un dossier marron attira mon attention. Remarquant la direction de mon regard, elle posa la main sur le porte-document.

— Je mettrai ton fichier à jour à chaque examen d'aptitude, tous les lundis. Maintenant, Megan, raconte-moi ce que tu sais à ton sujet.

— Il n'y a pas grand-chose à dire excepté que je suis à peu près sûre de ne rien avoir à faire ici.

Elle s'installa dans son fauteuil et m'observa un moment.

— Pourquoi penses-tu ça ?

Que pouvais-je dire afin de ne pas passer pour la folle pour laquelle elle m'avait prise durant toute la visite ?

— Écoutez. Vous avez dit que cet endroit était protégé. Qu'est-ce que ça veut dire ?

— Que la magie protège l'académie et les élèves qui y sont.

— Exactement. De la magie. Quelque chose en quoi je ne crois pas.

— Même après votre incident à la barrière ?

J'ouvris des yeux ronds.

— Oui. Je sais que tu as essayé de partir. Je ne m'étais pas attendue à moins que ça, toutefois je t'encourage à ne pas tenter de recommencer. Sans la marque de Mantirum, la barrière te repoussera.

— Et la marque de Mantirum, c'est... ?

— La marque que tu reçois à ton diplôme et qui signifie que tu es devenue un véritable membre de Mantirum, le monde de la magie.

Je pouffai avant de lui sourire :

— C'est ça.

— Je vois, dit-elle. Le doute ne t'aidera pas à apprendre ce que tu dois savoir.

Elle se leva et tendit les bras. Sous mes yeux attentifs, ses vêtements se changèrent en volutes de tissu et sa peau perdit sa teinte rosée pour devenir pâle, presque translucide. De la lumière bougeait juste sous la surface. Au lieu d'en avoir peur, je la trouvai merveilleusement fascinante.

— Me vois-tu, fille de Paxton ? Vois-tu la magie pulser dans mes veines ? La magie est réelle. Le monde que tu connais t'a gardée aveugle de ce fait. Il est temps que tu voies notre monde comme il est vraiment. Il est temps que tu te voies comme tu es réellement.

— Et qu'est-ce que je suis ?

Elle baissa les bras. Aussitôt, ses vêtements et sa peau revinrent à la normale – ou du moins, ce que je considérais comme normal.

— C'est à toi de découvrir qui tu es quand ce sera le moment, répondit-elle. Maintenant, parle-moi de toi.

— Sauf à remettre en question ma santé mentale pour envisager de croire à tout ça, j'ai du mal à garder ma bouche fermée et mes poings pour moi-même.

Elle esquissa un petit sourire.

— Tu es saine d'esprit, Megan. Et, avec le temps, tu trouveras la vérité sur cet endroit et sur toi-même. Je pense, pour l'instant, que te laisser t'acclimater serait plus sage que de continuer ton évaluation.

Elle se leva et me fit signe de la suivre. Hésitante, je fis ce qu'elle demandait et je la suivis hors de la pièce, puis en haut d'une volée de marches jusqu'à l'étage supérieur. Elle s'arrêta à la troisième porte.

— Nous nous reparlerons bientôt.

Elle ouvrit et entra. À travers l'ouverture, je vis une salle remplie de bureaux, comme dans mon ancienne école. Parmi la mer de visages, quelqu'un me fit un clin d'œil. Mon regard resta rivé sur Fenris pendant que mademoiselle Grenald prenait la parole :

— Bonjour, Lucas. Voici Megan Smith. Merci de faire en sorte qu'elle se sente la bienvenue.

— Bonjour, Megan.

Je détournai mon regard du visage souriant de Fenris et j'observai l'homme plus âgé à l'entrée de la pièce.

— Bonjour.

— Va t'asseoir, s'il te plaît.

Je posai de nouveau les yeux sur Fenris et sur l'ensemble de bureaux occupés. Son troupeau de filles du vendredi précédent l'entourait, dont cette peau de vache blonde qui conduisait la dernière fois. Ignorant son air mauvais et la démangeaison furieuse qui rampait sous ma peau, je rejoignis le fond de la classe et la seule table libre. Le professeur recommença son cours dès que je fus assise.

— Vos propres natures vous tenteront. Les dieux vous ont créés et vous ont donné à tous des raisons d'être et un rapport spécial aux humains. Que ce soit pour les défendre ou les dévorer, vous devez apprendre à vous mêler à eux et à éviter de révéler qui vous êtes véritablement.

Au risque de me répéter, cela ne pouvait pas être réel. Qui étaient ces gens ? De la magie ? Des dieux ? Dévorer des humains ? Non merci.

Avant que je puisse songer à me lever, la personne sur ma gauche bougea. Je me tournai et croisai le regard calme du garçon qui, tout compte fait, ne venait pas d'un rêve. Il portait des vêtements cette fois. Une tenue entière, pas qu'un jean.

Ses yeux d'un bleu profond restèrent rivés aux miens pendant un instant. J'avais beaucoup de mal à croire qu'il existait pour de vrai.

Très légèrement, il secoua la tête et reporta son attention sur l'enseignant.

Me demandait-il de ne pas partir ? Pourquoi ? Quelque chose allait-il se passer et me faire tomber sur les fesses à nouveau ? Frustrée, je restai dans mon siège durant tout le cours. Le professeur nous apprenait comment garder secrète notre identité tout en accomplissant notre mission.

Quand la sonnerie retentit quarante minutes plus tard, tout le monde se leva.

— Megan, lança le prof avant que je puisse m'en aller. Peux-tu attendre un instant ? Je vais t'expliquer ton emploi du temps.

Je restai dans mon siège et observai les autres élèves filer. Les groupies de Fenris s'agglutinèrent autour de lui, le touchant sur l'épaule ou sur le bras. Elles se disputaient son attention. Il regarda en arrière et m'adressa un clin d'œil tout en répondant à un commentaire sur la nouvelle coiffure de l'une d'elles.

Si tous les jeunes ici étaient des créatures censées se mêler à la foule, je n'avais aucune idée de ce que Fenris était supposé être. Mis à part un aimant à filles, évidemment. Quand je regardai sur la gauche, le siège à côté de moi était déjà vide, lui aussi.

Lucas attrapa une pile de papiers sur son bureau et s'approcha.

— Ta mère a indiqué que tu avais été en école publique humaine jusqu'à cette année, ce qui signifie que tu remplis déjà les conditions requises générales pour Girderon. Néanmoins, tu devras passer des tests d'évaluation dans les cours de tronc commun afin de vérifier ton niveau. Puisque tu as opté pour l'enseignement à domicile, j'ai inclus une plaquette pour l'anglais, les maths, les études sociales et la biologie, que tu peux utiliser comme référence si besoin. Lorsque tu te connecteras sur ton compte sur le site de Girderon, tu verras un lien pour passer le test. Tu peux le faire dès que tu seras prête.

Submergée par tout ce qui m'était arrivé jusque-là, je pris les papiers comme un automate lorsqu'il me tendit la liasse.

— En attendant, tu seras tenue d'assister aux cours d'Histoire des dieux, d'Études des hommes, c'est-à-dire ce cours-ci, et de Découverte de soi. Le programme standard pour ton âge.

Il me remit une autre feuille. Celle-là comprenait un planning avec le nom des classes qu'il venait de mentionner. Il me fallut quelques secondes de silence pour me rendre compte qu'il avait fini de parler et qu'il attendait une réponse.

Cependant, je n'avais aucune idée de ce que je devais répondre. J'avais déjà essayé d'expliquer à Adira que je n'avais rien à faire ici, et cela ne m'avait pas du tout aidée.

Il posa une main sur mon épaule et me lança un regard compréhensif.

— Je sais que tu dois te sentir perdue pour l'instant. Vivre dans le monde des humains en ignorant qui tu es et ce que tu es pendant si longtemps doit faire paraître tout cela irréel. Je te promets que tout est vrai et que tu as ta place ici. Plus vite tu l'accepteras, plus facile sera ta transition.

— Transition ?

— Oui. Vers la vie que tu es réellement censée vivre. Bienvenue à Girderon, Megan. Si tu as besoin d'une oreille attentive, tu peux toquer à ma porte ou demander l'aide de n'importe quel autre professeur ici.

— Euh. Merci.

— De rien. Tu ferais mieux de te dépêcher. Le cours de Découverte de soi est au premier.

CHAPITRE CINQ

Je quittai la salle de classe et entrai dans le couloir au chaos surréaliste. Ce n'était pas le niveau sonore, mais la foule d'élèves qui me sidéra. Ralentissant au point mort, je remis à nouveau en cause ma santé mentale et m'efforçai de trouver du sens à ce que je voyais.

Comme dans toute école entre deux cours, la majorité des élèves se pressaient vers une destination inconnue, pendant que d'autres s'attardaient en petits groupes, bavardant et formant des embouteillages. En revanche, contrairement à ce qui se passait dans les autres établissements, moins de la moitié d'entre eux avait une apparence humaine.

Des nains, que j'aurais facilement pu confondre avec des personnes de petite taille classiques sans leur étalage excessif de bagues, colliers et pierreries, se mêlaient aux géants. Alors que leurs homologues au ras du sol se déplaçaient rapidement à chaque pas, les mastodontes faisaient paresseusement leur chemin à travers la foule. Certains étaient si grands que leurs crânes balayaient presque les plafonds hauts de trois mètres. Et pourtant, ce n'étaient pas les plus impressionnants à regarder. Les elfes côtoyaient gracieusement les minotaures, centaures et cyclopes.

Je pris un moment pour observer un centaure qui me dépassa en caracolant, le clopinement de ses sabots par-dessus le brouhaha. Il repéra mon regard et eut un mouvement de tête un peu brusque. Probablement parce que je le dévisageais avec la bouche ouverte. Je la bouclai, et mes yeux parcoururent une nouvelle fois les élèves dans le couloir.

Mon cœur incrédule palpitait dans ma poitrine. Il y avait encore plus de créatures, cependant j'ignorais complètement ce qu'elles étaient. Même si la plupart d'entre elles paraissaient humaines, certaines avaient l'air tout autres. Ce devait être réel. Je n'avais pas assez imagination, éveillée ou endormie, pour inventer ce genre de truc.

— Eh, la nouvelle, dit une fille en s'arrêtant devant moi. Viens à la piscine et je chanterai pour toi.

Elle pencha légèrement la tête, exposant de fines lignes derrière ses oreilles.

Des branchies ? C'étaient des branchies ?

— Ah, non merci.

— Une autre fois, alors.

Elle haussa les épaules d'un air mutin et s'éloigna.

J'aurais dû prendre peur et courir jusqu'à la porte. Au lieu de ça, je découvris que je ne pouvais détourner mon regard de tous ces individus bizarres autour de moi. À l'autre bout du couloir, un groupe de filles arboraient de profonds décolletés révélant leur peau de nuance verte. Elles faisaient les belles dès qu'on les regardait, et l'une d'entre elles alla même jusqu'à toucher les fesses d'un type qui passait.

Bon sang, c'était quoi ce lycée ? En rasant les murs, je commençai à faire mon chemin jusqu'aux escaliers.

— Oh, de la viande fraîche ! s'exclama une voix aiguë et perçante.

Je me tournai vers le centre du couloir et mes yeux tombèrent brièvement sur l'origine du cri, une jolie petite rouquine munie de crocs. Elle me sourit d'un air affamé. Avant que je puisse décider de ma réaction, quelqu'un s'interposa entre nous deux. Je levai les yeux pour découvrir un crâne aux cheveux sombres et hirsutes.

— Non, tu ne peux pas, Belemina, dit Fenris. Tu as promis que je serais le seul gars que tu ferais succomber à ton charme.

— Ce n'est pas un gars, dit-elle en riant. Mais je suis sûre que tu pourrais me persuader de regarder ailleurs si tu m'accompagnais à mon prochain cours.

— Si je t'accompagne dans ta classe, Mina, tu ne regarderas plus jamais quelqu'un d'autre que moi, dit-il en offrant gentiment son bras.

Elle le prit dans sa main fine et pâle et ils commencèrent à partir.

Fenris regarda par-dessus son épaule et articula silencieusement :

— Tu m'en dois une.

Je n'étais pas certaine de savoir exactement de quoi il m'avait sauvée, mais j'acquiesçai, soulagée. Un sourire puéril se dessina sur ses lèvres avant qu'il repose son attention sur sa camarade.

Revenue de la stupeur qui m'avait saisie dès le moment où j'avais passé la porte, je jetai un œil à mon planning. Il était plus facile de penser à mon prochain cours qu'au monde étrange dans lequel je me trouvais.

N'étant pas certaine du temps qu'il me restait, je me tournai vers les escaliers pour me retrouver à nouveau bloquée, cette fois par le groupe de filles de Fenris.

Une poussée d'agacement se réveilla en moi au moment où je croisai le regard de la conductrice blonde. Ce n'était pas parce qu'elle était grande, pulpeuse et effroyablement magnifique. La moitié des filles dans ce couloir correspondaient à ces critères. Et ma réaction n'avait aucun rapport avec le rictus arrogant sur son visage, bien que cela eût été compréhensible. La plupart des gens déclenchaient ma mauvaise humeur sans aucune raison apparente.

— Aubrey, allons-y, lança l'autre blonde sur sa droite en lui tirant la manche.

— Aubrey, dis-je, me rappelant le loup et la façon dont Fenris le commandait.

J'observai les autres. Elles ne me jetaient pas toutes un regard méchant comme Aubrey et elles étaient loin d'être aussi agaçantes.

— Eh bien, Fenris a vraiment un truc pour les blondes, pas vrai ? répliquai-je en rencontrant le regard d'Aubrey.

— En effet. Alors, tiens-toi loin de lui.

Je levai les yeux au ciel.

— Il n'a pas l'air d'un type qui se laisse détourner, mais plutôt du genre à détourner les copines des autres.

Dans un rare effort de retenue, je tentai de la contourner, mais elle imita mon mouvement.

— Sérieux, boule de poil ? Va pisser sur l'arbre de quelqu'un d'autre.

L'une des filles étouffa un cri lorsqu'Aubrey grogna dans ma direction.

Je souris et serrai le poing. Si elle voulait se battre, autant la satisfaire.

— Amène-toi, salope, dis-je en embrassant ma colère.

Dès qu'elle se jeta sur moi, je balançai durement le poing vers son visage. Mes doigts entrèrent en contact avec elle dans un bruit sourd qui enhardit mon humeur.

Aubrey poussa un cri strident en volant en arrière. Malheureusement, la foule qui montait les escaliers l'empêcha de tomber complètement à la renverse. Je plongeai vers elle, plus que prête à la rouer de coups pour lui faire passer l'envie de sourire pendant une semaine.

À mi-chemin, quelque chose me souleva loin d'Aubrey. Incapable de stopper mon poing dans mon élan, il rebondit sur la joue de l'homme le plus grand que j'aie jamais vu. Il mesurait plus de trois mètres, et à côté de mon mètre soixante-dix, il me faisait passer pour une naine. Son regard énervé m'épingla tandis que je pendouillais entre ses doigts, par le dos de ma chemise. J'essayai d'étouffer la colère qui bouillait sous ma peau.

— Je veux le droit de rejouer, dis-je doucement.

Le géant leva sa main libre et fit comme s'il allait me donner une pichenette en plein visage. Puisque son ongle faisait la taille de mon nez, je savais que cela ferait mal et je me préparai au choc.

Une voix trancha le brouhaha autour de nous.

— Ça suffit.

Je tournai légèrement la tête pour apercevoir l'homme de mon rêve, derrière moi, son visage presque au niveau de mon ventre.

— Repose-la, Finnegan. J'ai tout vu et nous savons tous les deux qu'elle t'a touché par accident.

— Me frapper était un accident. Mais frapper Aubrey ? Les nouvelles ne devraient pas frapper les gens qu'elles ne connaissent pas, répondit le géant d'une voix profonde.

— Tu as raison. Et les gens qu'elles ne connaissent pas ne devraient pas non plus chercher la bagarre dès leur premier jour.

Le géant acquiesça et me déposa les pieds au sol, au moment où la sonnerie retentissait. Le couloir autour de nous se vida immédiatement et le colosse partit d'un pas tranquille, se penchant légèrement pour entrer dans la classe que je venais de quitter.

Aubrey continua à me jeter un regard mauvais. La marque rouge sur sa joue et le petit gonflement de sa lèvre supérieure m'apprirent que je l'avais touchée sévèrement avec mon premier coup. Je me demandais si un second chasserait le rictus de son visage.

— Aubrey, nous savons tous les deux que Fenris a flirté avec elle, et non pas le contraire. Tu veux le garder pour toi, mais ce n'était pas nécessaire de le lui imposer. Tu dois régler ça avec Fenris directement. As-tu besoin que quelqu'un s'occupe de ton visage ?

— Je vais m'en occuper pour elle, lançai-je avant de pouvoir m'en empêcher.

— Pourquoi es-tu si en colère ? me demanda l'homme de mon rêve en m'examinant.

— Des problèmes avec môman parce qu'elle t'a laissée ici ?

La tentative d'Aubrey pour afficher un sourire narquois se termina en grimace. Ça ne me donnait pas moins envie de la frapper.

Je serrai le poing et avançai. L'homme de mon rêve me bloqua le passage.

— En cours ou chez toi ? demanda-t-il.

Il ferait mieux de ne pas jouer avec moi.

— Si j'ai vraiment le choix, chez moi.

— Je t'emmène. Jenna, préviens Adira.

La blonde à côté d'Aubrey acquiesça et le quatuor décampa. L'homme de mon rêve désigna l'escalier.

— Tu vas me ramener en volant ? demandai-je.

Il me jeta un regard noir et continua à marcher.

— Est-ce qu'elle a raison ? m'interrogea-t-il.

— À propos de ma mère ? Oui, elle est partie. Et alors ?

— Est-ce pour ça que tu es en colère ?

— Pff. Je l'étais bien avant ça, répondis-je.

— Pourquoi ?

— Comment le saurais-je ? Et toi ? Pourquoi joues-tu toujours les petits chefs ?

— Des problèmes avec papa, rétorqua-t-il.

Son commentaire ne me rendit pas furieuse. En fait, il désamorça la tension persistante sous ma peau.

Nous atteignîmes l'atrium principal, mais il ne se dirigea pas vers la grande porte. Il tourna vers l'aile droite.

L'odeur d'eau salée titilla mes narines avant que des voix chantantes et cadencées parviennent jusqu'à mes oreilles. Au lieu d'avancer droit vers le hall principal, je tournai à gauche en suivant le bruit. Je n'allai pas bien loin avant d'arriver devant une baie vitrée, dans un couloir donnant sur deux piscines gigantesques.

Des filles et des garçons nageaient ou étaient assis sur le bord. Quelques-uns chantaient. Certains jouaient avec la chevelure des autres. Ils avaient tous des queues et ne portaient aucun vêtement. Par chance, les filles avaient de très longs cheveux.

— Qu'est-ce que ça te fait ressentir ? demanda doucement l'homme de mon rêve.

— Les observer en train de jouer ensemble ? Ça me rend légèrement vicelarde.

— Je parlais de leur musique.

Je haussai les épaules et me concentrai sur ce que j'entendais.

— Un peu plus calme, peut-être. Pourquoi ?

— Le chant des sirènes peut être enjôleur.

— *Enjôleur* ? Qui es-tu ? Tu es sûr d'avoir mon âge ?

— Oui. Viens.

Nous retournâmes jusqu'au hall d'entrée et passâmes par une porte latérale qui menait au parking.

— Pitié, dis-moi que tu as une voiture ici.

— J'en ai une.

Il me conduisit jusqu'à une voiture de sport rouge, au milieu d'autres véhicules tout aussi luxueux.

— Ou comment se démarquer.

Il haussa les épaules et m'ouvrit la portière. Je m'y glissai, plus qu'un peu jalouse de sa voiture. Non pas parce qu'elle était rouge et sportive, mais parce que c'était une voiture, tout simplement.

Quand il entra, il me surprit en caressant le siège en cuir.

— Je croyais que tu n'aimais pas, dit-il.

— J'aime tout ce qui me conduira là où je veux sans avoir à marcher.

Il démarra le moteur et quitta tranquillement sa place de parking. Je regardai par la fenêtre, observant la hauteur imposante de l'école.

— Je ne suis toujours pas sûre de croire que tout cela est réel, dis-je. Des géants. Des sirènes.

Je le regardai en ajoutant :

— Des griffons.

Son expression resta neutre, comme chaque fois que je le voyais. Sauf quand je l'avais frappé.

— C'est réel, dit-il.

— Comment est-ce possible ? Et pourquoi personne n'est au courant ?

— Tu étais au cours de Lucas. On se fond dans la masse. Regarde-toi. Depuis combien d'années vis-tu dans le monde des humains ?

— Dix-sept ans, et je ne me fonds pas. Je suis humaine.

Une pensée traversa mon esprit.

— Que va-t-il m'arriver quand ils vont s'en rendre compte ?

Il me regarda et tapota le volant un moment en ralentissant devant le portail. La grille s'ouvrit sans qu'il ait à appuyer sur le bouton.

— Si tu es ici et que tu as été inscrite à Girderon, tu n'es pas humaine, Megan. Ils ne font pas ce genre d'erreur.

— Ils ?

— Le Conseil. L'organe dirigeant qui supervise l'académie, la ville et notre communauté.

Je secouai légèrement la tête, consciente qu'au fond, je commençais à y croire. C'était difficile de faire autrement après avoir échappé à la chiquenaude d'un géant.

— D'accord. Je veux bien jouer le jeu. Quelle est cette communauté, au juste ?

— Une maison pour les enfants et les créations des dieux.

— Des dieux ?

Je ne pus dissimuler l'incrédulité dans ma voix.

Il me regarda à nouveau, son expression toujours neutre, puis il se concentra sur la route. Nous passâmes en silence le reste du trajet qui menait à ma maison. Si je l'avais insulté en refusant de prêter foi à ses croyances, il n'en montra rien.

Nous nous arrêtâmes devant chez moi et je captai un

changement subtil et critique lorsque ses yeux se posèrent sur le jardin de devant.

— La tondeuse est cassée, dis-je en sentant le besoin de me justifier puisque la responsabilité de l'entretien retombait à présent sur mes épaules.

Cette pensée déclencha le souvenir de ce qu'Aubrey avait dit dans le couloir. Elle savait que ma mère m'avait abandonnée. Étaient-ils tous au courant ?

— Merci de m'avoir ramenée.

Je descendis rapidement et marchai vers l'arrière de la maison. Je ne me retournai pas en entendant le bruit de son moteur s'éloigner lentement.

L'idée qu'il se soit interposé pour m'aider à l'école et qu'il m'ait raccompagnée parce que j'étais la pauvre fille de la ville pesait lourdement sur mon estomac, décuplant ma haine envers cet endroit. Malgré cela, je savais que ce n'était pas la faute d'Uttira. C'était celle de ma mère. Elle m'avait conduite ici dans le seul but de m'abandonner. Si ce que me disait tout le monde était vrai, elle savait dès le départ ce qu'était cet endroit et elle m'avait caché cette information. Pourquoi me dissimuler la vérité ? Était-ce parce que j'étais vraiment quelque chose de plus qu'un simple être humain ? Et si c'était le cas, qu'étais-je donc ?

J'entrai par la porte de derrière et posai les papiers de Girderon sur la table. Après m'être préparé un encas, je m'assis et me connectai au site de l'académie. Une liste de sessions et de tests interactifs m'attendait sur ma page d'accueil étudiante.

Plus curieuse à propos de l'école que de ma liste de cours, je cliquai un peu partout et lus le peu qu'il y avait. Une page sobrement intitulée « Origines » attira mon attention. L'article, écrit par Lucas Flavian, contenait un certain nombre de liens vers des sites sur les mythologies grecques et nordiques. Tout en mâchonnant des chips de légumes, je lus que monsieur Flavian suggérait que « nous » étions les descendants des dieux. Certains étaient la progéniture directe d'humains et d'immortels, d'autres des créations par ces mêmes immortels divins. Il brossait ensuite un tableau des règnes fluctuants de chaque dieu.

Pour moi, cet article n'avait aucune logique. Il n'annonçait rien, ne vérifiait rien et ne résumait rien. Il y manquait toute forme de persuasion. C'était un tas d'opinions et de spéculations, à peine le début d'un cours qui mènerait peut-être à une logique s'il finissait un jour.

Je continuai de surfer au hasard sur le site, sans dénicher quoi que ce soit d'utile, susceptible de m'expliquer ce qu'était vraiment cette école. Décidant de jeter un œil aux évaluations que Lucas avait mentionnées, je retournai sur la page d'accueil et ouvris la première session interactive. Elle suivait le format classique : « Regarde la vidéo et réponds ensuite aux questions. »

Le bruit d'une tondeuse qui démarrait dans mon jardin me tira de mon examen d'aptitude en anglais de niveau lycée. Fronçant les sourcils, je me dirigeai vers la porte d'entrée et je regardai par la fenêtre. Quelqu'un était en train d'essayer de pousser une tondeuse dans les hautes herbes.

L'homme de mon rêve.

J'ouvris grand la porte.

— Eh ! appelai-je depuis le porche.

Il ne leva pas les yeux.

Je dévalai les marches et j'attendis qu'il se tourne pour me voir. Quand ce fut fait, il coupa le moteur.

— Comment t'appelles-tu ? demandai-je.

— Oanen.

— Qu'est-ce que tu fiches, Oanen ?

— Je tonds ton jardin. Ta mère s'est arrangée pour que ce soit fait tous les mercredis. Quand j'ai vu son état, je me suis dit qu'attendre n'aiderait en rien.

— C'est toi qui entretiens les pelouses ? demandai-je, abasourdie.

Il haussa les épaules et continua à me regarder.

— As-tu d'autres questions ? s'enquit-il après un moment.

— Non. Rien.

Confuse et frustrée, je tournai les talons et entrai de nouveau dans la maison. Dehors, la tondeuse redémarra.

Plus que jamais, j'aurais souhaité comprendre les motivations de ma mère à me laisser ici.

Chaque jour qui passait, il m'était de plus en plus difficile de me persuader qu'elle finirait par revenir.

CHAPITRE SIX

— Bon sang de bonobo en bermuda, marmonnai-je dans ma barbe.

Rester chez moi, sans rien d'autre qu'Internet et le câble pour me divertir, alors que je n'avais pas envie de faire mon travail en ligne, c'était la mort.

Je zappais paresseusement, refusant d'admettre que mon seul passe-temps extrascolaire n'était pas bien différent à Uttira que dans mes précédentes maisons. Recluse un jour, à cause de ma gestion de la colère, recluse toujours.

Une bagarre lors de ma première journée à l'académie n'avait fait que réaffirmer mon besoin de rester seule avec ma folie. D'accord, l'incident n'avait pas été totalement sans provocation. Cela ne changeait rien au fait que j'avais presque reçu une pichenette en plein visage, par un géant qui plus est. Se battre à l'académie serait plus dangereux que de se battre dans une véritable école. Mieux valait passer le reste de la semaine à la maison et faire mes devoirs en ligne. Malgré tout, après tant de temps à demeurer assise chez moi sans contact extérieur, j'allais devenir dingue.

Éteignant la télévision, je partis dans la cuisine ouvrir le réfrigérateur pour contempler sans les voir les aliments qui s'amenuisaient. Je n'avais pas faim. Je m'ennuyais. Aucun grignotage, quel qu'il soit, ne changerait cela. Dehors, le son du vent caressant les arbres m'appelait. Je fermai le réfrigérateur et me dirigeai vers la porte. Ma veste était suspendue sur une patère juste à côté, mais je ne l'attrapai pas. Je restai immobile.

Scrutant les ténèbres, je tendis l'oreille. Pour une raison inconnue, Oanen m'avait encore demandé de rester au calme cette seconde nuit. Et, bien ancré en moi, cet avertissement me maintenait à l'intérieur. Pourquoi ? Étais-je sincèrement effrayée que quelque chose se tapisse dehors après avoir vu tout l'éventail des créatures possibles à l'académie ? J'y réfléchis une seconde et je compris que ce n'était pas le cas. Alors pourquoi n'étais-je toujours pas sortie pour trouver quelque chose à faire ? Parce qu'un garçon de mon âge, un métamorphe autoritaire, m'avait dit de ne pas le faire.

— À quoi est-ce que je pensais ?

Je pris ma veste et sortis. Le lourd battement des ailes d'Oanen ne figurait pas parmi les autres bruits de la nuit quand je fermai la porte. J'inspirai profondément, savourant le goût de l'air frais et de la liberté, puis je me mis en marche.

La promenade sans incident jusqu'à la ville me prit un temps considérable dans le noir. Les rares lampadaires jouaient à coucou-caché avec les boîtes aux lettres rurales sur le bord de la route. Après avoir heurté l'une d'entre elles pour la deuxième fois, je marchai sur la chaussée où je me sentais plus en sécurité.

Bientôt, les ombres de la campagne se dissipèrent dans les lumières plus vives de la ville animée. Si l'on pouvait appeler ça comme ça. Une fois de plus, il y avait peu de passants sur les trottoirs et devant les vitrines. D'ailleurs, la plupart des magasins avaient déjà leurs pancartes « fermé ».

Je vérifiai mon téléphone. Il n'était que dix-neuf heures trente. Cette ville semblait exagérément morte, étant donné l'heure.

Le bruit d'un moteur derrière moi me fit monter sur le trottoir. Au lieu de me dépasser, le véhicule ralentit. Je regardai par-dessus mon épaule en essayant de réprimer le pic de colère qui me poignardait de part en part. Le troupeau de filles s'arrêta près de moi dans un cabriolet étincelant. La garce en chef derrière le volant m'envoya un sourire.

— Tu sais, Jenna, le Conseil a décidé que nous devions ajouter un vagabond pour que la ville paraisse plus authentique.

— Waouh, Aubrey, répliquai-je. Je suis impressionnée que tu saches ce que « vagabond » signifie. Les chiens ne comprennent en général qu'une cinquantaine de mots, maximum.

Son visage rougit.

— Bonne promenade, Rémi sans famille ! lança-t-elle.

Elle décampa dans un crissement de pneus et un nuage de fumée âcre. Reprenant mon errance de vagabond, j'observai leurs feux arrière tout en marchant. Bien sûr, elles s'arrêtèrent devant le seul bâtiment illuminé et intéressant de la ville. Avec un soupir, je me demandai si je devais faire demi-tour et rentrer chez moi. Malgré tout, l'idée d'avoir marché jusqu'ici pour abandonner si près du but ne me convenait pas, même si je savais que retourner à la maison était encore le choix le plus intelligent.

En me rapprochant, je remarquai une enseigne au-dessus du bâtiment à étage. Les grosses lettres indiquant *Le Roost* étaient bordées de tubes de néon, à l'avant du toit, projetant une ombre sur l'arrière. C'était l'endroit où Fenris m'avait invitée, ce qui expliquait la présence d'Aubrey.

Alors que je regardais le nom, quelque chose bougea sur le toit. D'après mon expérience avec Uttira jusqu'à présent, il y avait probablement quelque chose là-haut.

La porte s'ouvrit lorsque quelqu'un entra et le tambourinement léger de la musique attira mon attention. Comment une ville pratiquement morte pouvait-elle avoir une boîte de nuit ?

Il ne me fallut pas longtemps pour atteindre l'entrée non surveillée. On pourrait croire que je n'avais pas une tonne d'expérience avec les boîtes de nuit et que je vivais volontairement comme une recluse, mais mon tempérament m'avait conduite dans un club de New York une fois. Deux ans plus tôt. La dernière grande ville dans laquelle maman et moi avions vécu. À quinze ans, je m'en étais prise au videur, le tabassant suffisamment pour l'envoyer à l'hôpital. Je n'avais jamais atteint ma cible d'origine, un type que je ne connaissais même pas et que j'avais vu entrer.

Aucun videur ne gardait les doubles portes rouges pour empêcher tout mineur d'y pénétrer et la voiture du troupeau se trouvait garée devant le trottoir. Cela signifiait que cet endroit accueillait les jeunes désœuvrés de toute sorte. Je souris intérieurement.

— Parfait.

Attrapant la grande poignée, je fis mon entrée dans la boîte.

Des jeunes en âge d'être au lycée se pressaient dans l'espace ouvert du rez-de-chaussée faiblement éclairé. Personne ne se tourna pour regarder lorsque la porte se referma derrière moi. Ils continuaient à parler en groupes pendant qu'une musique inhabituelle jouait dans le fond. Ce n'était pas vraiment du pop-rock, même s'il y avait un rythme similaire, à cause de la douce voix suave qui chantait, apparemment sans paroles. Elle avait un effet légèrement apaisant, comme les chants que j'avais entendus à la piscine de l'académie.

M'éloignant de la porte, j'examinai les alentours. Une large mezzanine occupant trois des quatre côtés du bâtiment créait un étage surplombant le rez-de-chaussée. Certains gamins traînaient là-haut, assis sur des tabourets le long de la rampe en fer rouge et sirotant leurs boissons. Puisque des canapés et des fauteuils contournaient l'espace ouvert en bas et qu'une large scène vide couvrait le fond, l'origine de ces verres devait se trouver en haut des marches sur ma droite.

Je ne fis pas plus d'un pas dans cette direction avant qu'une frêle jeune fille aux cheveux blond foncé me rentre dedans. La panique dans son regard atténua mon agacement. Je la rattrapai par les bras pour la stabiliser.

— Tout va bien ? demandai-je.

— Pas vraiment. J'ai besoin de sortir d'ici.

Je regardai les gens derrière elle. Personne ne semblait nous prêter attention.

— Est-ce que quelqu'un t'embête ?

Pitié, dis « Aubrey », pensai-je.

— Non. J'ai juste vraiment, vraiment faim.

Elle se pencha sur moi et inhala profondément. L'idée que cette fille de cinq centimètres et de dix kilos de moins que moi songe à me choisir pour casse-croûte me fit sourire.

Elle remarqua mon sourire, recula et devint rouge écarlate.

— Je suis tellement désolée.

Avec la musique, je pouvais à peine entendre sa petite voix qui s'excusait.

— Je n'aurais pas dû venir ici, mais Adira dit que j'ai besoin de m'entraîner. Je m'appelle Eliana, au fait.

— Megan.

— Je sais. La nouvelle.

Son regard me quitta pour se river sur quelque chose au-dessus de mon épaule.

— Oh, nous avons la chance d'assister au rituel d'accouplement de la mal-aimée et de la pathétique, dit Aubrey derrière moi.

Je serrai le poing, prête à me retourner, mais la main d'Eliana sur mon bras me retint. Une partie de la rage qui avait monté au son de la voix d'Aubrey s'écoula hors de moi. Je fronçai les sourcils vers Eliana, qui enleva immédiatement sa main.

La colère bouillonna à nouveau. Intéressant.

Je me tournai vers Aubrey et grimaçai.

— Cette lumière ne te fait vraiment pas de cadeau, dis-je. Je parie que les mecs avec qui tu traînes ont pour règle de laisser toutes les lampes éteintes.

Eliana émit un bruit étouffé tandis qu'Aubrey plissait les yeux.

— Tu sais ce que je n'aime pas ? dit-elle.

Son ton grave et menaçant, probablement mis au point pour m'intimider, ne fit que m'encourager.

— Waouh, dis-je avec un rire. Tu dois vraiment apprécier qu'on t'emmerde.

— De quoi tu parles ?

— Tu proposes de me dire ce que tu n'aimes pas. Vas-y. Raconte-moi. Je m'assurerai de prendre des notes pour savoir quoi faire la prochaine fois qu'on se croisera comme ça.

Elle me jeta un regard mauvais avec tellement de malveillance que je crus que des griffes allaient lui pousser çà et là pour me lacérer le visage.

— Je ne t'aime pas.

Son ton sec n'était guère plus qu'un grognement.

Je souris avec grâce.

— Parfait. Je vais m'assurer de rester dans le coin, alors.

La porte s'ouvrit derrière elle et elle se retourna. Son expression de colère se changea en minauderies désespérées à la vue de Fenris. Elle se précipita vers lui pour s'agripper à son bras. Elle n'était pas la seule. À leur tour, d'autres filles l'entourèrent rapidement.

— Salut, Megan, m'interpella-t-il avec un clin d'œil.

Aubrey me jeta un regard mauvais. Je l'ignorai et renvoyai un sourire à Fenris.

— Content que tu aies enfin trouvé le chemin jusqu'ici, dit-il en se rapprochant de nous avec son groupe.

Aubrey montra les dents dans un avertissement silencieux. Cette fille avait besoin d'un autre coup de poing, voire de sept, en plein visage, et ça me démangeait de les lui livrer.

Eliana tendit le bras et enroula sa paume autour de mon poing. Desserrant les doigts, je gardai sa main dans la mienne, soulagée qu'une partie de la colère disparaisse à nouveau.

— Vous êtes si pathétiques toutes les deux, dit Aubrey qui n'avait pas manqué une seconde du spectacle.

Même la présence d'Eliana ne pouvait pas étouffer totalement mon envie de rouer la blonde de coups.

— Sois gentille, Aubrey, la réprimanda Fenris.

Le regard hautain d'Aubrey prit une teinte chagrinée. Cependant, je ne ressentais pas la moindre pitié pour elle. En fait, l'aversion inexplicable qu'elle m'inspirait depuis notre rencontre ne fit que s'intensifier lorsqu'elle lança :

— Fenris, pas besoin de donner dans la charité sociale pour ce soir. Laissons-les et allons danser.

Au bruit des pas pesants derrière nous, je me tournai pour regarder par-dessus mon épaule. Je ne comptais pas savoir l'effet que ça faisait de subir la pichenette d'un géant. Cependant, aucun géant ne descendit les escaliers. Rien qu'Oanen, qui enfilait un t-shirt. Même dans la lumière tamisée, je pouvais clairement voir la forme de ses tablettes de chocolat. De très jolies tablettes que j'aurais sans problème admirées ne serait-ce que quelques secondes de plus.

Lorsque sa tête apparut dans le col de son t-shirt, il regarda directement vers moi avant de se tourner vers le groupe de Fenris.

— Salut, Fenris, dit-il une fois arrivé en bas.

— Oanen, répondit celui-ci pour le saluer, avec son éternel sourire accueillant.

Oanen jeta un œil à la main d'Eliana qui tenait la mienne. Je pensais qu'il allait lancer une plaisanterie, lui aussi. Au lieu de ça, son expression se radoucit un peu.

— Tu aurais dû venir me voir si tu avais faim, dit-il en se concentrant sur elle.

— Je n'ai pas faim.

Il fronça les sourcils en entendant sa réponse rapide. Son regard bleu profond se posa alors sur moi.

— On peut danser maintenant ? roucoula Aubrey, attirant son attention.

Sa voix geignarde devait sans doute briser des verres jusqu'en Chine.

Elle avait vraiment besoin de travailler ses manières.

— Oui, accepta Fenris avec son sourire habituel. On se voit plus tard, Oanen, Megan.

Oanen attendit qu'ils s'en aillent avant de reprendre la parole.

— Veux-tu que je te ramène à la maison ?

Son regard demeurait rivé sur Eliana.

— Non. Ça va. Vraiment. Je pensais que, peut-être, je pourrais rester avec Megan un peu ?

Ses doigts pressaient légèrement les miens et je me rendis compte qu'elle voulait que je la soutienne dans cette idée.

— Oui, bien sûr.

Oanen me jeta un œil avant de s'adresser de nouveau à elle.

— D'accord. Reviens me trouver quand tu seras prête à rentrer.

Qu'est-ce qui clochait avec les mecs ici ? N'avaient-ils qu'une seule expression faciale ? Je préférais le sourire décontracté de Fenris au visage figé d'Oanen.

Eliana m'entraîna de l'autre côté de la pièce vers un canapé dans la pénombre. Puisque je n'avais eu l'intention de monter que pour explorer, cela ne me dérangeait pas de changer de direction. Tandis que nous fendions la foule, je sentis mon détecteur de garces tressaillir, mais ce n'était rien comparé à ce que je ressentais pour Aubrey.

— Asseyons-nous ici, dit Eliana en relâchant ma main, se laissant tomber sur un canapé.

Le détecteur commença immédiatement à s'emballer. Je m'installai près d'elle et examinai les groupes autour de nous.

— Ça ressemble beaucoup à une école humaine, dit-elle. Il y a des bandes et des rivalités. Fenris et ses filles forment leur propre gang, mais ils s'entendent bien avec presque tout le monde.

— Presque ?

— Oui. Aubrey, dit-elle en haussant les épaules. Une fois que tu commences à regarder les groupes, ils sont assez faciles à deviner. Oanen ferait partie des sportifs. Aubrey est à la tête du club des pestes. Il y a ceux qui sont sérieux et qui veulent exceller à l'académie et ceux qui sont juste là, à suivre le mouvement et à essayer de passer du bon temps.

— Pourquoi me dis-tu tout ça ?

— Parce que je sais ce que ça fait de ne savoir absolument rien sur eux ni sur soi-même. Mais ça ne dure pas. Les tuteurs de l'académie t'aideront vraiment à trouver les réponses à tes questions.

Je l'observai en essayant de croire qu'elle me disait la vérité – car j'avais franchement beaucoup de questions. Comme, par exemple, pourquoi elle avait tenté de s'enfuir d'ici avant de changer d'avis.

— Tu as toujours faim ?

Elle rosit légèrement.

— Pas tant que ça. Tu m'as aidée quand tu as regardé Oanen.

— Hein ?

Elle rougit encore plus.

— Ce n'est pas important.

— Qui est-ce par rapport à toi ? demandai-je, étant donné qu'elle abordait le sujet.

La façon dont il avait paru s'inquiéter pour elle laissait entendre qu'elle était importante à ses yeux.

Eliana fronça son joli visage de petit lutin avant de répondre :

— Un gardien ? Une sorte de frère ?

— Une *sorte* de frère ?

— Nous ne sommes pas de la même espèce, répliqua-t-elle en rougissant à nouveau. Peut-on changer de sujet ?

— Bien sûr.

— Quel âge as-tu ? demanda-t-elle.

— Dix-sept ans. Et toi ?

— Seize. Ma mère m'a amenée ici quand j'en avais douze. Et elle est repartie l'instant d'après. Je sais que ce n'est probablement pas l'impression que tu as, mais c'est cool que la tienne t'ait au moins laissée avec un endroit où vivre. Il me tarde de passer mon diplôme et de retourner dans le monde humain. Les kebabs me manquent. Quelle était ta nourriture préférée ?

Et juste comme ça, je sus que j'avais une amie. Non pas parce que nos mères nous avaient abandonnées ni parce que nous avions un goût similaire pour les kebabs. C'était parce que, en mentionnant le départ de sa mère, elle avait remarqué mon poing serré et elle avait changé de sujet.

— Les kebabs sont en haut de la liste, dis-je, répondant à sa question. Ainsi que les tacos et les pizzas hawaïennes.

Elle gémit.

— Pourquoi l'académie ne sert-elle pas ce genre de nourriture ?

— Que servent-ils ?

— Rien d'industriel. Ils ne comprennent pas que c'est là que se trouvent toutes les saveurs. Et ce n'est pas comme si nous pouvions tomber malades comme les humains.

Elle me lança un sourire, qui disparut rapidement lorsque ses yeux se posèrent sur la droite.

Je tournai la tête pour découvrir Aubrey, qui nous jetait un regard furieux.

— C'est quoi son problème ? demandai-je.

— Elle a l'instinct de territoire.

Eliana plaqua sa paume sur sa bouche et se tourna vers moi avec de grands yeux.

— Je suppose que ce n'est pas très gentil de dire ça pour une chienne ?

Un ricanement fusa derrière sa main.

— Je ne te jugerai pas, promis-je. Je pense que j'ai dû lui dire pire que ça.

Elle replia ses mains sur ses genoux et me sourit.

— Oui, j'ai entendu ce qui était arrivé à l'école. J'aurais souhaité être là pour voir ça.

— Ce n'était pas si impressionnant. D'ailleurs, si ce géant m'avait frappée sur la tête, ça aurait pu se terminer bien plus mal.

— Finnegan est vraiment gentil, il a juste un petit faible pour Aubrey.

— Je doute qu'il y ait quoi que ce soit de petit chez lui. Même quand il craque pour quelqu'un.

Elle sourit.

— Alors, parle-moi d'Uttira, dis-je. Ce bar est le seul endroit ici à être ouvert après dix-neuf heures ?

Elle éclata de rire et secoua la tête.

— Tu as vu la ville au mauvais moment. Tout le monde se prépare pour le festival d'automne.

— J'ai lu quelque chose là-dessus, en ligne. C'est sympa ?

Elle haussa les épaules, mais à son visage, je compris que c'était tout sauf sympa.

Quelqu'un s'avança jusqu'à notre canapé. Je levai les yeux et trouvai Oanen debout devant nous.

— Il faut y aller, dit-il en regardant Eliana.

— D'accord.

Elle se tourna vers moi.

— On te raccompagne ?

CHAPITRE SEPT

— Bien sûr, répondis-je à la place. Marcher jusqu'ici a été un peu long.

— Tu es venue à pied depuis chez toi ?

De l'incrédulité se mêlait à ses paroles tandis que nous nous levions.

— Tu devrais demander une voiture. Le Conseil t'en prêtera une puisque tu habites hors de la ville.

— C'est bon. C'est moins dangereux si je suis à pied.

Oanen nous guida jusqu'à la porte, saluant d'un mouvement de tête les gens que l'on croisait, pour leur dire au revoir. Quelques-uns firent des signes à Eliana. Elle leur répondit timidement sans s'arrêter. Personne ne sembla me remarquer. Ça m'allait très bien.

Une fois dehors, je vis Fenris penché sur la voiture d'Aubrey, les bras appuyés sur la portière du côté passager. Ce n'était pas le genre de posture qui disait « je l'aide à chercher son sac à main », mais plutôt « j'ai envie de taper sur quelque chose ». Une posture que je ne connaissais que trop bien.

— Tu tiens le coup ? demanda Oanen.

Fenris se redressa, nous vit et afficha un sourire dragueur et spontané.

— Oui. Ça va. Je ferais mieux de retourner à l'intérieur.

Il marcha vers la porte, puis s'arrêta un moment pour se tourner vers moi.

— Peut-être qu'on se verra demain, Megan.

Il disparut avant que je puisse répondre.

Eliana se racla légèrement la gorge. Je détournai rapidement mon regard de la porte fermée pour la surprendre en train de m'observer. Oanen était déjà à mi-chemin dans la rue.

— On ferait mieux de le rattraper, dit-elle doucement.

Nous trottinâmes.

Lorsque nous arrivâmes à la voiture, Oanen tendit silencieusement la main sans nous regarder. Eliana me sauva en laissant tomber des clés dans sa paume tendue.

— Tu peux grimper à l'avant, dit-elle en ouvrant déjà la portière arrière tandis qu'il faisait le tour vers le siège du conducteur.

Puisqu'il semblait pressé, je montai sans protester. Il démarra et nous demanda de nous attacher au moment de sortir de sa place de parking.

Je m'exécutai et dès que j'eus terminé, Eliana me passa son téléphone.

— Envoie-toi un texto depuis mon portable, comme ça nous aurons chacune le numéro de l'autre.

Je pris l'appareil et ouvris l'application des messages. Sa liste n'était composée que de quatre conversations. *Oanen*, *Adira*, *Maman* et *Maman2*. Je ne posai pas de question et en commençai une nouvelle avec mon numéro, remplissant les coordonnées par « Megan » avant de lui rendre le téléphone.

— Peut-être que, quand tu auras terminé avec Fenris demain, on pourrait traîner ensemble un peu plus, dit-elle.

— Oui.

Le reste du trajet se fit en silence. Au lieu de s'arrêter devant chez moi, Oanen s'engagea dans mon allée et contourna la maison.

— Merci de m'avoir ramenée, dis-je en sortant.

— À demain, lança Eliana.

JE PARVINS à avaler seulement deux bouchées de mon petit-déjeuner lorsque quelqu'un toqua à la porte d'entrée. Baissant les yeux sur mon t-shirt et mon short tachés de lait, je haussai les épaules et me levai. Ce n'était pas comme si je comptais impressionner quelqu'un.

Tirant pour ouvrir la porte, j'interrompis Fenris qui allait frapper à nouveau. Il me sourit, son regard parcourant mon corps des pieds à la tête.

— Waouh. Tu es magnifique.

— Ferme-la et entre, dis-je en me décalant sur le côté. Quand tu as dit qu'on se verrait peut-être demain, je n'avais pas pensé que ce serait avant huit heures du matin.

— C'est à ce moment-là qu'une femme montre sa beauté naturelle, répondit-il avec aisance.

— Si ce look te plaît tant que ça, ta fascination pour la brigade des chiennes n'a aucun sens.

Il éclata de rire tandis que je fermais la porte et nous guidait jusqu'à la cuisine.

— Je ressortirai cette phrase. Elles vont adorer.

— Vraiment ? demandai-je en m'asseyant pour reprendre mon petit-déjeuner. Parce que si c'est le cas, elles ont réellement des soucis à se faire.

— Non merci, j'ai déjà mangé, répondit-il comme si je lui avais offert quelque chose.

Je levai les yeux au plafond.

— Apparemment, je suis sans famille. Ce qui fait que je ne suis pas équipée pour nourrir les invités.

Il s'assit à côté de moi, un petit sourire aux lèvres.

— Alors, c'est ton jour de chance. Je veux t'emmener faire le tour de la ville pour que tu puisses voir à quoi ressemble Uttira quand les magasins ne sont pas fermés. Notamment l'épicerie, Moonlight Market. Elle est ouverte tous les jours, vingt-quatre heures sur vingt-quatre.

Je bus le lait qui restait dans mon bol et emportai tout à l'évier pour la vaisselle.

— J'aimerais bien. Mais je dois prendre une douche d'abord, dis-je par-dessus mon épaule.

— Pitié, dis-moi que c'était une invitation.

Je secouai la tête en rigolant. Dès que la vaisselle fut posée dans l'égouttoir pour sécher, je courus à l'étage afin de récupérer des vêtements propres.

Fenris était toujours assis dans la cuisine, complètement à l'aise, lorsque je revins.

— La porte de la salle de bain n'a pas de verrou. Et ce n'est pas une invitation, mais un avertissement. Reste là où tu es.

Il prétendit bouder lorsque je partis m'enfermer. Après m'être lavée rapidement et habillée, je sortis un tas de linge sale du panier et le jetai dans la machine, près de la porte de la cuisine.

— Est-ce que ça t'embête ? demanda-t-il. D'être déjà indépendante ?

— Pas vraiment. Enfin, je faisais déjà beaucoup de ces choses seules avant que maman me laisse ici.

Je me tournai pour le trouver appuyé contre le plan de travail, à m'examiner. Il ne souriait pas, pour une fois, et je n'aimais pas ça.

— Garde ta pitié pour toi.

— Impossible d'avoir pitié alors que je t'envie.

— Comment ça ?

— Il n'y a personne pour te dire quoi faire, où aller, avec qui traîner. C'est la liberté.

Je ricanai et attrapai ma veste.

— On continue à me dire tout ça, seulement ce ne sont pas mes parents, c'est tout.

Il attendit que je verrouille la maison, puis nous marchâmes ensemble vers l'allée où se trouvait une vieille voiture.

— Waouh. Je croyais que tous ceux qui avaient moins de dix-huit ans possédaient une voiture de sport dans cette ville.

— J'en ai une, dit-il en souriant. Mais j'ai pensé t'offrir un traitement spécial.

Il m'ouvrit la portière, qui protesta en grinçant. Ce simple bruit aurait dû m'interpeller. Au lieu de ça, je plaquai mes mains sur mes oreilles quand il démarra le moteur dans un vacarme assourdissant.

— Bon sang ! hurlai-je pour être entendue.

— Elle attire tous les regards. Tu vas voir, cria-t-il en retour.

Nous gardâmes le silence pendant le trajet jusqu'à la ville.

Comme il l'avait prédit, des gens marchaient sur les trottoirs quand nous arrivâmes dans le quartier commerçant. Une bonne partie des lève-tôt regardèrent dans notre direction lorsque Fenris s'arrêta sur une place de parking et coupa le moteur. Mes oreilles sifflaient.

— Voici Uttira, dit-il avec un grand geste de la main. Viens. On va faire le tour à pied.

Après un effort considérable pour ouvrir et fermer la vieille portière, je le rejoignis sur le trottoir. Nous longeâmes la rue puis remontâmes de l'autre côté. Les petits commerces uniques en leur genre offraient une diversité de produits : des bijoux faits main, des peintures ou des vêtements personnalisés. Les acheteurs occasionnels avaient trois cafés au choix, coincés entre les boutiques, où s'asseoir et reposer leurs pieds.

— Durant le festival, la route sera bloquée pour les stands de nourriture, de boissons et de jeux. Les rues grouilleront d'humains.

— C'est quand ?

— Ça a l'air sympa, hein ?

— Non, ça a l'air horrible. J'ai besoin de savoir quand ne pas sortir en ville.

— Aucune chance. La participation est obligatoire.

J'arrêtai de marcher et le regardai.

— Le maire de la ville va essayer de me forcer à m'amuser ?

Il gloussa.

— Non. Adira et le reste du Conseil d'Uttira. Notre présence est obligatoire pour leur permettre de décider si nous méritons notre diplôme. Tu te rappelles le cours de Lucas sur le fait de se fondre dans la masse ? C'est ce qu'ils vont chercher à voir. Si on peut se mêler aux autres.

— Je vais dans l'école la plus bizarre qui existe.

Cette fois, il ouvrit la portière à ma place.

— J'ai entendu dire qu'il en existait des plus bizarres encore, dit-il avec un sourire.

J'entrai et attendis qu'il me rejoigne, puis je démarrai.

— On va où, maintenant ?

Il montra le bout de la rue puis, dans une explosion de fumée grise de pot d'échappement, il sortit lentement du parking. Nous ne parlâmes pas durant le trajet entre le quartier touristique du centre-ville jusqu'à la zone commerciale.

Fenris se gara sur le parking de l'épicerie et coupa de nouveau le moteur.

— La banque est là, dit-il en montrant le bâtiment marron. La quincaillerie, la poste et la boulangerie. Juste à côté, c'est l'endroit où les gens du coin vont déjeuner.

— Il y a des gens qui ne sont pas du coin ?

— Quelques-uns. Des conjoints humains qui connaissent la vérité et décident de vivre à Uttira.

— Et on ne considère pas qu'ils sont du coin ?

— Non. Prête à faire les courses ?

— Je dois d'abord passer par la banque.

Il ne me demanda pas pourquoi et resta en retrait pendant que je parlais à l'étrange guichetière, qui ressemblait à un gobelin. Elle vérifia que le chéquier et le compte associé étaient bien réels. La femme s'assura que tout était en règle et que le montant était correct. Je n'arrivais pas à croire que ma mère m'avait laissé autant d'argent. La culpabilité d'avoir abandonné son enfant avait probablement encouragé sa générosité.

Ayant retiré un peu de liquide, je suivis Fenris vers l'épicerie. J'étais à court de produits frais, même s'il me restait un paquet d'aliments non périssables. Mes achats furent sommaires. Fenris s'émerveilla que je puisse choisir ma propre nourriture, et sur le chemin de la maison, il me supplia de lui faire un jour à dîner.

— Et Aubrey ? demandai-je.

— Quoi donc ?

— Je ne suis pas certaine qu'elle apprécie que je te fasse à manger. Elle craque pour toi, comme si elle t'avait déjà accaparée.

— Ça fait partie de sa nature.

— Et qu'est-ce qu'elle est, au juste ?

Il me jeta un coup d'œil et sourit.

— C'est comme demander aux humains leur orientation sexuelle. C'est personnel. Certains pourraient même considérer ça comme impoli.

— Tu me racontes ça pour que je ne te pose pas de questions ou pour que j'en pose, au contraire ?

— Je te raconte ça pour que tu saches qu'il ne faut pas interroger à ce sujet quelqu'un que tu viens juste de rencontrer, mais également pour te dire que je répondrai à toute question à propos de qui que ce soit, si je connais la réponse.

Il y avait deux personnes dont j'avais vraiment envie de connaître la nature, cependant je débattais intérieurement pour décider si je devais le lui demander.

— Je suis hétéro, d'ailleurs. Les filles et rien d'autre, au cas où tu te poserais la question.

Je souris.

— Je garderai ça à l'esprit.

— Et si tu n'as pas envie de m'interroger, c'est bien aussi. Si tu fais attention, tu devineras ce que nous sommes, pour la plupart. Je voulais juste que tu saches que tu as quelqu'un en qui tu peux avoir confiance, si besoin.

Quelqu'un à qui l'on pouvait faire confiance, ça me plaisait. Tout comme quelqu'un qui pouvait me calmer rien que par le toucher.

— Sais-tu ce qu'est Eliana ? demandai-je.

Son sourire s'effaça juste un peu avant de réapparaître.

— Un succube. Mais avant que tu la mettes dans le même sac que ceux de son espèce, sache qu'elle est différente. Elle n'est pas une menace.

— Hmm, n'oublie pas que je ne sais rien sur les espèces. Les succubes posent normalement une menace ?

— Certains, oui. Typiquement, ils s'alimentent de l'énergie sexuelle des humains. S'ils ne contrôlent pas leur faim, ils peuvent tuer leur partenaire en se nourrissant.

Quelle qu'en soit la raison, il perdit son sourire en expliquant cela.

— Pourquoi tous les sujets mènent-ils au sexe avec toi ? demandai-je, essayant de réveiller sa bonne humeur.

Il sourit à nouveau.

— Parce que c'est le sujet le plus intéressant qui vient à l'esprit ? Parce que je suis un mec et que tu es terriblement attirée par moi ?

Je ris aux éclats.

— Je peux voir pourquoi tu as tes propres adeptes, maintenant. Et moi ? demandai-je en changeant de sujet. Sais-tu ce que je suis ?

Il secoua la tête.

— Pas encore.

— Me le diras-tu quand tu l'auras trouvé ?

Il acquiesça.

— Très bien. Alors, je suppose que ma dernière question serait de savoir ce que tu veux que je te fasse à manger, et quand ?

Il afficha un grand sourire.

— Quelque chose que tu manges souvent dans le monde des humains.

Je repensai aux repas que me préparait maman.

— Des spaghettis ?

— Oui. Ça.

Il s'engagea dans l'allée de ma maison et passa derrière. Il se gara, puis m'aida à porter mes courses et à les poser sur la table. Il n'était pas encore dix heures.

— Merci de m'avoir laissé te conduire en ville, dit-il.

Il tendit la main et j'en fis automatiquement de même, comme s'il voulait me la serrer. Au lieu de ça, ses doigts se refermèrent autour des miens et il les porta jusqu'à ses lèvres. Un zeste d'énergie me traversa le corps quand je sentis la chaleur de sa bouche contre ma peau.

Avant que je décide si c'était agréable ou non, il me relâcha.

— On se revoit bientôt, Megan.

Avec un clin d'œil et un bref sourire désinvolte, il s'en alla.

Je pris le temps de ranger les courses et je m'assis à la table, me demandant quoi faire. La télévision ne m'attirait pas tellement et il me semblait qu'il était trop tôt pour prendre des nouvelles d'Eliana. J'ouvris donc mon ordinateur portable et me connectai sur ma page de cours à domicile.

M'APPUYANT sur la scie télescopique, j'examinai mon travail et souris, contente d'avoir abandonné les cours quelques heures plus tôt. Plusieurs des pins bordant le jardin étaient morts. Grâce à la scie pratique que j'avais trouvée dans l'abri, j'avais coupé toutes les branches mortes les plus basses. Cela ne donnait pas meilleure allure au jardin. En fait, ça laissait des trous béants dans ce qui avait formé une barrière naturelle. Néanmoins, je me sentais mieux après avoir fait un peu d'exercice physique.

Le soleil effleurant les cimes, je rangeai la scie et entassai les trois dernières branches sur la grande pile que j'avais créée avant de retourner à l'intérieur. Même si l'activité avait soulagé un peu l'agitation qui courait sous ma peau, je n'avais pas tout purgé.

Je pris une douche pour débarrasser mes cheveux des copeaux de pin séchés, puis je rejoignis mollement la cuisine afin de récupérer mon téléphone pour envoyer un message à Eliana.

Je suis chez moi et je m'ennuie. Tu as quelque chose de prévu ?

Sa réponse fut immédiate.

J'arrive !

Moins de quinze minutes plus tard, j'entendis un véhicule s'arrêter dehors et je me rendis à la porte.

Eliana gara la voiture qu'Oanen avait conduite la nuit précédente pour me déposer. Elle m'aperçut, me fit signe et sortit. Au lieu de se diriger tout de suite vers moi, elle contourna la voiture et ouvrit la portière du côté passager. Je la vis récupérer plusieurs sacs sur le siège avant, puis elle se tourna vers moi avec un grand sourire.

— Qu'est-ce que c'est ? demandai-je en lui rendant son sourire.

— Le goûter. Je ne voulais pas venir les mains vides.

Je me décalai et la laissai entrer. Elle retira ses chaussures dans le vestibule et me suivit dans la cuisine, où elle commença à vider ses sacs sur la table.

— Où as-tu trouvé tout ça ? J'étais à l'épicerie hier et je n'ai pas vu autant de variété.

— J'ai demandé à quelqu'un de me les apporter. C'est la seule façon d'avoir des trucs bons, par ici. J'ai entendu dire que tu avais le câble. Il y a un nouveau film que je crève d'envie de voir. On le regarde ?

En un rien de temps, nous fîmes exploser du pop-corn avec un supplément de beurre et nous nous mîmes à l'aise sur le canapé. Depuis l'explication de Fenris sur la nature d'Eliana, je la voyais sous un nouveau jour. Je ne la jugeais pas, j'étais plus curieuse, c'est tout. Mais grâce à notre petite discussion, je sus qu'il ne fallait pas l'interroger.

Nous regardâmes le premier film dans un silence de bonne

compagnie jusqu'à ce que le générique commence à défiler.

— Alors, qu'est-ce que tu fais ici toute seule ? demanda-t-elle.

— Pas grand-chose. C'est assez chiant. Sans Fenris et toi, je serais déjà morte d'ennui.

— Tu peux me dire de la fermer si tu n'as pas envie d'en parler, mais... Fenris et toi. Es-tu vraiment intéressée ?

Je souris et grignotai mon pop-corn pendant une seconde.

— Fenris est gentil. J'aime son sourire et il est facile à vivre. Si j'étais sur le marché, il pourrait être une option de petit ami, sans Aubrey bien sûr.

Elle éclata de rire et acquiesça.

— Sans Aubrey, c'est une évidence. Mais tu n'es pas sur le marché ? Pourquoi ? Tu as un copain humain ?

L'excitation illumina ses yeux et elle se pencha en avant, avide de détails.

— Non. J'en ai eu un, une fois. Il y a environ deux ans. J'ai appris ma leçon après cette tentative ratée de relation. C'est sympa de reluquer les membres du sexe opposé, mais ça s'arrête là.

— Pourquoi ? Qu'est-il arrivé ?

— Ça s'est terminé brutalement lorsque je l'ai frappé au visage sans raison apparente.

— Comme Oanen ?

Je fis une grimace.

— Non. Je pensais que je rêvais quand j'ai fait ça. Lorsque j'ai cogné l'autre, j'étais vraiment en colère. Même au-delà de ça. Je me suis sentie horrible après-coup. Puis, le jour suivant, j'ai appris qu'il m'avait trompée la veille. Je ne me suis plus sentie si mal après ça.

— C'est une très bonne chose, en réalité, dit-elle sur un ton encourageant.

— Comment ça ?

— Tu as perdu ton calme quand on t'a fait du tort, même si tu ne le savais pas sur le moment. C'est peut-être une caractéristique, comme lorsqu'une banshee hurle pour annoncer une mort.

— Je pensais que nous n'étions pas supposés parler de ce que nous sommes.

Son visage s'assombrit.

— Ce n'est pas poli de parler ainsi aux gens que tu ne connais pas bien. Mais avec les amis, c'est différent. Je suis désolée si j'ai dépassé les bornes.

Je tendis le bras et refermai ma main sur la sienne. Un calme subtil rampa sous ma peau, s'étendant de manière apaisante.

— Nous sommes amies, dis-je. Et, puisque nous le sommes, je peux te demander pourquoi je me sens parfois plus détendue quand je te touche ?

Elle retira sa main de la mienne et rougit violemment.

— Je suis désolée.

— Non, c'est bon. Ça me plaît. Je me demande juste ce que c'est. Si tu ne veux pas en parler, ce n'est pas grave.

— Eh bien, je suis censée me nourrir de l'énergie sexuelle. Mais en pensant à ce que j'ai besoin de faire pour m'alimenter, je panique. J'ai parfois tellement faim que je me contente de n'importe quelle émotion.

— Est-ce mauvais pour toi de te nourrir d'autre chose ?

— Non, pas vraiment. Ça ne me donne pas ce dont j'ai besoin. C'est comme lorsqu'un humain se lance dans l'un de ces régimes bizarres, où il mange toujours le même aliment à faibles calories. Rien que de la laitue ou des pastèques, quelque chose comme ça.

— Est-ce que tu es en train de me dire que tu es la version anorexique des succubes ?

— Oui, je suppose. Adira essaie de m'aider à dépasser mon complexe.

Elle haussa les épaules.

— Ce n'est pas facile.

— Eh bien, chaque fois que tu auras besoin d'un petit encas de colère, dis-le-moi. Je suis plus que disposée et j'en ai à revendre.

CHAPITRE HUIT

Je roulai sur le côté, dans un gémissement, et planquai ma tête sous l'oreiller pour me protéger des rayons du soleil. À la seconde sonnerie qui émana vaguement de la table de nuit, je réémergeai à la recherche de mon téléphone.

Il me fallut cligner quatre fois des yeux sur le message d'Eliana, qui me remerciait pour hier soir. Je secouai la tête et reposai le portable sur la table sans répondre.

Fréquenter quelqu'un qui ne m'agaçait pas par sa simple existence, c'était sympa. Et le fait qu'elle ne soit pas partie avant deux heures du matin, cela ne m'avait pas dérangée jusqu'à maintenant. Quelle que soit ma nature, j'étais le genre de créature qui aimait son sommeil. Malgré ça, le soleil et mon cerveau avaient d'autres plans. Au bout de quinze minutes, j'abandonnai et sortis du lit.

Une nouvelle journée s'étendait devant moi. Sans raison apparente, je me demandai tout à coup ce que faisait ma mère. Cela me paraissait étrange de penser à elle maintenant. Même si elle n'était partie que depuis une semaine, beaucoup de choses avaient changé dans mon esprit depuis son départ. Elle ne me manquait pas autant qu'elle l'aurait dû. C'était difficile de ressentir un manque pour quelqu'un qui m'avait menti et qui ne voulait plus être près de moi. Maman était tellement différente d'Eliana.

En pensant à elle, je repris mon téléphone et lui envoyai un bref message.

C'était sympa d'avoir de la compagnie.

Elle répondit presque tout de suite.

Tu veux que je passe te chercher pour l'évaluation de demain à l'académie ?

Ce serait génial.

Je viendrai à 7h, alors.

En soupirant, j'emportai des vêtements propres et je descendis pour me doucher avant de prendre mon petit-déjeuner. Cela dit, rien ne justifiait cet empressement. Personne ne vint toquer à ma porte et je passai la journée à me concentrer de nouveau sur mon contrôle de connaissance.

Le temps que je termine, il me tardait de retourner à l'académie le lendemain matin. Tout plutôt que de rester assise chez moi à étudier toute seule !

Je montai pour la nuit, je me mis en pyjama et j'éteignis. La lumière du croissant de lune inondait ma chambre quand j'allai me coucher et me roulai dans mes couvertures. J'avais vraiment besoin de rideaux. Fermant les paupières sur cette pensée et me promettant d'aller en acheter en ville, je ne mis pas longtemps à m'endormir.

LA COLÈRE ME RÉVEILLA. J'ouvris les yeux, mon regard balaya la pièce. Les rayons de la lune avaient dévié de mon lit vers le sol, m'informant que j'avais dormi un moment.

Mon humeur était massacrante en journée, mais c'était la première fois qu'elle me troublait en plein sommeil. J'expirai lentement, cherchant à me détendre, et je fermai à nouveau les yeux.

Un mouvement atteignit mes oreilles. De légers bruits de pas. Je retins ma respiration, essayant d'entendre mieux. Le son recommença. Au rez-de-chaussée. Dans la cuisine. Quelqu'un était dans ma maison.

— Bordel, non ! dis-je en retournant les couvertures.

Je dévalai les escaliers. Le bruit de mes pas devenait lourd dans ma précipitation. Malgré tout, ce n'était pas assez fort pour étouffer le bruit de mon intrus qui s'échappa par la porte de la cuisine. Je poussai presque un juron en tournant au coin et j'écrasai ma main contre l'interrupteur. L'explosion soudaine de lumière éclaira la pièce juste à temps pour que j'aperçoive la moustiquaire se fermer brutalement. Je fonçai vers le porche, mais il n'y avait rien. Manifestement, celui ou celle qui avait pénétré ma maison avait filé.

Retournant à l'intérieur et allumant toutes les lumières, je passai d'une pièce à l'autre, vérifiant chaque recoin. Rien ne semblait avoir été déplacé. Qui était entré chez moi, et pourquoi ?

J'examinai une nouvelle fois la cuisine. Une touffe de poils blancs sur la poignée de la porte-moustiquaire attira mon regard. Je tirai les poils et les gardai entre mes doigts, sentant ma colère se réveiller. Depuis mon arrivée à Uttira, je n'avais croisé qu'un seul canidé à la fourrure claire.

— La garce, dis-je dans un souffle.

Aubrey n'était qu'un cadavre de chien en sursis.

J'ENTENDIS le bruit du moteur de la voiture d'Eliana tandis que je faisais les cent pas dans l'entrée, à réfléchir à ce que je ferais ou dirais à Aubrey quand je mettrais la main sur elle. Pour l'instant, je penchais surtout vers ce que je ferais et non pas ce que je dirais. Néanmoins, je devrais me montrer plus intelligente dans ma manière d'exiger ma revanche entre les murs de Girderon. Je ne pouvais pas me permettre de l'attaquer à vue.

Contrôler mon humeur n'était pas mon fort, toutefois. Pas même pendant les quelques secondes qu'il me faudrait pour vérifier qu'il n'y ait pas de géant offensé de me voir frapper Aubrey en pleine figure. Il y avait des chances que je finisse la journée avec une chiquenaude dans mon propre visage.

Le bruit que j'attendais coupa court à mes manigances. Si l'on pouvait couper court à sept heures de réflexion. Je me précipitai dans la cuisine pour prendre ma veste et mon sac avant de retourner dans l'entrée. J'ouvris la porte en grand juste au moment où Eliana sortait de sa voiture.

— Allons-y, m'exclamai-je en fonçant vers elle.

— Tu n'as pas besoin de sac, dit-elle. Promis. Il n'y a jamais de notes à prendre et tout est mis en ligne. C'est une sorte de système « soit tu sais, soit tu ne sais pas ».

J'ouvris la portière du côté passager et montai. Une grande ombre plana sur le capot et je me penchai pour regarder vers le ciel à travers le pare-brise. Un griffon faisait des cercles au-dessus de nous.

Eliana monta et remarqua ce qui avait attiré mon attention.

— Oui, désolée. Il nous suit, dit-elle en haussant les épaules.

— Peu importe. Allons-y.

Elle démarra le moteur et me lança un regard blessé en s'éloignant de la maison.

— Es-tu en colère contre moi ?

Je pris une inspiration pour me calmer.

— Non. Aubrey est entrée par effraction chez moi hier soir et je dois aller à l'école pour la cogner.

— Quoi ? Tu es sérieuse ?

— Oui. Je l'ai déjà fait une fois. J'ai juste à m'assurer qu'il n'y ait pas de géant dans le coin pour m'arrêter cette fois.

— Pas ça. L'effraction. Est-ce que tu l'as vue ?

Je ricanai.

— J'ai trouvé des poils blancs de chien sur la porte en déboulant au rez-de-chaussée. La poule mouillée s'est enfuie.

Lisant la perplexité dans l'absence de réponse d'Eliana, je me lançai dans une explication pour défendre ce que je considérais comme une conclusion logique qui ne laissait pas place au doute.

— Réfléchis-y, Eliana. Aubrey est la seule qui se comporte mal avec moi depuis la seconde où elle m'a vue. Je veux dire, qui d'autre se faufilerait chez moi au milieu de la nuit pour fouiner dans ma cuisine ?

L'ombre passa de nouveau sur le capot.

— Megan, peut-être qu'on devrait en parler plus tard, dit-elle avec hésitation.

— Pourquoi ? Il n'y a rien à dire. J'ai manqué de peu de distinguer clairement qui était dans la maison parce que je n'étais pas sûre de ce qui m'avait réveillée et que j'ai mis du temps à descendre. Mais quand on arrivera à l'école et que je la confronterai, tu verras.

Un cri, qui ressemblait beaucoup à celui d'un aigle, se fit entendre par-dessus celui du moteur avant que le griffon descende en flèche en direction de l'académie.

— C'est quoi son problème ? Est-ce qu'il te suit partout ?

Eliana fit une grimace.

— Presque. Euh, tu devrais probablement savoir que son ouïe est sacrément affûtée.

— Hein ? Tu veux dire qu'il nous écoutait ?

— Oui. Et je ne pense pas qu'il ait apprécié ce qu'il a entendu.

— La belle affaire, dis-je.

Je n'allais pas laisser Oanen m'arrêter cette fois.

— Qu'est-ce que tu fais quand tu n'aimes pas quelque chose ? demanda-t-elle.

— Je le cogne.

— Exactement.

— Attends, tu dis qu'il va me frapper ?

— Bien sûr que non. Je dis qu'il va réagir comme il réagit d'habitude.

Je fronçai les sourcils et pensai à la fois où Oanen avait fait plus que m'observer d'un air impassible.

— Il va me jeter sur mon lit ? devinai-je.

— Quoi ? s'écria Eliana, à la fois choquée et prise de fou rire.

— Je ne sais pas. Comment réagit-il d'habitude ?

— Quand t'a-t-il jetée sur un lit ? demanda-t-elle avec un sourire de folle furieuse.

— La première fois qu'on s'est rencontrés. Je pensais que je rêvais et je l'ai frappé.

— En plein visage ? m'interrogea-t-elle, incrédule.

— Comme tu viens de le faire remarquer, c'est ma réaction habituelle.

Elle secoua la tête et ralentit en atteignant la ville.

Même si elle ne me réprimandait pas et ne semblait pas me juger, je sentis le besoin de me défendre à nouveau à propos de ce qui était arrivé.

— Il allait très bien. Peut-être un peu agacé. Il m'a soulevée, m'a portée à l'intérieur et m'a jetée sur le lit en m'ordonnant de rester là où j'étais.

— Et tu l'as fait ?

— Comme je disais, je pensais que c'était un rêve. Je me suis endormie et j'ai compris que non, le jour suivant, quand je l'ai revu à la barrière magique qui m'a envoyée valser.

— Aïe, dit-elle avec compassion.

— Oui, ce n'était pas marrant. Et donc, sa réaction ? demandai-je tandis qu'elle tournait dans l'allée de l'académie.

Le portail s'ouvrit dès qu'elle approcha.

— Des leçons de morale. De longs et ennuyeux sermons sur la sécurité, la responsabilité et tout le tralala. Il aime faire la leçon.

— Et moi, j'aime ignorer, alors tout ira bien, dis-je avec un sourire.

Eliana tourna à droite, contournant le côté de l'académie. Il y avait encore peu d'élèves et ce fut facile de le repérer dans le parking presque vide. Les bras croisés et les sourcils froncés, il nous attendait sur l'emplacement d'Eliana.

— Je te l'avais dit, murmura-t-elle.

Il recula lorsqu'elle avança et éteignit le moteur. À travers le pare-brise, son regard resta braqué sur le mien. Croyait-il vraiment avoir le droit de me faire un sermon ? Il décroisa les bras et le tissu de sa chemise se tendit un instant sur son torse finement dessiné, puis il se déplaça de mon côté de la voiture.

Dès que j'ouvris la portière, il était là, à se presser contre moi.

— Tu as entendu quelqu'un dans ta maison, alors tu t'es précipitée en bas ? Où est passé ton bon sens ?

Je hissai mon sac sur mon dos, passablement agacée.

— Une seconde. Je n'ai jamais prétendu avoir du bon sens. J'ai des problèmes de gestion de la colère. Les deux ne font pas bon ménage, en général. Et qu'est-ce que ça change pour toi ?

Des roues écrasèrent le gravier derrière nous. Une autre voiture arrivait.

— Maintenant, si tu veux bien m'excuser.

Son regard se posa brièvement derrière moi et il m'attrapa le bras.

— Garde tes mains dans tes poches, ordonna-t-il dans un avertissement grave.

— J'allais te dire la même chose.

Je me libérai de sa poigne juste avant que ma colère ne ressurgisse. Pas ma colère envers lui, cependant. Je me tournai pour affronter Fenris et son groupe de filles.

— Pourquoi es-tu entrée par effraction chez moi hier soir ? demandai-je.

Fenris fit les gros yeux. Les regards de Jenna et des autres filles se posèrent rapidement sur Aubrey.

— J'ignore de quoi tu parles, déclara cette dernière.

Elle prit le bras de Fenris et se blottit contre lui.

— Comment sais-tu que je m'adressais à toi, Aubrey ? Je regardais Fenris.

Son visage vira à l'écarlate et ses lèvres se retroussèrent pour montrer ses dents.

— Reste loin de lui. Il est à moi, grogna-t-elle.

Une paume glissa sur mon poing serré, attirant mon attention sur le fait que deux bras puissants m'agrippaient. Je luttai pour atteindre Aubrey. La petite main d'Eliana sur la mienne faisait des merveilles pour me soulager un tant soit peu de ma colère. Suffisamment, du moins, pour que j'entende ce qu'Oanen dit ensuite :

— Tu dois t'occuper de ça.

Fenris soupira et retira sa chemise. La vue n'était pas aussi agréable que lorsqu'Oanen avait enlevé la sienne, cependant elle provoqua le gémissement envieux de Jenna quand elle le regarda. Dans un grognement, Aubrey se retourna et s'en prit à elle. Ses griffes laissèrent des marques rouges sur la joue de Jenna. En dépit de la main d'Eliana, mon humeur se réveilla de nouveau.

Fenris baissa la fermeture de son pantalon et se retourna avant de trop en dévoiler, puis il se laissa tomber au sol et devint un loup. Il fonça dans un hurlement, abandonnant derrière lui une pile de vêtements, ainsi que son groupe de filles.

Aubrey se tourna vers ses amies et se mit à gronder avant de quitter sa robe d'été, puis elle resta nue dans le parking, sans une once d'inhibition. Je n'étais pas prude, mais je n'étais pas non plus exhibitionniste.

Se laissant tomber à quatre pattes sous forme de loup, Aubrey hurla et s'élança après Fenris. Un instant plus tard, les autres filles se déshabillèrent et poursuivirent le duo.

Les mains d'Oanen me relâchèrent.

— C'était quoi, ce bordel ? lançai-je, ma colère changée en confusion.

— Le désespoir. Aubrey sait que Fenris se mettra bientôt en quête d'une compagne et elle fait tout ce qu'elle peut pour rester la première odeur à ses narines.

— Eliana, tu sais qu'il ne faut pas, la gronda doucement Oanen.

— S'ils ne veulent pas que les gens en parlent, ils ne devraient pas le faire devant tout le monde.

— Une quête de compagne ? Qu'est-ce que c'est ? demandai-je à Eliana.

— Quand ceux de son espèce atteignent un certain âge, ils sont frappés durement par le désir de courir et de s'accoupler. Un désir écrasant, d'après ce que j'ai entendu. Et ça n'a rien à voir avec les humains, lorsque les garçons sont excités. Fenris ne peut pas simplement sortir et s'amuser. Son espèce s'accouple pour la vie. Celle qu'il choisira dans ce moment de faiblesse sera celle avec qui il restera coincé à tout jamais.

— Berk.

L'idée de le voir coincé avec Aubrey pour le restant de ses jours me faisait ressentir une profonde pitié.

— Oui, fit Eliana sur un ton tout aussi compatissant.

— Vous avez fini, toutes les deux ? demanda Oanen.

— Presque.

Je m'avançai vers la robe d'été d'Aubrey et la piétinai minutieusement dans la poussière. Ajustant le poids de mon sac sur mon épaule, je me tournai vers les deux autres qui m'attendaient.

— Maintenant, je suis prête à entrer.

— Vraiment, tu n'as pas besoin de sac, insista Eliana sans commenter ce que j'avais fait à la robe.

— Je sais, répondis-je en faisant un pas vers l'école.

— Qu'y a-t-il à l'intérieur ? m'interrogea Oanen.

— Des vêtements de rechange si jamais je suis recouverte de sang.

Il m'arracha le sac de l'épaule et le jeta dans la voiture.

— Pas de bagarres aujourd'hui.

Il se redressa, les bras croisés et les biceps protubérants, et se mit devant la portière pour m'empêcher de le récupérer.

— Pour qui tu te prends ? Tu ne peux pas me dire quand ne pas me battre. Je me bats tout le temps. Pourquoi tu crois que j'ai atterri ici ? lançai-je d'un ton exaspéré.

— Les vêtements restent dans la voiture, dit-il.

Je plissai les yeux vers lui.

— Très bien, mais si jamais j'en ai besoin et que je ne les ai pas avec moi, tu subiras ma prochaine saute d'humeur.

Un hurlement fendit l'air, suivi de quatre autres.

— Allez. Rentrons avant qu'ils reviennent, dit Eliana en me tirant la main.

Je jetai un dernier regard mauvais à Oanen et la suivis à l'intérieur. Quelques élèves se baladaient déjà dans le couloir et j'entendis des chants du côté de la piscine.

Adira nous attendait dans le hall principal.

— Bonjour, Megan. J'espérais te parler avant ton premier cours.

Je haussai les épaules et saluai Eliana, puis je suivis la coordinatrice. J'eus le temps de me rendre compte qu'Oanen nous scrutait, puis il suivit sa protégée.

Dès que nous arrivâmes dans la salle d'Adira, elle contourna son bureau et s'assit.

— J'ai vu que tu avais complété tous tes contrôles de connaissance. Je dois dire que je suis impressionnée. Il faut en général plus de temps aux élèves dans ta situation pour retrouver la concentration nécessaire afin de comprendre les tenants et les aboutissants de ces tests.

— Et quelle est ma situation ?

— Seule dans un nouveau monde étrange.

— Ah. Oui, eh bien, je ne peux aller nulle part sans voiture et je m'ennuyais, répliquai-je en haussant les épaules.

— Quoi qu'il en soit, tu t'en es très bien sortie. Tu maîtrises tous les prérequis obligatoires pour obtenir un diplôme dans un lycée humain. Ce qui signifie que tu peux te concentrer spécifiquement sur l'objectif premier de Girderon.

— À savoir ?

— Contrôler ton comportement en présence d'humains.

— Parfait. Étant donné où j'ai vécu avant d'arriver ici, ça ne devrait pas être un problème.

— Comme tu l'as fait remarquer à Oanen sur le parking, tu as peu de contrôle sur toi-même.

— Attendez une minute. J'ai juste mis en avant le fait que je manquais de bon sens à cause de mes sautes d'humeur. Je n'ai jamais parlé de contrôle.

Nous savions que c'était une piètre objection à la réalité. Quand ma colère se réveillait, je n'avais aucun contrôle ni bon sens.

— Très bien. Que dois-je faire ? Et si votre réponse contient des mots comme « visualise », « trouve ton centre » ou « technique de respiration », oubliez tout de suite. Je connais et j'ai déjà donné. Ça ne fonctionne pas.

— Les humains ont essayé de t'aider avec quelque chose qu'ils sont incapables ne serait-ce que d'appréhender.

— Je ne sais pas trop, certains ont fait vraiment beaucoup d'efforts avec ma colère.

— Ce n'est pas simplement de la colère. Ça fait partie de tes capacités.

— Une seconde. Ma colère a quelque chose à voir avec ce que je suis ?

Mes pensées s'emballèrent. Je tentai de réfléchir à toutes les créatures mythologiques connues pour leur problème de colère ou leur sale caractère. J'avais besoin de faire des recherches et de dresser une liste.

— Arrête d'essayer de deviner ce que tu pourrais être. Cela te détournera de ta vraie nature, déclara Adira, interrompant mes pensées.

— Vous parlez beaucoup, mais ça ne m'avance pas.

Elle sourit d'un air serein. Au lieu de me calmer, cela eut l'effet opposé.

— Et vous m'agacez, dis-je d'un ton monocorde.

— Je sais. Mais je ne te mets pas en colère. Vois-tu la différence ?

— Pas vraiment. J'ai tout de même plus ou moins envie d'arracher ce sourire de votre visage.

L'agressivité naturelle que je renvoyais quand j'étais agacée ne la décontenançait pas.

— Prête attention à tes émotions. Décompose-les et demande-toi pourquoi tu ressens les choses de cette façon dans telle ou telle situation. En analysant chaque sentiment, tu peux commencer à gouverner chaque émotion au lieu de te laisser submerger. Obtenir ce niveau de contrôle, avant que ta vraie forme émerge, te...

— Ma vraie forme ? Vous voulez dire que je ne ressemble pas vraiment à ça ?

Je pouvais sentir la panique monter en moi. Tout ce qu'ils m'avaient jeté au visage, je l'avais pris comme un grain de sel. Mais ça ? Entendre que je serais différente physiquement, voilà qui faisait fondre une portion sensée de mon cerveau.

— Respire, Megan. Tu as vu ma vraie forme lors de ton premier jour ici. Et pourtant, je suis assise devant toi sous un aspect qui t'est plus familier. Le fait que tu possèdes une autre forme ne signifie pas que tu doives l'utiliser.

Je me levai et agrippai le dossier de la chaise.

— Je n'ai pas envie d'être en retard pour les cours.

Adira soupira.

— Très bien. Fuis, Megan. Cela ne change rien. Je te reverrai au festival d'automne.

— Je passe mon tour. Je n'aime pas la foule.

— Ta présence est obligatoire. À moins que tu préfères demeurer à Uttira. Pour toujours.

— Pourquoi ai-je pensé un jour que vous étiez gentille ?

Elle sourit – pas méchamment, plutôt comme si c'était la chose la plus drôle qu'elle ait entendue. Nous verrions si elle me trouverait toujours aussi amusante au festival.

Tournant les talons, je sortis en trombe par la porte et m'arrêtai brutalement en remarquant Fenris, adossé contre le mur du couloir.

CHAPITRE NEUF

DÈS QU'IL ME VIT, FENRIS REPOUSSA LE MUR ET PASSA UNE MAIN DANS ses cheveux déjà ébouriffés, avec sur le visage un air coupable qui lui était inhabituel.

— Je suis désolé pour Aubrey, dit-il.

La porte se ferma derrière moi. Apparemment, Adira se fichait de notre mélodrame.

— Ne te fais pas de bile pour ça. Eliana m'a parlé de ta quête de compagne. Envisages-tu de choisir Aubrey ?

— Pas si je peux l'éviter.

— Alors, pourquoi tu ne le lui dirais pas ?

Nous restâmes là où nous étions, dans un couloir silencieux et vide.

— J'ai essayé. Tu as vu comment elle menace les autres. C'est pire quand elle pense ne pas avoir une chance.

Il venait de me donner d'autres raisons de ne pas l'apprécier. Je détestais les petites brutes.

— C'est pour ça qu'elle a un problème avec moi ? Elle pense que je menace ses chances ?

— Elle sait que j'ai passé du temps avec toi et que j'aimerais recommencer.

Même si j'appréciais beaucoup l'idée de continuer à agacer Aubrey par ma simple existence, parce que c'était toujours agréable de voir que quelqu'un vivait la même chose que moi, je ne voulais pas mener Fenris en bateau.

— Écoute, j'aime bien traîner avec toi aussi, mais...

— Aubrey ne sera pas un problème. J'ai un plan pour la distraire cette fois.

— Euh, ce n'est pas que j'allais dire.

La sonnerie retentit.

— On en reparle ce soir, d'accord ? Je passerai chez toi après les cours. C'est Eliana qui te ramène, c'est ça ?

— Oui.

— Parfait. Je te retrouve plus tard.

Il tourna les talons et fila dans le couloir en direction des escaliers.

Je m'éloignai à mon tour, tout en me demandant quelle mouche folle m'avait piquée pour me donner envie d'aller en classe aujourd'hui. Je marchai lentement. Lorsque j'atteignis le bout du couloir, Oanen se tenait là. Son expression n'était pas neutre, cette fois. La désapprobation étirait ses sourcils et ses lèvres.

— Qu'est-ce que j'ai encore fait ?

— Tu es en retard pour ton premier cours.

— Je sais. J'y vais.

Je posai la main sur la rambarde avec l'intention de monter. Sa paume se referma sur la mienne. La chaleur de sa peau me détourna de mon objectif.

— Sais-tu au moins où tu es censée aller ? me demanda-t-il.

Je retirai la main.

— Au premier étage. Premier couloir. Troisième porte sur la droite.

— Non. Les Principes de l'intégration humaine, c'est ton second cours. Là, tu as Introduction à la découverte de soi. Je vais t'accompagner.

Je levai les yeux au ciel et lui fis signe de passer en premier. Au lieu de monter les marches, il tourna et continua dans le grand couloir qu'Adira m'avait montré le premier jour, avant de s'arrêter devant la seconde porte.

— C'est ici. Je te reverrai au cours de Lucas.

— Ça veut dire que tu ne vas pas à celui-là ?

Il m'examina un instant.

— Je sais déjà ce que je suis, dit-il calmement.

— Alors, ce cours est fait pour comprendre ce que je suis ?

— Je n'en sais rien. Je n'ai jamais eu à y assister.

— Pourquoi connais-tu mon emploi du temps ?

— Parce que je me doutais que tu ne le connaîtrais pas.

Il tourna les talons et s'éloigna, me laissant devant la porte.

Je l'observai un moment tout en me demandant quel était son problème. Était-il vraiment comme ça avec toutes les filles, ou avais-je droit à un traitement spécial à cause de mon rapprochement avec Eliana ?

Détournant le regard de ses fesses qui battaient en retraite, j'entrai dans la salle, interrompant une femme en plein milieu d'une phrase.

— Megan, dit-elle. Je suis LuAnn. Viens, installe-toi. Adira m'a prévenue que tu nous rejoindrais aujourd'hui.

Je regardai les élèves et repérai immédiatement le visage souriant d'Eliana et le siège vide à côté d'elle.

Après presque quatre-vingt-dix minutes, je compris que la Découverte de soi ne me donnerait pas de réponse claire sur ma vraie nature. Le titre du cours était parfaitement explicite : de la méditation merdique pour découvrir son moi intérieur.

Avec la promesse de me retrouver durant la pause de midi, Eliana me salua dans le couloir. Écrasée par la foule, je gardai les yeux rivés au sol et trouvai mon chemin jusqu'au cours de Principes de l'intégration humaine de Lucas sans incident.

Presque tous les bureaux étaient libres, mis à part un groupe à l'avant. Je ricanai ouvertement devant la robe d'été toute sale d'Aubrey. Elle me jeta un regard furieux. Je l'ignorai et adressai un clin d'œil à Fenris. Le grondement léger de la fille emplit la pièce. Contente de moi, je pris un siège et attendis que la sonnerie retentisse.

— Pourquoi dois-tu faire exprès de l'énerver ? demanda Oanen à côté de moi.

— Selon Adira, énerver les gens est mon superpouvoir.

— Est-ce que ça t'arrive de prendre les choses au sérieux ?

J'y réfléchis un instant.

— Pas vraiment. Ce doit être un autre superpouvoir.

Il expira lentement et s'affaissa dans sa chaise, puis il ne m'adressa plus la parole jusqu'à ce que la sonnette se réveille à onze heures moins dix.

— Je t'accompagne à la cafétéria, dit-il en se levant.

Ce n'était pas une offre, mais un ordre. Étrangement, cependant, ça ne m'embêtait pas. De toute façon, je n'avais aucune idée de l'endroit où était la cafétéria.

— D'accord. Eliana a dit qu'elle me retrouverait là-bas.

Nous entrâmes dans le chaos. Sauf que cette fois, je n'avais pas à me coller au mur et à éviter les contacts visuels. Avec Oanen à mes côtés, les gens s'écartaient de notre chemin. Même Finnegan lui fit un signe de tête et se tint à bonne distance.

Je jetai un œil au type à côté de moi en me demandant quelle emprise il avait sur tout le monde. Cela ne pouvait pas être seulement dû à sa beauté physique, parce que cette emprise ne touchait pas que les élèves. Le corps enseignant dans son ensemble le traitait aussi avec respect. Les professeurs lui faisaient un signe de tête quand ils le croisaient dans les couloirs. Et lorsque nous eûmes atteint la cafétéria au rez-de-chaussée, la dame de la cantine lui lança un grand sourire et lui offrit une portion supplémentaire de truite grillée et de légumes frits. Elle me proposa la même chose parce que j'étais avec lui, mais je refusai poliment. J'aurais déjà assez de mal à terminer ce qu'il y avait sur mon plateau.

Me détournant du buffet extrêmement fade, mais bourré de nutriments, je repérai Eliana déjà assise à une table. Elle me fit signe et je commençai à traverser rapidement la pièce bondée.

À mi-chemin, mon humeur se réveilla. Je m'immobilisai sur place, le plateau échappant à mes doigts raidis. Des ricanements surgirent tout autour de moi. Je serrai les poings et m'apprêtai à me retourner, sentant déjà où se trouvait l'objet de ma colère.

Avant même que je la voie, des bras s'enroulèrent autour de moi.

— Je ne crois pas, non ! dit Oanen.

Il me décolla les pieds du sol et marcha à grandes enjambées vers la porte latérale. Dès qu'elle se referma sur nous, je me sentis mieux.

— Était-ce Aubrey ? demandai-je. J'aurais pu me la faire.

Oanen me reposa, la tête penchée, et me regarda d'un air désapprobateur.

— Navré de te décevoir, mais Fenris et ses camarades partent toujours courir pendant la pause déjeuner.

— Je te préférais quand tu essayais encore de me comprendre et que tu ne me réprimandais pas tout le temps, dis-je.

La porte s'ouvrit et Eliana sortit précipitamment.

— Tu vas bien ? Tu veux un câlin ?

— Ça va. Je n'ai pas besoin de câlin.

Pensait-elle que j'étais gênée d'avoir laissé tomber mon plateau ?

— Parce que je pourrais, tu sais, te prendre un peu de cette colère, si tu veux.

— Oh ! Bien sûr. Viens là.

J'ouvris les bras et elle ferma timidement les siens autour de mon buste, sa tête sur mon épaule.

Les câlins d'Eliana étaient vraiment géniaux. La colère qui s'attardait en moi fondit immédiatement, me laissant avec une décontraction qui ne m'était pas familière. C'était étrange, mais tellement agréable. Sachant que je devais remercier Eliana pour ce nouveau sentiment, je la serrai en retour. Nous donnions l'impression de nous blottir l'une contre l'autre, mais je m'en fichais.

— Je pense que ça suffit, Eliana. Elle commence à sourire, dit Oanen à côté de nous.

C'était vrai, et m'en rendre compte me fit sourire encore plus.

— Tu as la permission de me faire un câlin dès que j'aurai l'air sur le point de m'emporter, déclarai-je avant qu'Oanen me force à la relâcher.

— Seulement si je ne suis pas là pour y mettre un terme moi-même, commenta-t-il. Reste ici, je vais te chercher un nouveau repas. On va manger dehors.

Il se montrait encore autoritaire. Je regardai son dos, remarquant la façon dont sa chemise moulait ses épaules et dont son jean tombait bas sur la courbe de ses...

— Je peux venir papoter avec toi ce soir ? demanda Eliana, interrompant mes pensées.

Je fronçai le nez.

— Je t'aurais bien répondu oui, mais Fenris doit déjà passer. Lui et moi, nous devons parler.

— Oh ? dit-elle avec un sourire taquin.

— Pas ce genre de discussion. Même si j'apprécie tout ce qui pourrait faire enrager Aubrey, je ne veux pas qu'il s'imagine n'importe quoi. Ce ne serait pas une relation saine. En particulier avec moi.

Son sourire joueur disparut et elle me regarda avec un air assez triste. Avant que je puisse ajouter quoi que ce soit, Oanen revint avec deux plateaux et nous terminâmes notre pause de midi dans un calme relatif.

Mes second et troisième cours, Aptitudes de la vie courante et Études avancées des humains, n'étaient qu'une vaste blague. La bagarre que je faillis déclencher durant mon temps libre entre les deux fut tout aussi pitoyable. Je ne pus même pas balancer de bons coups de poing, à cause d'Oanen.

Eliana me retrouva dans le couloir après le cours d'Études avancées sur les humains, au second étage.

— Oanen est déjà sur le toit. Il m'a dit de te dire « pas de bagarres ».

Je levai les yeux au ciel et la suivis en bas des escaliers. Personne ne s'écarta de notre chemin, cette fois.

— C'est quoi cette histoire ? Quand Oanen est avec nous, tout le monde se bouge. Quand il n'est plus là, ils essaient tous de nous pousser contre les murs.

L'un des élèves qui passaient ricana et continua. Eliana ne répondit rien, cependant je captai son petit rictus.

Dehors, les gens se rassemblaient autour des voitures. Fenris se tenait près de la voiture de sport rouge avec laquelle il était arrivé. Il avait une discussion animée avec Aubrey. Elle me repéra en train de les regarder et je lui soufflai un baiser. Avant qu'elle puisse faire un pas dans ma direction, Fenris l'attrapa par le bras et la tira vers la voiture.

Le même cri d'aigle que nous avions entendu à l'aller sur le chemin de l'école retentit sur le parking.

— On ferait mieux d'y aller, dit Eliana.

Je jetai un œil en haut du bâtiment et je vis Oanen qui y était perché. Son regard doré était rivé sur moi.

— Personne n'aime les tyrans, Oanen, dis-je doucement. Tu devrais le savoir.

Je grimpai dans la voiture et m'attachai. Une ombre apparut sur le capot en faisant des cercles.

— Est-il constamment comme ça ? demandai-je. Il ne t'a toujours pas étouffée, depuis le temps ?

Eliana haussa les épaules et recula de son emplacement.

— Penses-tu venir en cours demain ? demanda-t-elle.

— Pas si je peux l'éviter. Je croyais que les gens me manquaient, mais aujourd'hui m'a rappelé pourquoi je suis mieux toute seule chez moi, à lire des notes et à regarder des vidéos. Pourquoi tu y vas, toi ?

— Je n'y allais pas, mais Adira a discuté avec les Quill et leur a expliqué que ce serait dans mon intérêt de participer.

— Les Quill ?

— Les parents d'Oanen. Mes tuteurs.

— Et ça t'a aidée ?

— Pas vraiment.

Elle jeta un œil vers le ciel, puis emprunta le virage pour quitter l'académie.

Aucune de nous ne parla pendant le reste du trajet. Lorsqu'Eliana se gara devant la maison, je la remerciai de m'avoir ramenée.

— Dis-moi si jamais tu as envie d'un peu de compagnie après les cours demain, proposa-t-elle avant de s'éloigner.

Je lui fis signe, puis je regardai le ciel à la recherche d'Oanen. Il avait disparu.

Une seule journée d'école aurait dû me guérir de mon ennui. Pourtant, maintenant que j'étais chez moi, la solitude déferla à nouveau. Probablement parce que j'avais trouvé quelqu'un que j'appréciais vraiment. Pas seulement Eliana, d'ailleurs. Oanen aussi, même s'il pourrait se détendre un peu. Et Fenris. Je soupirai, pensant à lui et à notre conversation à venir. En général, j'aimais bien faire pleurer les autres.

En secouant la tête, je contournai la maison et entrai.

Plus d'une heure plus tard, Fenris toqua à ma porte d'entrée. Avec un sourire, je l'accueillis et lui fis signe de s'asseoir dans le salon.

— Comme promis, j'ai réussi à détourner l'attention d'Aubrey, dit-il en faisant une petite révérence.

Je gloussai, incapable de m'en empêcher.

— C'est bon à savoir. C'est pour ça qu'elle est venue ici ? Parce qu'elle a découvert que tu m'avais emmenée en ville ?

— Oui. Même avec la puanteur du pot d'échappement de cette vieille caisse, elle a capté ton odeur quand elle m'a vu. Nos nez sont une plaie parfois.

Nous nous installâmes sur le canapé et je me tournai vers lui. Il continuait de m'observer, avec ce même visage ouvert et attentif qu'il offrait à tout le monde.

— Fenris, j'ai besoin d'être claire avec toi. Être une petite amie, de qui que ce soit, ne m'intéresse pas. Ma vie est trop compliquée.

Je secouai la tête.

— Même mes problèmes ont des problèmes. Il y a plus de chances que je te frappe spontanément que je t'embrasse. Traîner ensemble, même si j'ai trouvé ça vraiment génial la dernière fois, ça ne fera que te causer plus d'ennuis.

Il afficha un sourire qui aurait fait fondre le cœur des filles les plus glaciales.

— Tu es adorable, et c'est mon râteau préféré jusqu'à présent.

Je levai les yeux au plafond.

— Comme si tu t'en étais déjà pris.

— Tu serais surprise, dit-il en retrouvant tout son sérieux. Que t'a raconté Eliana à propos de la quête ?

— Pas grand-chose, vraiment. Juste que, comme tous les garçons adolescents, tes hormones prendront le dessus. Que peu importe la fille qui le voudra bien et avec qui tu te retrouveras lorsque ce moment magique arrivera, tu resteras coincé avec elle pour la vie.

— Qui le voudra bien ? Eliana n'en sait pas autant que je l'aurais cru.

— C'est moi qui ai ajouté ça. Est-ce que tu forcerais quelqu'un ?

— Non. J'espère que non.

Il se passa une main sur la nuque, clairement frustré.

— Pour les mâles comme moi, lorsque notre horloge biologique sonne, nous devenons les esclaves de nos instincts. Ou du moins, c'est ce que mon père m'a dit. La première femelle que nous sentons, nous la désirons et nous avons tendance à la pourchasser. C'est ça, la quête. La chasser jusqu'à ce qu'elle arrête et abandonne. Mon père dit que c'est un jeu.

Il expira lentement.

— Donc, Aubrey te colle aux basques dans l'espoir que ton horloge se réveille quand elle sera près de toi, pour que tu puisses joyeusement la pourchasser, t'amuser avec elle et faire d'elle ta femme pour la vie.

Je lui lançai un regard compatissant.

— C'est rude.

— Pas juste Aubrey, mais toutes les autres filles de la meute qui ont à peu près mon âge.

— Il n'y a pas d'autres mecs ?

Il haussa les épaules et soupira.

— Merci d'avoir été honnête sur le fait que tu n'étais pas intéressée. J'aimerais tout de même continuer à traîner avec toi, si le regard assassin d'Aubrey ne te dérange pas.

— Je pense pouvoir gérer ça.

Il observa l'entrée une seconde avant que quelqu'un cogne à la porte.

— Je reviens, dis-je, me levant déjà pour répondre.

J'ouvris et tombai sur Oanen. Le torse nu et le jean tombant bas sur ses hanches, il se tenait pieds nus sur mon porche. De la sueur scintillait sur son torse, juste entre ses pectoraux. Je me léchai les lèvres en essayant de ne pas le regarder fixement.

— Oanen ?

Son propre regard me balaya à peine avant de se poser sur quelque chose derrière mon épaule. Je jetai un œil à Fenris dans mon dos.

— Elle est en chemin, dit le griffon.

Je savais qu'il parlait d'Aubrey lorsque Fenris gronda.

Ce dernier me regarda d'un air désolé.

— Navré.

Il s'avança et me serra contre lui, inspirant profondément tout près de mes cheveux.

Ça ne semblait pas vraiment une étreinte platonique. Étrangement, je lui rendis son câlin.

— Tu sais qu'elle te sentira sur elle, commenta Oanen. Arrête ça.

Lorsque Fenris recula, ses pupilles paraissaient un peu trop dilatées, comme s'il planait.

— On se revoit bientôt, dit-il.

Il se pencha à nouveau pour sentir mon odeur, puis se glissa derrière Oanen et fila vers sa voiture.

Fenris disparut rapidement au bout de la route.

— Je peux entrer ? demanda Oanen.

— Bien sûr.

Je lui montrai la cuisine et fermai la porte derrière lui.

Au lieu d'aller là-bas, il partit dans le salon et s'assit sur le canapé. Une position qu'il garda juste assez longtemps pour jeter un œil sur toute la longueur du siège avant de s'étaler complètement. Il posa un pied sur un accoudoir et la tête sur l'autre.

— D'accord. Fais comme chez toi.

Il se leva et marcha vers moi. Avant que je comprenne ce qu'il prévoyait de faire, il me serra dans ses bras et enfouit son nez dans mes cheveux. Qu'Oanen fasse ce que Fenris venait de faire me stupéfia. Ses mains se plaquèrent dans mon dos, me rapprochant fermement contre lui, et je frissonnai sous le contact total de nos corps. Cela n'avait rien à voir avec ce que Fenris avait fait.

Presque aussi rapidement qu'il avait commencé, il me relâcha.

Alors que j'étais encore étourdie d'avoir senti son torse nu et ciselé contre moi, il sortit à grandes enjambées, laissant la porte ouverte. Le bruit d'un véhicule qui arrivait devant chez moi attira mon attention. Oanen filait déjà dans le virage sur la route, secouant la tête à l'attention de la voiture rouge brillante qui ralentissait.

La colère bouillonna en moi quand je vis Aubrey. Je serrai les poings, prête à toute tentative de sa part. Mais elle ne s'arrêta pas. En voyant Oanen, elle continua sa route.

Il attendit qu'elle soit hors de vue avant de se tourner vers moi.

— Tiens-toi bien, Megan.

Il s'éloigna vers les pins et décolla peu de temps après.

Je fermai la porte et posai ma tête contre le lambris.

— Lundi de merde, dis-je dans un souffle.

CHAPITRE DIX

Heureusement, le mardi me donna un peu de répit dans tous ces mélodrames jusqu'à ce qu'Eliana m'appelle après l'école.

— Pitié, dis-moi que je peux venir, dit-elle.

— Bien sûr. Tu pourras me sauver de mon ennui. J'ai fini mes trucs pour l'académie avant le déjeuner.

Elle poussa une acclamation et promit « d'arriver tout de suite ».

Le bruit d'un moteur approchant dans l'allée, seulement quelques secondes après que nous ayons raccroché, me fit sourire, ainsi que son coup enthousiaste sur la porte de derrière.

— Je suis tellement contente que tu aies accepté, s'exclama-t-elle quand je l'invitai à entrer. Tu ne croiras jamais ce qui est arrivé aujourd'hui.

Elle se lança dans son histoire avant que je parvienne à fermer la porte.

— Aubrey a complètement pété les plombs parce que Fenris ne s'est pas montré à son premier cours. Et puisque tu n'étais pas là non plus, elle a évidemment supposé qu'il était absent à cause de toi, même quand Adira lui a expliqué que le père de Fenris avait téléphoné pour l'excuser. La rumeur dit que Fenris a répondu à l'appel de la forêt, ce qui signifie qu'il a commencé sa quête de

105

compagne. Ce qui a rendu Aubrey encore plus folle. Tu aurais dû voir ça. Adira est à peine parvenue à l'empêcher de venir ici. Alors ? ajouta-t-elle en me regardant avec des yeux pleins d'espoir.

— Alors, quoi ?

— Il est venu aujourd'hui ?

Je levai les yeux au ciel.

— Non.

— Aubrey a raconté à qui voulait l'écouter qu'elle avait pisté son odeur jusqu'ici hier, mais qu'Oanen l'avait empêchée de vérifier la maison. Elle serait venue directement chez toi après l'école si elle avait pu, mais il s'est assuré qu'elle sache qu'il la suivait. Alors, elle est allée chez les Quill pour se plaindre de son interférence dans les affaires de la meute. C'est pour ça que je suis là. Je ne supportais plus d'écouter sa voix gémissante et désespérée.

Elle prit tout juste une inspiration avant de poursuivre.

— Que s'est-il passé hier ? Entre Fenris et toi ?

Je la dirigeai gentiment vers la table de la cuisine tout en répondant.

— Rien. Je lui ai dit que je ne pourrais jamais être la petite amie de personne et que même si j'aimais embêter Aubrey, je ne voulais pas rendre sa vie encore plus difficile. Ça semblait lui convenir, et pourtant il a répondu qu'il avait tout de même envie de traîner avec moi.

— Hmm. Traîner avec toi parce qu'il désespère d'échapper à Aubrey ? Ou parce qu'il est intéressé et qu'il n'accepte pas ton refus ?

Eliana s'assit sur une chaise et se tapota le menton, en pleine réflexion.

— Il m'a toujours paru du genre coureur parce qu'il semble s'épanouir en gardant son petit groupe de femmes autour de lui. Et puis, chaque fois que je le vois avec son essaim, il empeste systématiquement l'énergie sexuelle. Je pense qu'il est intéressé. Il vaut mieux que tu fasses gaffe à lui.

Je lui souris.

— Oui, m'dame.

Je partis ouvrir le réfrigérateur.

— Tu restes pour dîner ?

— Je peux ?

— Bien sûr.

Pendant que je rassemblais les ingrédients, elle me fournit plus de détails sur le cinéma d'Aubrey.

— Lorsqu'Adira l'a menacée de l'endormir dans un coma magique de deux semaines, Aubrey a commencé à renifler tout le monde. À la recherche de la plus infime trace de Fenris. Tu aurais dû voir sa tête quand elle l'a senti sur Oanen. Écoute bien, il l'a regardée en restant bien calme et il a simplement répondu : « J'aime les câlins », en haussant les épaules. La moitié des élèves du couloir a explosé de rire. C'est une autre raison pour laquelle elle est en train d'aboyer chez les Quill en ce moment même.

Voilà qui clarifiait l'intention cachée derrière son étreinte spontanée de la veille. Oanen l'avait fait pour couvrir l'odeur de Fenris. Je ne pus m'empêcher de me sentir un peu déçue à ce sujet.

— Je ne serais pas surprise qu'elle vienne tout droit ici quand elle aura fini de pousser sa gueulante là-bas, continua Eliana. Elle a dit qu'elle t'avait sentie sur lui.

Eliana devint soudain silencieuse. Quand je la regardai, ses mains étaient à plat sur la table et elle était pâle et tremblante.

Je mis de côté les ingrédients pour les lasagnes et je la rejoignis rapidement.

— Qu'est-ce qu'il y a ? Eliana ?

Quand elle leva les yeux vers moi, ils étaient noirs.

— Ne me touche pas, murmura-t-elle. Monte dans ta chambre et verrouille ta porte.

— Hors de question. Dis-moi ce qui se passe.

— J'ai eu une mauvaise pensée. Et maintenant, j'ai vraiment faim.

Je me tournai vers le placard où j'avais rangé un paquet de

biscuits nappés de double chocolat. Avant que je puisse le prendre, la porte de derrière claqua et je me retrouvai seule dans la cuisine. Je piquai un sprint jusqu'à l'extérieur et bondis par-dessus le capot de la voiture pour bloquer sa fuite.

— Je ne te laisserai pas t'échapper comme ça, dis-je en examinant ses yeux toujours noirs.

Eliana fit une feinte à droite, puis à gauche. Je la suivis pour l'empêcher de poser plus d'un doigt sur la poignée de la portière. Le bruit d'un moteur et un crissement soudain de pneus qui freinaient sur la chaussée au bout de l'allée stoppèrent notre petit jeu d'esquive.

Une portière claqua.

— Salope ! hurla Aubrey.

Sa voix me heurta durement. La rage se réveilla dans mon sang et je me détournai d'Eliana, complètement concentrée sur un nouvel objectif : chercher des poux à Aubrey et la cogner en plein visage.

Elle me rendait les choses faciles en marchant d'un pas lourd dans l'allée. Ses cheveux blonds serpentaient autour de sa tête, battus par le vent à cause de son trajet. Cela ne fit qu'amplifier son regard de folle quand elle grogna vers moi.

— J'ai entendu dire que tu avais enfin compris que tu n'intéressais pas Fenris, lui dis-je.

Mes mains me démangeaient du besoin de la blesser et je m'avançai d'un pas.

Quelque chose me plaqua par-derrière, me faisant basculer. Le poids de ce qui m'avait frappée me bloqua, puis des bras et des jambes se refermèrent autour de moi tandis que je tombais face contre terre. La colère qui m'avait submergée disparut, remplacée par un calme indigné et une bouche fourrée d'herbe.

Je tournai la tête et crachai.

— Il est temps de descendre de ton arbre, primate, m'exclamai-je.

Eliana émit un bruit hésitant près de mon oreille et je sus qu'elle n'allait pas me relâcher tout de suite.

Je levai la tête pour trouver Aubrey qui nous surplombait, à un pas de là. Ses lèvres se déformaient dans un sourire vicieux et triomphant, tandis qu'elle prenait une photo de nous deux par terre.

— Fenris est assez intelligent pour ne pas passer après un succube.

Dans un mouvement de cheveux théâtral, elle tourna les talons et retourna à sa voiture.

Eliana me lâcha dès qu'elle fut partie.

— Tu m'as donné la permission, se justifia-t-elle. Chaque fois que tu t'emportes, tu te souviens ?

Je me levai lentement, brossant mes vêtements. Lorsque je regardai Eliana, ses yeux étaient revenus à la normale.

— Dedans, tout de suite, dis-je d'un ton sévère.

Elle fit la moue, mais elle m'écouta et se dirigea d'un air maussade vers la maison. Je recrachai encore plus de terre et la suivis. De retour à l'intérieur, je nous servis à toutes les deux un verre d'eau et je m'assis à la table avec elle.

— Je ne suis pas en colère à cause du câlin. Je suis en colère parce que tu as tenté de partir. Qu'est-il arrivé ? Je croyais qu'on essayait d'être le genre d'amies qui pouvaient...

Je haussai les épaules, mal à l'aise.

— Parler de trucs.

Eliana renifla et acquiesça.

— C'est le cas. Disons que c'est difficile. Tu sais ce que je suis. Mais tu ne sais pas qui je suis. Je m'appelle Eliana Magdalene Margarete Howland, fille d'un homme religieux très pieux. Celui que ma mère a séduit. Pendant un an, elle l'a gardé sous son charme, se nourrissant de sa passion pour elle. Elle est partie après m'avoir donné naissance. Il m'a élevée, croyant que ma mère était une sorte de démon qui avait tenté de le détourner du droit chemin. Il avait raison. À la seconde où elle a passé de nouveau la porte, il est tombé à genoux et l'a suppliée de le laisser « vénérer son temple ».

— Oh, la vache. Je crois que je viens de gerber un peu.

— Je sais. J'étais là et j'ai clairement eu un renvoi dans ma bouche. Ce que je suis et la manière dont il m'a élevée pour être la personne que je suis ne s'accordent pas bien. Parfois, j'ai l'impression d'être déchirée en deux.

Elle baissa les yeux sur son verre, le faisant tourner en petits cercles.

— Et c'est pour ça que tu ne te nourris pas ? Parce que tu te sens coupable ?

— Non. Parce que la façon dont je suis obligée de m'alimenter me semble vraiment mauvaise.

Elle avait l'air si coupable en disant cela que je détournai rapidement la conversation de son moyen de sustentation.

— Peut-être que ma mère est comme la tienne, parce qu'elle pensait que coucher à droite et à gauche était génial, elle aussi.

Eliana sourit légèrement et leva les yeux du verre.

— Je ne crois pas. On peut sentir ceux de notre propre espèce, aussi. C'est bizarre. Comme croiser quelqu'un dans la rue et savoir que cette personne est ton frère ou ta sœur.

— Ce doit être cool.

Elle secoua la tête.

— Tu penses à *Notre Belle Famille*, mais ça se rapproche surtout de *Cendrillon*.

— Oh.

— Et je n'ai pas nécessairement besoin de coucher à droite et à gauche. Être à proximité de gens qui le font, ça fonctionne aussi, mais c'est assez horrible. J'ai l'impression d'être un voyeur de leurs émotions.

— D'accord. Mais qu'est-il arrivé juste avant que tu tentes de t'enfuir ? Pourquoi tes yeux sont-ils devenus noirs ?

Elle reposa son regard sur le verre avant de répondre.

— Des pensées surgissent dans ma tête. Des pensées sexuelles. Et elles me donnent tellement faim. Je ne sais pas pourquoi je pense à ça. Ce n'est pas moi.

— On a tous des pensées indésirables. Ce n'est pas une raison pour fuir.

— Mais on pourrait le désirer, dit-elle doucement.

— Crache le morceau. À quoi as-tu pensé ?

Elle prit une profonde inspiration.

— On était en train de parler du fait qu'Oanen avait ton odeur et celle de Fenris, et la vision de vous trois qui…

— D'accord, j'ai saisi l'image. Ce n'est pas si grave. Je parie que des tas de gens de notre âge ont des pensées sexuelles étranges. Je veux dire, regarde ce que doit gérer Fenris, hein ? Ça va passer. Mais tu n'as pas besoin de t'enfuir. Pas devant moi. Je ne te jugerai pas si tes yeux deviennent noirs.

Elle acquiesça, affichant un sourire larmoyant.

— Merci.

— Pas de problème. Maintenant, on va faire à manger et se lâcher sur tout un paquet de cookies.

Le rêve persistant d'un castor qui ronflait me réveilla au son de la tondeuse qui tournait dans le jardin de devant. Je levai la tête et regardai l'heure.

— Sept heures ? Ce type n'est pas sain d'esprit, grommelai-je en repoussant les couvertures.

Je descendis l'escalier d'un pas lourd, trébuchant presque, et j'ouvris brutalement la porte. Les rayons vifs du soleil matinal m'aveuglèrent, mais ils ne m'empêchèrent pas de parler.

— Pourquoi tu me hais autant ? C'est parce que je t'ai frappé ? Parce que je suis amie avec ta sœur de père différent ? Ou détestes-tu simplement tout ce qui est bon dans ce monde ?

Je m'appuyai mollement sur l'encadrement de la porte, trop fatiguée pour une position indignée tandis que j'essayais de cligner des yeux pour le voir nettement.

Oanen, qui s'était tourné vers moi au premier son de ma voix, éteignit la tondeuse.

— C'est trop tôt ? demanda-t-il.

— Oui ! Eliana n'est partie qu'à deux heures du matin. Encore.

Je clignai à nouveau des yeux pour le voir et j'aperçus ses lèvres frémir. Encore une fois, il ne portait pas de chemise. La vision de son torse bruni par le soleil et la condensation qui s'en échappait quand il marcha vers le porche me revigorèrent bien mieux qu'une tasse de café. Où était sa chemise ? Ne faisait-il pas trop froid pour tondre à moitié nu ? Non pas que je m'en plaigne. Comment un Oanen si stoïque et donneur de leçons pouvait-il avoir une si belle allure ? Toute cette conversation sur les pensées sexuelles avec Eliana avait dû me retourner le cerveau.

— As-tu eu des problèmes ? demandai-je, surtout pour détourner ma propre attention de la façon dont la lumière jouait sur ses abdominaux.

Il monta sur le porche et me lança un regard perplexe.

— Pour quoi ?

— Pour m'avoir empêchée d'épingler Aubrey une nouvelle fois à l'école ? Pour l'avoir empêchée de venir ici et de se faire botter le train ?

Il m'examina.

— Tu sembles bien sûre de toi.

— Oui. Tu ne vas pas être en retard pour l'école ?

Je jetai un regard entendu vers le pick-up garé dans la rue. Aussi agréable à regarder qu'il soit sans chemise, j'avais envie de dormir un peu plus.

— Le culot est aussi un superpouvoir ?

Je ne pus retenir le sourire qui courba mes lèvres. J'aimais son esprit.

— Peut-être. Est-ce que je peux te soudoyer avec une gaufre réchauffée pour que tu reviennes terminer ça après les cours ?

— Ça se pourrait. Si tu gardes mes affaires ici pour que je puisse voler.

— Marché conclu. Entre. N'oublie pas ta chemise.

Je me tournai et traînai les pieds jusque dans la cuisine. Le congélateur abandonna sans trop lutter sa seule boîte de gaufres bio, le seul genre que l'épicerie en ville avait à offrir.

Quand je fermai la porte, Oanen était déjà assis à table. Il portait à nouveau sa chemise, qui collait à sa peau en sueur. Je n'étais pas certaine que recouvrir des muscles humides par un tissu fin soit bien mieux que de faire sauter ses vêtements.

Il se pencha en avant, posant les avant-bras sur la surface en bois fendillée, tout en m'observant opérer ma magie culinaire avec le grille-pain.

— Tu veux du sirop ? demandai-je.

— Oui, s'il te plaît.

Je sortis une assiette et une fourchette avant de les mettre devant lui et de retourner au réfrigérateur.

— Tu ne manges pas ? demanda-t-il en me regardant.

— C'est à peine sept heures, et il n'y a personne ici pour m'empêcher de dormir jusqu'à midi. Je ne prends pas de petit-déjeuner avant d'être prête à affronter la journée.

Je posai le sirop sur la table juste au moment où les gaufres jaillissaient.

— Le petit-déjeuner est dans le grille-pain. On se voit après le déjeuner, tondeur de pelouse, dis-je par-dessus mon épaule en quittant la cuisine.

— Megan, attends.

Je m'arrêtai et grognai, retirant le pied que j'étais parvenue à poser sur les marches. Quand je reculai vers la cuisine, il avait déjà englouti deux gaufres et le quart d'une autre se trouvait sur sa fourchette. En mâchant, il me tendit mon téléphone. Le mouvement des muscles de sa mâchoire m'hypnotisa et il me fallut le voir déglutir pour enfin prendre le portable.

— Envoie-moi un message si Aubrey revient ici, comme la nuit dernière. J'ai déjà enregistré mon numéro dedans.

— Euh, d'accord.

Je filai rapidement dans les escaliers. Peu de temps après que je me sois laissé tomber sur le matelas, j'entendis l'eau couler, puis la porte se fermer.

— Ma vie est vraiment bizarre, dis-je en regardant le plafond.

Je pensai à ma mère qui s'était défilée, me demandant si c'était pour ça qu'elle était partie, puis je fermai les yeux.

Je m'endormis à poings fermés. Quand je me réveillai enfin et descendis pour préparer mes propres gaufres, je trouvai la vaisselle d'Oanen lavée, sur l'égouttoir, ainsi que son pantalon consciencieusement plié sur une chaise. Il y avait un mot posé dessus.

Je reviendrai chercher ça cet après-midi. Essaie de ne pas le piétiner dans la terre.

Je souris et fronçai les sourcils. Prévoyait-il encore de se balader à poil à l'intérieur ? Mon rythme cardiaque s'accéléra à cette idée. Prenant son pantalon, je fonçai à l'étage pour chercher le portable ainsi que des vêtements propres.

Avant d'entrer dans la douche, j'envoyai un message rapide à Oanen.

Ton pantalon est sur la terrasse de derrière.

Je le jetai sur les vieilles planches de bois et retournai à l'intérieur pour me préparer pour la journée. Arrivée au déjeuner, je dévorai mes céréales, de meilleure humeur.

C H A P I T R E   O N Z E

— UNE CHANCE QUE JE PUISSE DORMIR CHEZ TOI DEMAIN SOIR ?
demanda Eliana.

Je collai le téléphone à mon oreille tout en coupant le son de la télévision, que j'avais allumée pour chasser l'ennui.

— Bien sûr. Pourquoi ? Que se passe-t-il ?

— Les humains vont commencer à arriver en ville pour le festival d'automne à la première heure demain matin. Je préfère attendre la dernière minute avant de me retrouver au milieu de tout ce bazar. En plus, si je reste chez toi, on pourra y aller ensemble. Il faut y être vers quinze heures.

— Ah. Oui, si ça ne pose pas de problème que tu viennes. Je suis à court de bouffe, par contre. Ça te dérange de me conduire à l'épicerie quand tu seras arrivée ?

— Pas de souci. Je te rappelle après les cours de demain.

Je reposai le téléphone à côté de moi et regardai la télévision sans la voir. Rien dans ce festival ne m'attirait. Je me connaissais assez bien pour savoir que je finirais par avoir des problèmes, à un moment ou à un autre. Pourtant, l'ennui fébrile qui rampait sous ma peau me rendait presque impatiente, problèmes ou pas.

— Il y a clairement quelque chose qui ne tourne pas rond chez moi, dis-je avant de remettre le son.

Je finis de regarder le programme qui passait, puis j'éteignis le poste avant d'aller me coucher. Juste au moment où je commençais à m'endormir, j'entendis quelque chose. On aurait plutôt dit que ça venait du dessus, et non pas d'en bas. J'attendis que ça recommence, mais la maison resta silencieuse et je finis par tomber dans le sommeil.

Au matin, je dépoussiérai la chambre d'amis, retirai les étoiles d'araignées dans les recoins du couloir de l'escalier et nettoyai les marches. Tout le monde pensait qu'avoir son propre espace était génial, parce qu'aucun adulte n'était là pour nous dire quoi faire. Ils ne prenaient pas le temps de se rendre compte qu'il n'y avait personne non plus pour s'occuper des trucs nazes comme le ménage, la lessive, le jardinage et le paiement des factures. Dans la réalité... être un adulte, ça craignait.

Quand l'étage fut assez propre pour qu'Eliana y passe la nuit, je m'attelai au rez-de-chaussée. Le ménage de la cuisine ne fut pas long, parce que je le faisais tous les jours. Cependant, rien n'avait été profondément nettoyé dans le salon. Je tirai le canapé dans l'entrée avec les deux fauteuils, la vieille lampe à huile et les tables d'appoint. Une fois la pièce presque vide, j'essuyai les plinthes et passai la serpillière sur le parquet. Pour la première fois, la maison avait une odeur totalement fraîche. Dans mon élan, j'ouvris les fenêtres.

Tout ce travail m'avait aidée à soigner un peu mon agitation et me rappelait les paroles de maman sur le concept de l'exercice. J'avais besoin de ce genre d'activité quotidienne. Une routine qui m'empêcherait de devenir folle. L'argent qu'elle m'avait laissé pouvait facilement être dépensé pour un tapis de course, cependant j'hésitais à m'en servir pour autre chose que les besoins basiques. Je n'avais aucune idée des paiements fonciers ou autres factures que j'aurais besoin de régler avec cette maison. Ce qui faisait qu'acheter une voiture me paraissait également un mauvais plan. Non seulement cela me coûterait un bon paquet, mais elle me conduirait dans des endroits où il y aurait des gens. Jouer les auto-stoppeuses avec Eliana me semblait plus malin pour l'instant.

Terminant mes tâches en cours, je replaçai le mobilier dans la pièce et partis lire les notes des sessions de la semaine.

L'agitation était de retour le temps qu'Eliana s'engage dans l'allée et j'avais déjà mon manteau sur le dos lorsqu'elle atteignit la porte.

— Prête ? demanda-t-elle quand je la rejoignis.

— Oui. Je deviens folle ici et je suis arrivée à la conclusion que j'ai beau détester les gens, j'ai aussi besoin d'eux.

Elle sourit en retournant avec moi jusqu'à la voiture.

— C'est presque pareil pour moi. J'ai beau avoir peur de ce que j'ai envie de faire aux gens, j'ai besoin d'eux aussi.

— Et que veux-tu faire aux gens ?

Sa rougeur répondit à sa place.

— Oh, petite impertinente, la taquinai-je. Il me tarde tellement que tu fasses le grand saut et que tu roules des pelles à quelqu'un.

Son visage blêmit immédiatement.

— Eh, je plaisante. Tout ira bien. Tu verras.

Elle acquiesça et nous montâmes toutes les deux à l'intérieur. Pourtant, elle ne fit aucun mouvement pour démarrer le moteur.

— Je suis désolée, dis-je en me sentant coupable de la voir toujours aussi pâle.

— Ce n'est pas ça.

Elle poussa un profond soupir.

— C'est ce week-end. Si je veux avoir une chance de quitter un jour cet endroit, je dois montrer que je fais des progrès. Je dois embrasser un humain.

— Sérieux ?

— Oui. Et j'ai tellement peur. Si je ne pouvais pas m'arrêter ? Si je lui sautais dessus et prenais tout ?

— Tu ne le feras pas. Je t'en empêcherai. Je te ferai un câlin-plaquage au sol comme tu l'as fait pour moi.

Elle tourna ses grands yeux marron vers moi.

— Tu le jures ?

— Je le jure. En échange de l'interruption possible d'un plan cul, j'espère que tu feras pareil pour moi. Pas pour un plan cul. Aucune chance que ça se produise. Les bagarres. Quelqu'un va arriver à m'énerver sérieusement, et je ne veux pas finir en prison parce que j'aurais botté les fesses d'une grand-mère.

Eliana éclata de rire et démarra.

— Je jure de t'empêcher de botter les fesses d'une mémé.

Nous attendîmes jusqu'à la dernière minute possible pour nous rendre au festival. Même la météo semblait savoir que ce n'était pas un jour pour s'amuser. Le ciel était couvert et un air frais et humide laissait entendre qu'il y aurait un orage avant la nuit tombée. Néanmoins, rien de tout cela n'empêcherait le festival d'avoir lieu.

Eliana prit son temps sur les routes de campagne, contrairement à la veille où nous étions sorties faire des courses. Je savais qu'elle était toujours terrifiée de ce qu'elle aurait besoin de faire aujourd'hui.

— Que se passe-t-il si on n'y va pas ? demandai-je.

— On échouera à notre cours sur les interactions humaines. Tu as cours de Principes de l'intégration humaine, n'est-ce pas ? Je pense qu'ils t'y ont mise parce que tu as vécu hors d'Uttira pendant dix-sept ans. J'ai dû commencer avec le cours pour les débutants et je suis toujours là. Crois-moi quand je te dis que tu ne veux pas entendre les mêmes leçons plus d'un semestre.

— Pigé. Ne pas se pointer est un recalage automatique.

— Et pour moi, ne pas embrasser un humain est un recalage automatique.

Une énergie nerveuse émana d'elle à ces paroles.

— N'y pense pas, dis-je. Nous avons tout l'après-midi. Une fois là-bas, on n'aura qu'à regarder les stands sans se préoccuper des humains. D'accord ?

— D'accord.

La ville grouillait de monde. Nous dûmes nous garer à sept pâtés de maisons du centre-ville.

Eliana blêmit à nouveau.

— Tout ira bien, dis-je. On reste ensemble.

Elle acquiesça en tremblant et nous nous mîmes en route. Le vent jouait avec mes cheveux, se servant de ma queue de cheval comme d'un fouet.

Nous atteignîmes à peine les limites du festival qu'Adira nous tomba dessus.

— Bonjour, Megan, Eliana. Je vous souhaite bonne chance. Eliana, le baiser n'est pas aussi important que ta façon de contrôler ton alimentation. Est-ce que tu comprends ? Tu dois te nourrir de la manière dont tous les succubes se nourrissent. Ne renie plus ce que tu es.

Son regard se posa ensuite sur moi.

— Aujourd'hui est une question de maîtrise pour toi, Megan. Souviens-toi de ce dont nous avons discuté dans mon bureau. Étudie ta colère avant de t'y abandonner. Demande-toi pourquoi tu es comme ça, et vois si tu peux découvrir une justification raisonnable à ta réaction.

— Et si je ne peux pas ?

— On recommencera. Je dois trouver Fenris, maintenant. Excusez-moi.

Sur ces dernières paroles, elle s'éloigna.

Je me tournai vers Eliana, mais le commentaire narquois que j'avais à l'esprit mourut avant de parvenir jusqu'à mes lèvres. Aucune trace de couleur ne restait sur son visage blanchâtre et des larmes s'échappaient de ses yeux.

Lui attrapant la main, je la tirai derrière le stand de vente le plus proche.

— Respire, El. Tu peux le faire. Ne laisse pas ce qu'Adira t'a dit te prendre la tête.

— Comment ? Elle veut que je me nourrisse. Je n'ai jamais embrassé quelqu'un normalement, mais elle veut que je le fasse en mangeant ?

La couleur lui revint, mais ce n'était pas la bonne. Sa peau avait pris une nuance verdâtre.

Je la rattrapai par les bras avant que ses genoux ne se dérobent.

— Regarde-moi, El. Écoute. Tu sais ce que tu es. Tu sais à quoi il faut faire attention. Je le sais aussi. Je ne te laisserai rien faire de mal, d'accord ? Est-ce que tu me fais confiance ?

Elle hocha faiblement la tête.

— Mets ta bouche en cul de poule, Bouton d'or.

Avant qu'elle puisse deviner ce que j'avais l'intention de faire, je pressai mes lèvres sur les siennes. Elle se raidit immédiatement, sans pour autant me repousser. Puisque je n'avais été qu'avec un seul garçon, et pas très longtemps, ma petite expérience ne me donnait pas grand-chose pour continuer. Je détendis ma poigne sur ses bras et levai une main pour la poser délicatement sur sa joue. Elle expira doucement contre moi et pencha la tête. Je sentis le moment où elle commença à se nourrir. L'élan très subtil de désir qui se réveilla dans mon ventre me prit par surprise.

— Je suis mort et enfin arrivé au paradis, lança alors une voix familière.

Fenris. Le son de sa voix fut comme un seau d'eau glacée, brisant la magie de son baiser et de l'appétit qui serpentait à travers mes veines.

— Ferme-la, dit Oanen.

— Comment fais-tu pour ne pas trouver ça chaud bouillant ? Je ne suis même pas certain de pouvoir marcher sans casser quelque chose, répliqua-t-il.

Je reculai lentement et regardai Eliana. Si je me fiais à l'expression sur son visage écarlate, elle était sur le point de déboulonner. Mais elle n'était pas dégoûtée ni prête à vomir. Elle était surtout très gênée.

— Tu es en colère contre moi ? demandai-je.

Elle secoua la tête.

— Est-ce que tu as envie de me sauter dessus et de prendre tout ce qu'il reste ? ajoutai-je.

— Pitié, dis oui, lança Fenris dans sa barbe.

Je lui jetai un regard, mais il se contenta de lever les mains d'un air implorant. À côté de lui, Oanen m'observait, l'intensité de ses yeux en contradiction avec son expression impassible.

— Non, ça va, dit Eliana, presque impressionnée.

Me concentrant sur elle et non sur notre public indésirable, je lui souris.

— Alors, allons essayer avec un humain.

— Bah, dit Fenris en faisant la moue.

— Adira te cherchait. Pourquoi ne vas-tu pas la retrouver au lieu de nous tourmenter ? dis-je en levant un sourcil.

— Vous tourmenter ? Au contraire. Je vous encourage. Je pense que c'est génial qu'Eliana embrasse ce qu'elle est.

Je la regardai. Elle ne semblait pas le croire ; elle avait plutôt l'air de vouloir tomber dans un trou. J'enroulai mes bras autour d'elle et la serrai contre moi, la laissant se cacher dans mon épaule.

— Adira nous a envoyés pour garder un œil sur toi.

— Tout ira bien, dis-je. C'est moi qui garderai un œil sur elle.

— Pas sur Eliana. Sur *toi*.

— Moi ?

Je les regardai tous les deux par-dessus l'épaule du succube.

Fenris acquiesça.

— Pourquoi moi ?

— Aubrey, répondit-il.

— Tu aimes te battre, dit Oanen en même temps.

— Tout ira bien, objecta Eliana en s'éloignant de moi. Nous allons rester ensemble. Je ferai en sorte qu'elle ne se bagarre pas.

Oanen secoua la tête et regarda nos mains liées.

— Ça ne va pas t'aider à faire ce que tu as besoin de faire, Eliana. Tu dois te concentrer sur toi.

Un adulte passa la tête derrière le stand. Son front à la peau lisse laissa soudain place à des rides désapprobatrices.

— Allez chercher un autre endroit où discuter. Circulez.

Trop abasourdie pour répondre, je suivis Eliana qui me tirait avec insistance jusqu'à ce que nous nous trouvions dans l'artère principale, nous frayant un chemin parmi l'attroupement. Avec sa main autour de la mienne, je captais à peine les brefs signaux de danger. Ainsi libre, je sentais que mes autres sens avaient une chance de fonctionner.

— Tu sens ça ? demandai-je en l'entraînant dans une autre direction.

— La tarte à la citrouille ?

— C'est ça, cette odeur ? Ça sent vraiment bon !

Je trouvai le stand en question, où des femmes découpaient des parts de tarte chaudes et les mettaient dans des cartons à emporter, généreusement surmontés de crème fouettée.

— Oh, j'en veux ! m'exclamai-je.

Le gloussement d'Eliana disparut presque aussi vite qu'il était arrivé. Lorsque je me tournai pour en comprendre la raison, je la surpris en train d'observer d'un air affamé un garçon d'à peu près notre âge. Le simple visage torturé qu'il affichait en marchant derrière ses parents criait à l'aide. Cependant, en un regard, je sus qu'il ne serait pas un bon candidat pour le premier repas d'Eliana.

Je la tirai vers moi et chuchotai à son oreille :

— Pas lui. Il tomberait désespérément amoureux de toi et te suivrait partout. Tu as besoin d'un coureur. Quelqu'un qui t'embrasserait et tournerait les talons.

Elle prit une profonde inspiration et fit un effort pour détourner son regard.

— Allons acheter de la tarte et faire un tour. On va te trouver quelqu'un.

— Tenez, dit Oanen à côté de moi.

Je baissai les yeux sur les barquettes de tartes qu'il nous tendait.

— Merci.

Je n'hésitai pas à lui arracher le mien pour en prendre une grosse bouchée. Le carton réchauffa ma main froide et le goût de la pâtisserie était encore meilleur que son odeur. Je gémis.

— Tu n'en as jamais mangé ? demanda Oanen.

— Pas que je me souvienne. Maman cuisinait, mais pas des pâtisseries, répondis-je d'un air absent, faisant de mon mieux pour ignorer nos baby-sitters.

La foule afflua autour de nous tandis que je prenais ma deuxième bouchée. Même s'il semblait y avoir un bon nombre de familles qui se baladaient, je repérai néanmoins beaucoup de jeunes de notre âge qui erraient tout seuls. Avec tout ce monde, Eliana n'aurait aucun problème à trouver quelqu'un. Serait-elle capable d'accomplir sa mission avec ces ombres qui nous suivaient ?

L'envie soudaine de frapper quelque chose me fit tomber la barquette de tarte des mains. Oanen la rattrapa avec adresse, mais je m'en rendis à peine compte. Mon regard se posa sur l'homme qui passait à côté de nous, la source de ma colère.

Je serrai les poings, les paroles d'Adira me revenant à l'esprit. Qu'est-ce qui me mettait en ébullition chez lui ?

Il me fallut chaque once d'un contrôle que je ne pensais pas avoir pour l'étudier au lieu de m'en prendre à lui. Plus vieux. En bonne forme physique. Bien habillé. Seul. Rien de malveillant ne se dégageait de lui. Il marcha plus loin et la colère se dissipa. Au lieu de le laisser partir et d'éviter la confrontation, j'entrepris de le suivre.

Il continua vers le centre du square, où les gens étaient installés sur des bancs, et il s'assit. Puis il observa les passants. C'était tout. Je m'appuyai sur un pylône non loin de là et je l'examinai.

— Est-ce que ça va ? demanda Eliana à côté de moi.

— Non. J'ai envie de saigner le type là-bas, et je cherche pourquoi, comme Adira m'a dit de faire. Ça ne fait rien. Je ne vois aucune raison logique. C'est juste un gars, assis là à observer...

Son regard croisa le mien. Il afficha un léger sourire, se leva et se dirigea vers nous.

— Salut, les filles. C'est quelque chose, ces festivals, pas vrai ?

J'avais envie de lui faire tellement mal que mes mains tremblaient. La paume d'Eliana glissa sous ma chemise et ses doigts touchèrent la peau de mon dos.

— C'est votre première fois ici ? demanda-t-elle.

— En effet. Vous êtes du coin, toutes les deux ?

— Oui, dis-je, me sentant plus en contrôle. Ne vous faites pas d'illusions. Uttira est chiant comme pas possible.

Son sourire s'agrandit.

— Deux jolies filles comme vous ne trouvent rien à faire pour s'amuser ? Ce n'est pas bien.

Il sortit son portefeuille et donna sa carte à Eliana. Il y avait un numéro dessus. Rien d'autre.

— Si vous vous ennuyez trop et que vous voulez vous amuser tout en gagnant pas mal d'argent, appelez ce numéro.

Il partit comme s'il allait retourner à son poste d'observation. Quelque chose me disait de ne pas le laisser s'éloigner.

— Je ne pense pas qu'on ait envie d'attendre. On pourrait s'amuser maintenant, dis-je en réfléchissant en quatrième vitesse. Ma copine et moi, on a fait un pari sur vous.

— Oh ?

Il avait l'air réjoui et carrément intéressé d'entendre ce que j'avais à dire.

— On pense que vous êtes le genre de mec qui accepterait d'embrasser une fille en public.

— Megan, murmura Eliana.

Ce simple mot contenait tellement d'inquiétude. Ses doigts

tressaillirent sur ma peau quand je continuai.

— Évidemment, je pense que oui. Elle pense que non. Je connais un coin tranquille.

— Un coin tranquille, ce serait parfait.

— Alors, suivez-nous. De loin.

Je pris la main d'Eliana pour l'encourager et je commençai à marcher.

— Qu'est-ce que tu fiches ? murmura-t-elle sèchement. Je ne peux pas l'embrasser. C'est trop dégoûtant.

— Peux-tu te nourrir autrement ? demandai-je.

— Je ne sais pas. Peut-être. Je ne l'ai jamais fait avant. Mais l'énergie sexuelle qu'il dégage est si répugnante. S'il te plaît, ne m'oblige pas à faire ça.

— Tu n'auras rien à faire. Je me dis juste que tu pourrais t'en tirer avec quelqu'un qui ne compte pas vraiment avant que je lui botte le cul.

— Pourquoi lui botterais-tu le cul ?

— Surtout parce que j'en ai envie et en partie parce que c'est un vieux pervers.

— Il n'a rien fait de mal, pourtant. Il nous a juste parlé.

— Et il nous a donné une carte avec un numéro et la promesse d'un bon boulot. Voyons, Eliana. Les gens bien ne font pas ça.

Nous longeâmes l'une des boutiques fermées. Les voitures étaient alignées dans la ruelle, mais il n'y avait personne à part nous.

— Qu'est-il arrivé à Fenris et Oanen ? demandai-je en prenant conscience pour la première fois qu'ils n'étaient pas avec nous.

— Ils ne sont pas loin. Ils nous observent et ils n'interviendront que si tu as besoin d'eux.

L'homme arriva au coin de la rue.

— Alors, les filles. Qu'avez-vous à l'esprit ?

Ma rage m'aveugla un instant. Je respirai par le nez et serrai les poings.

— Qu'y a-t-il, Megan ? Tu as l'air contrariée, dit-il d'un ton toujours aussi calme. J'espère que tu ne vas pas essayer de changer d'avis maintenant. Les garçons n'aiment pas les filles qui reviennent sur leur parole.

Quelqu'un s'interposa entre nous, me bloquant la vue.

— Elle est en colère parce que je dois passer en premier.

Avant que je puisse repousser Eliana, elle se rapprocha de lui et posa la main sur sa joue.

— Comment t'appelles-tu ? demanda-t-elle.

Sa voix ne ressemblait plus à la sienne et son intonation perça mon brouillard de colère.

Le regard de l'homme était brûlant lorsqu'il le posa sur elle.

— Jesse. Et toi ?

— Ça n'a pas d'importance.

Elle glissa les doigts sur sa peau. Il gémit et ferma les yeux.

— Ce qui compte, c'est ce que tu veux faire pour moi, Jesse. Dis-moi.

Il s'exécuta, lui racontant avec tous les détails comment il utiliserait son corps avant de la vendre au plus offrant. Que la demande était forte pour les jeunes femmes délicates, cependant qu'il ne pouvait pas promettre d'être délicat tellement il la désirait.

— C'est bon. Je vais t'aider avec ça.

Elle l'attira jusqu'à ses lèvres. Au lieu de l'embrasser, elle inhala. De mon point de vue, on aurait dit une tentative inversée de bouche-à-bouche sans aucun contact, jusqu'à ce que je voie ses iris.

Ils étaient à nouveau noirs. Pourtant, le gars qu'elle avait dans son emprise ne semblait pas le remarquer. Ses propres yeux se révulsèrent.

— Eliana ? Je pense que tu devrais arrêter, dis-je. Non pas que ça me préoccupe, mais il n'a pas l'air très bien et je ne veux pas que ça te contrarie.

Elle recula immédiatement en lâchant « pouah ». Comme une marionnette qui avait perdu son marionnettiste, Jesse tomba à terre dans un bruit sourd.

CHAPITRE DOUZE

Eliana et moi regardâmes ce type infâme. Il était étendu dans une position étrange, ses jambes légèrement pliées sous son corps. Sa tête pendait un peu sur le côté, montrant ses yeux fermés et ses lèvres détendues. Un filet de bave commençait à couler du coin de sa bouche.

— Pitié, ne me dis pas que je l'ai tué, dit Eliana d'une voix paniquée.

Je m'agenouillai près de lui et cherchai son pouls. Le vent s'engouffrait dans l'allée, ébouriffant ses cheveux.

— Il est en vie.

Je lui tapotai légèrement la joue, mais il ne réagit pas.

— Tu ne veux toujours pas le frapper, pas vrai ? demanda-t-elle.

— Non. Pas vraiment.

Une bonne partie de ma colère s'était évaporée au moment où ses yeux avaient roulé en arrière. Je calai mes mains sous lui et le poussai pour le faire basculer sur le côté.

— Tu ne veux pas lui sauter dessus, n'est-ce pas ? demandai-je.

— Berk ! Non. Je me sens un peu malade, pour être honnête. C'était le truc le plus dégoûtant que j'aie jamais fait.

— Donc, l'énergie sexuelle n'a pas le goût de poulet ? demandai-je avec un rictus, sortant son portefeuille.

— Pas même de loin. Ce serait facile d'arrêter de manger si ça avait toujours goût de cheeseburgers moisis. Malgré ça, je ne suis pas sûre d'être un jour capable de recommencer. Est-ce que tu le voles ?

Je souris en ouvrant le portefeuille.

— Non, je ne le vole pas. Mais j'avoue que je me ferais une petite fortune. Il y a au moins mille dollars là-dedans.

Continuant d'examiner le contenu, je trouvai des photos. Des polaroïds de filles et de garçons bien trop jeunes pour être majeurs.

— Maintenant, c'est moi qui vais être malade, dis-je. Il faut appeler Trammer.

— Il est en chemin, dit Oanen.

Je levai les yeux et le vis à l'entrée de la ruelle. Il avait son téléphone en main et ma barquette de tarte dans l'autre.

— À quel point allons-nous avoir des problèmes ? demandai-je en me relevant.

— Non. Vous ne l'avez pas blessé et Eliana a fait ce qu'Adira voulait. Se nourrir sans tuer.

— J'espère avoir à ne jamais refaire ça, dit-elle en frissonnant.

— Se nourrir, ma chère, fait partie de ta vie, lança soudain la voix d'Adira derrière moi.

Je glapis et me retournai. Elle se tenait à quelques pas de là, son tailleur-pantalon gris assorti au ciel orageux au-dessus de nous.

— Quand êtes-vous arrivée ici ?

— À l'instant. Bien joué pour ton premier repas, Eliana. Tu es libre de passer le reste de la journée comme bon te semble.

— Et moi ? m'enquis-je.

— As-tu fait ce que j'avais demandé ?

— Il ne saigne pas, non ?

— Alors tu es également libre de faire ce que tu veux, répondit la coordinatrice.

— C'est tout ? Vous n'allez pas me dire quel était le but de tout ça ?

— Non.

— Sérieux ? Tous les autres savent ce qu'ils sont, alors c'est quoi le problème ? Pourquoi continuer à me le cacher ?

— Nous en parlerons lundi.

D'un mouvement de la main, elle ouvrit un portail et disparut à l'intérieur.

— Voilà qui était bien inutile, déclarai-je.

— Eliana, peux-tu aller voir si tu trouves Fenris et Trammer ? demanda Oanen.

Elle me lança un bref regard compatissant, puis me laissa seule avec Oanen et l'homme évanoui.

Oanen marcha vers moi et me tendit le carton de la tarte, sans pour autant le relâcher quand je le pris.

— Ton ignorance est un cadeau. Comme tu ne sais pas qui tu es, tu n'as pas à te conformer. Tu n'as pas besoin d'être ce que tout le monde pense que tu devrais être. Tu décides pour toi-même qui tu as envie d'être. Alors, arrête de geindre sur ce que tu ne sais pas et concentre-toi sur ce que tu sais.

Eliana avait raison. Il aimait vraiment donner des leçons.

— Et qu'est-ce que je sais ? demandai-je.

— Que tu n'es pas humaine. Arrête donc d'essayer d'agir comme si c'était le cas.

— Et c'est censé vouloir dire quoi, putain ?

Je relâchai la barquette, trop agacée pour la prendre maintenant.

Avant qu'il puisse répondre, j'entendis la voix de Fenris.

— Trammer, il faudrait peut-être ralentir un peu sur les portions supplémentaires. Le bruit de votre respiration va faire comprendre à tout le monde que quelque chose ne va pas.

Le gloussement qui suivit la remarque de Fenris hérissa mon humeur déjà bouillonnante.

— Tiens-toi bien, Megan, me prévint doucement Oanen juste avant que Fenris arrive au coin.

À seulement quelques pas derrière lui, Aubrey me regarda avec les yeux plissés. Elle s'avança dans la ruelle sans rien dire. Au lieu de ça, elle se concentra sur l'homme étalé par terre, juste à côté. En se rapprochant, elle examina le visage de Jesse.

Derrière elle, un Trammer aux traits rougis nous rejoignit. Il balaya Oanen et moi d'un regard agacé tandis qu'une Eliana pâle et tremblante entrait en dernier dans l'allée.

— Eh bien, ça fait un humain de moins à se préoccuper, commenta Aubrey avec un éclat de rire.

Tournée vers moi, elle ne vit pas le regard dissuasif que lui lançait Trammer. Je me fichais de son opinion, cependant je ne me fichais pas de celle d'Eliana. Quand elle blêmit encore plus et que des larmes coulèrent de ses yeux à cause des paroles sans tact d'Aubrey, ma colère ressurgit.

Sans décider consciemment de le faire, je serrai le poing et cognai Aubrey en plein visage. Le bruit satisfaisant de la chair contre la chair fit naître un sourire sur mes lèvres tandis que sa tête vira sur le côté. Son grognement emplit l'air et, de jeune humaine bourgeoise, elle devint un monstre bizarre au visage recouvert de fourrure, tiré d'un mauvais film hollywoodien.

Fenris s'interposa entre nous tandis qu'elle se métamorphosait.

— Ça suffit, Aubrey.

Son grondement mit un terme au sien. Son visage reprit immédiatement une apparence de jeune fille.

— Je n'ai pas le temps pour ça, dit Trammer. Montrez-moi l'humain qui a fait quelque chose de mal, selon vous.

— Selon nous ? dis-je en reportant les résidus de ma colère vers lui. On en est sûrs. Regardez son portefeuille, Trammer. Il a des photos pornos de gamins. Et il a décrit en détail comment il vendrait Eliana quand il aurait terminé de la violer.

Il se pencha, tapotant le visage du type, puis comme moi il examina son portefeuille.

— Eh bien, nous verrons ce que le Conseil voudra faire de lui une fois qu'ils lui auront effacé la mémoire.

— Comment ça ?

Il se leva et croisa les bras.

— Je ne peux pas enregistrer de plainte contre lui pour les photos parce qu'il faudrait aller au tribunal. Uttira n'en a pas. Ce qui signifie que vous devrez témoigner dehors, dans le vrai monde. Et puis, que diriez-vous aux autorités, de toute façon ? *Mon amie le succube avait un petit creux et nous avons décidé de nous attaquer à un pédophile ?*

— Trammer, dit Oanen d'un ton sévère.

Le shérif le regarda sans aucune trace de culpabilité ni de remords sur le visage.

— C'est la vérité.

— Sérieusement ? dis-je. On va relâcher un gars qui a admis qu'il faisait du trafic d'êtres humains ? Pourquoi ?

Trammer secoua la tête dans ma direction, comme s'il était déçu.

— Parce que sinon les secrets d'Uttira pourraient être mis en danger si le Conseil choisissait de le poursuivre ? Oui, c'est ce qu'on va faire. Maintenant, partez d'ici. Fenris et moi, nous allons l'amener au Conseil pour qu'ils lui effacent la mémoire.

Je regardai Fenris à temps pour capter son air dégoûté avant qu'il avance et aide le policier à hisser l'homme sur ses pieds.

Je n'arrivais pas à croire que ce type serait simplement libéré. La rage bouillait sous ma peau. J'avais envie de lui faire du mal. J'avais aussi envie de faire mal à Trammer, comme s'il était le seul responsable. Néanmoins, si je me fiais au grondement ferme d'Oanen, ce n'était pas la faute de Trammer. Tout ça était notre travail, à Eliana et moi. Mes actions avaient permis que ça se produise et j'avais envie de hurler ma frustration.

Eliana m'attrapa la main et une partie de mes émotions s'envola.

Cependant, sa paume tremblait presque aussi méchamment que la mienne. Ensemble, nous observâmes Fenris et Trammer emporter Jesse. Aubrey, dans leur sillage, me jeta un regard qui promettait des représailles.

— J'ai besoin de rentrer, dis-je d'une voix étouffée.

— Je vous ramène toutes les deux, annonça Oanen.

Je commençai à descendre la ruelle, Eliana agrippée à ma main. Aucun de nous ne parla jusqu'à l'artère principale. Elle prit les devants et me guida dans la direction où nous nous étions garées. La voiture au loin devint le phare de notre fuite, loin de la pression de la foule.

Eliana tendit les clés à Oanen et insista pour que je m'asseye à l'avant. Fermant la portière sur le bruit de la cohue du festival, j'attachai ma ceinture tandis qu'Oanen se glissait derrière le volant.

— Ce n'est pas ta faute, Eliana, dit-il avec conviction une fois qu'il fut descendu du trottoir.

Nous n'étions pas les seuls à partir. Les nuages sombres qui menaçaient d'apporter la pluie renvoyaient aussi les humains vers leurs véhicules.

Je jetai un œil derrière moi, vers Eliana, et je vis son visage frappé par la culpabilité.

— Non, ce n'est pas ta faute, approuvai-je.

Elle acquiesça légèrement.

— Le Conseil s'arrangera pour manipuler son esprit de façon à ce qu'il se fasse attraper et qu'il paie pour ses crimes passés, nous assura Oanen.

— Assez rapidement ? demandai-je.

— Cela dépend surtout de lui et de ce qu'il leur confesse, répondit-il.

— Ce n'est pas suffisant. Si nous avions été autre chose que ce que nous sommes, il aurait violé Eliana et il nous aurait embarquées dans sa camionnette, ou un truc de ce genre.

Oanen tourna dans un quartier plus spacieux, avec des jardins bien entretenus, et emprunta l'allée à colonnes tout au bout de la rue. Bordée d'arbres immaculés, elle menait vers un gigantesque manoir en pierre qui semblait aussi ancien que l'académie elle-même.

— Tu veux entrer ? demanda Eliana.

Je jetai un long regard à la maison et secouai la tête.

— On se voit lundi, dis-je.

— D'accord. Je viendrai te chercher à sept heures, comme l'autre fois.

Eliana sortit et ferma la portière, se dirigeant vers l'entrée tandis qu'Oanen faisait demi-tour. J'attendis qu'il soit à nouveau sur la route pour reprendre la conversation que nous avions commencée avant que Trammer nous interrompe.

— Qu'est-ce que tu entends en disant que j'agis comme une humaine ? Y a-t-il d'autres façons d'agir ?

— Tu n'es pas humaine, et tes émotions non plus. Arrête de considérer ta colère comme normale. Adira te demande d'y faire attention parce qu'elle pourrait être plus qu'une simple partie de ce que tu es.

— Et quand tu as dit de ne pas se conformer, quand tu as dit que j'étais une geignarde ?

— Pour l'instant, tu peux être tout ce que tu veux. Accepte-le. Parce qu'une fois que tu le sauras, ils vont te traiter comme un petit rouage dans une grande machine et te placer à l'endroit idéal pour notre monde.

— Est-ce ce qu'ils ont fait pour toi ?

Son absence de réponse me servit de confirmation.

— Si tu étais dans ma position, que ferais-tu ?

— Je ne m'inquiéterais pas tellement de ce que je suis et j'apprendrais tout ce que je peux sur ce nouveau monde que je viens de découvrir.

— Oh, comme quoi ?

— Son histoire. Les créatures que tu risques de rencontrer. Leurs forces et leurs faiblesses. Pourquoi elles existent.

Je devais l'admettre, le sujet de conversation piqua mon intérêt.

— Et où pourrait-on apprendre tout ça ? Apparemment, c'est carrément impoli de poser la question aux gens et je n'ai pas l'impression que ce sujet sera abordé dans les notes des cours.

— Je t'apprendrai.

L'offre me rendit immédiatement soupçonneuse.

— Pourquoi ?

— À cause d'Eliana. Parce que je comprends ce que c'est que d'entrer dans cette vie et de ne rien savoir. Parce que... parce que c'est comme ça.

Oanen laissa enfin la circulation dense du festival derrière nous et roula jusqu'à la périphérie de la ville.

— Bon, très bien. Par quoi doit-on commencer ? m'enquis-je.

— La chose la plus importante que tu dois savoir, c'est que les dieux sont réels.

— Lesquels ? demandai-je en me prêtant au jeu.

— Zeus, Odin, Héra, Frigg, Thor, Loki, Hadès. Tous. Et, comme les PDG surpayés d'une multinationale, ils ont tous connu leur heure de gloire sous les feux des projecteurs. Le déclin de l'adoration de ces humains qui les obsédaient a mis fin à chaque règne. La reconnaissance de leur existence est devenue un mythe, et les reliques de leur époque, les créatures comme nous qu'ils ont laissées derrière eux, luttent encore pour rester elles aussi des mythes.

Je réfléchis un moment à ce qu'il me disait.

— En quoi est-ce important de savoir si j'ai été créée ou si je suis simplement apparue par l'évolution naturelle ?

— Si quelque chose t'avait créée, ne voudrais-tu pas savoir pourquoi ?

— Oui. Je suppose. Mais n'est-ce pas un début de lien avec ce que je suis ? Je pensais que les geignardes n'étaient pas censées s'intéresser à cela.

— Tu ne lâches pas le morceau facilement, je me trompe ?

— Non.

Il soupira.

— Le « pourquoi » est lié à ton but dans la vie et à tes capacités, c'est là-dessus que tu devrais te focaliser. Les dieux avaient leurs propres raisons pour avoir créé ce qu'ils ont laissé derrière eux. La plupart souhaitaient protéger les humains. Certains jalousaient leurs existences brèves et passionnées et ont engendré des créatures pour leur faire du mal.

Faire du mal aux gens semblait clairement un autre de mes superpouvoirs.

— Ah, merde. Est-ce que ça veut dire que je joue pour l'équipe des abrutis ?

Il ricana.

— Ce n'est ni tout noir ni tout blanc. Regarde Eliana. Son espèce est supposée se nourrir des humains, les utiliser et les asservir. Elle ne le fera pas. Elle en est capable, mais elle ne le fera pas. Même si nous n'avons aucun contrôle sur ce que nous sommes, nous pouvons toujours essayer de choisir qui nous voulons être.

Au lieu de s'arrêter devant la maison, il s'engagea dans l'allée.

— Essayer ? demandai-je en ouvrant la portière.

Il éteignit le moteur et sortit également.

— Parfois, comme Eliana, c'est un combat contre ta nature. C'est un choix conscient de chaque instant.

Il me suivit jusqu'à la porte.

— Je t'ai vue en colère. Je t'ai vue attaquer Aubrey pour une raison insignifiante.

— C'est toi qui le dis. C'est une garce. Je considère ça comme une bonne raison.

J'ouvris et entrai, me dirigeant vers le réfrigérateur puisque je n'avais pas mangé grand-chose au festival.

— Ce que je veux dire, c'est que je t'ai vue te laisser emporter par ta colère, et maintenant je t'ai vue te retenir. Donc, tu as le choix. Tu peux résister à ton instinct si tu le désires. Tu peux essayer d'être qui tu veux.

— Je n'ai pas du tout résisté à mon instinct. C'était pour obtenir ce que je désirais. Je souhaitais que ce type ait mal et j'ai trouvé un moyen qui ne me causerait pas d'ennuis tout en aidant Eliana.

Je sortis les restes de lasagnes et les lui montrai.

— Tu en veux ? demandai-je.

— Oui, s'il te plaît.

Il s'assit à table et me dévisagea pendant que je prenais des assiettes et réchauffais deux parts.

— Pourquoi ne pas l'avoir frappé tout de suite comme avec Aubrey ?

Alors que j'y réfléchissais pendant une minute, le micro-ondes émit un signal sonore et je lui donnai son assiette avant de réchauffer la mienne.

— Aubrey a mon âge. Je savais que j'aurais moins de problèmes en me battant contre elle parce qu'elle m'est tout aussi hostile. Peut-être que depuis mon dernier conflit, je suis devenue plus intelligente quand je cible les adultes avec mes superpouvoirs. Après ça, figure-toi que j'ai dû suivre une thérapie de gestion de la colère pendant trois mois.

— Ça n'a pas l'air très amusant, commenta-t-il.

— Non, ça ne l'était pas.

Ces vingt-quatre sessions d'une heure avaient-elles été suffisantes pour me guérir de mes pulsions belliqueuses ? Non. J'y étais retournée immédiatement. Oanen avait raison. Pourquoi avais-je agi différemment aujourd'hui ?

— Que devrais-je savoir d'autre ?

— Le Conseil a été créé par nécessité, lorsque le dernier des dieux a disparu. Nous maintenons l'ordre entre nos rangs pour éviter tout ce qui pourrait exposer notre existence au public.

— Comme tuer des humains.

Je m'assis à côté de lui, surprise qu'il n'ait toujours pas touché à sa part. Il avait attendu que je commence à manger.

— C'est vraiment bon, dit-il après la première bouchée. N'essaie pas de tirer des conclusions sur Uttira ou ses habitants. Nous avons tous été créés pour des raisons différentes. Pour certains, leur raison d'être, c'est de tuer des humains. Nous nous assurons simplement que ce soit fait d'une manière qui ne génère pas de risques.

J'avalai rapidement ma bouchée.

— Attends une seconde. Tu es en train de me dire que tuer des humains n'est pas un problème ici ? Pourquoi des humains voudraient-ils vivre dans cette ville ?

— Non. Ce n'est pas bien de tuer, ici ou dans toute autre ville de Mantirum. Tuer près de chez nous, ce serait un risque que le Conseil ne pourrait ignorer.

— Mantirum. J'ai entendu ça quelque part.

— Adira a-t-elle mentionné la marque de Mantirum ?

J'acquiesçai quand la discussion que j'avais eue avec elle me revint.

— Oui. La marque que je recevrai après mon diplôme pour gagner le droit de quitter cet endroit.

Il hocha la tête, m'indiquant que c'était bien ça.

— La marque ne te laisse pas simplement aller et venir. Elle t'autorise à entrer dans n'importe quelle ville de Mantirum parce qu'elle signifie que tu appartiens aux dieux et au monde de la magie. Malgré ça, elle signifie aussi que tu comprends les règles de notre monde et les conséquences quand on ne les respecte pas.

Le tonnerre gronda dehors et les premières gouttes de pluie frappèrent la fenêtre de la cuisine dans un clapotis.

— Est-ce que j'apprendrai ces règles à l'académie ?

— Non. Un membre du Conseil d'Uttira programmera une série de rendez-vous avec toi une fois qu'Adira estimera que tu es prête.

— Ils pourraient me garder ici pour toujours, simplement sous ses recommandations ?

— Ils pourraient, mais Adira ne recommanderait jamais ça. Comme je te l'ai dit, nous avons tous un but. Il n'y a pas d'intérêt à t'empêcher de t'éloigner du tien.

Nous finîmes notre repas et fîmes la vaisselle ensemble.

— Je n'aime pas que tu vives seule ici, dit-il quand ce fut terminé.

— Pourquoi ?

Je posai le torchon et croisai son regard, attendant sa réponse.

Au lieu de parler, il se contenta de m'observer. En temps normal, il en fallait beaucoup pour me mettre mal à l'aise. Néanmoins, sous son regard impassible et scrutateur, je me trémoussai en moins d'une minute.

— Tu sais, ça m'agace vraiment quand tu fais ça ! lui dis-je.

— Faire quoi ?

— Quand tu me regardes comme si j'étais un insecte dans un bocal. Exposée pour une étude clinique.

Ses lèvres frémirent légèrement.

— Ce n'est pas comme ça que je te regarde.

CHAPITRE TREIZE

J'OUVRIS LA BOUCHE POUR DEMANDER CE QU'IL VOULAIT DIRE PAR LÀ, mais je n'en eus jamais l'occasion. Sa tête se tourna vivement vers l'entrée.

— Nous avons de la compagnie, dit-il à mi-voix avant que quelqu'un ne tambourine à la porte.

Je m'empressai de répondre, tout en me demandant quel serait ce nouveau drame magique auquel j'aurais droit.

Dès que je tournai la poignée, la porte fut enfoncée. Je fus projetée en arrière au même moment où ma colère explosa. Oanen me rattrapa dans ma chute et me tira vers lui, ses mains comme un étau sur mes biceps tandis qu'Aubrey entrait de force dans la maison.

— Où est-il ? s'écria-t-elle.

La rage qui était montée en sa présence disparut sous la pression du torse musclé d'Oanen contre mon dos et je dus faire un effort pour me concentrer sur ce qu'elle disait.

— Je sais qu'il est là, lança-t-elle en regardant dans tous les sens comme une sauvage.

— Qui ? demandai-je.

— Fenris.

Les mains d'Oanen glissèrent sur mes épaules jusqu'à ce que ses doigts effleurent mes clavicules et que ses pouces se calent de chaque côté de ma colonne vertébrale. La chaleur de ce contact se propagea sur ma peau et je frissonnai imperceptiblement.

— Fenris est avec Trammer, parvins-je à répondre.

— Non, il est parti avec lui, le Conseil a effacé la mémoire du sac à viande et ensuite Fenris est allé courir.

Le pouce droit d'Oanen glissa vers le haut, frôlant mon t-shirt sur la peau de mon cou. Mon pouls s'accéléra et je compris ce qu'il faisait. Il n'avait pas la capacité d'Eliana à siphonner ma colère pour m'empêcher de me battre, alors il faisait son possible pour me distraire.

— Oanen, arrête ça. Aubrey, Fenris n'est pas là. Alors, que fiches-tu ici ?

Son regard se posa sur Oanen pour la première fois.

— Aubrey, dit-il calmement.

— Oanen.

Elle se concentra de nouveau sur moi.

— J'espère que ça signifie que tu es passée à autre chose, dit-elle.

— Les névroses obsessionnelles n'excitent personne. Tu devrais essayer de soigner ça.

Aubrey montra les dents et je serrai les poings, prête à la tabasser comme elle semblait le réclamer. Les mains d'Oanen se comprimèrent sur mes épaules en signe d'avertissement.

— Tiens-toi éloignée de Fenris, dit-elle avant de tourner les talons et de retourner à sa voiture.

L'averse ôta toute dignité à sa sortie.

— Je me demande si elle sent le chien mouillé même quand elle est sur deux pattes, dis-je.

Oanen soupira, me contourna et ferma la porte.

— Son ouïe fonctionne aussi bien que la mienne.

— Je sais.

Je regardai par-dessus mon épaule et souris.

— Je ferais mieux d'y aller et de garder un œil sur elle, déclara-t-il. Merci pour le dîner.

JE ROULAI dans mon lit et fronçai le nez sous la faible lumière de la nouvelle journée. Le sommeil n'était pas venu facilement et il s'était enfui presque aussitôt. Pourquoi ? Parce que ma caboche ne cessait de rejouer les quelques moments avec Oanen devant la porte. Qu'est-ce qu'il avait fichu avec ses mains ?

M'empêcher de tomber, je le comprenais et je l'appréciais. Déplacer sa prise sur mes épaules aurait pu être un moyen de me contrôler plus facilement en présence d'Aubrey. Étant donné mes précédents problèmes avec elle, je comprenais encore et, une fois de plus, j'appréciais son geste. Mais ses pouces sur la peau de ma nuque. Complètement inutile et en tout point incompréhensible. Mon épiderme me démangeait toujours et me picotait à cet endroit précis, à tel point que je n'arrivais pas à me changer les idées.

Il n'avait jamais montré de signes d'intérêt. Ou peut-être que si ? Non, il ne me semblait pas. J'avais probablement été trop occupée à baver sur ses abdos bien dessinés pour remarquer quoi que ce soit, de toute façon. Il me restait deux options. Je pouvais prétendre que ce n'était pas arrivé et continuer comme d'habitude. Ou je pouvais le confronter à ce sujet, au risque de passer pour une idiote.

— On va continuer à faire semblant, dis-je à voix haute.

En me redressant, je regardai par la fenêtre le ciel toujours couvert. Aux gouttelettes sur la vitre, l'espoir de revoir le soleil bientôt s'envolait, ce qui signifiait que j'allais passer une nouvelle journée ennuyeuse enfermée à l'intérieur.

Je décidai de me divertir en préparant une omelette. Faire la cuisine, c'était plutôt le truc de ma mère, pas le mien. Malgré tout, depuis son départ, j'étais parvenue à cuisiner quelques basiques. Des plats sur lesquels je l'avais aidée au fil des années ou que j'avais appris toute seule, les fois où elle n'était pas à la maison. À présent, j'utilisais le net pour chercher une recette de brocolis au cheddar qui me faisait saliver.

Réchauffant la poêle, je battis les œufs et me préparai joyeusement à manger tout en écoutant les oiseaux. Je fredonnai avec les croassements et renversai les œufs dans la poêle. Quand ils grésillèrent, je partis chercher du fromage au réfrigérateur. Un corbeau passa devant la fenêtre de la cuisine juste au moment où je me retournais. Il avait l'air bien trop gros vu de près.

Secouant la tête, j'ajoutai le reste de brocolis et de fromage. Une soudaine flopée de corbeaux croassa bruyamment, puis se tut aussitôt.

Je fronçai les sourcils et éteignis le feu avant de me dresser sur la pointe des pieds pour regarder par la fenêtre au-dessus de l'évier. Ils avaient l'air d'être là dehors, mais je ne voyais rien.

Le visage à quelques centimètres de la vitre, je faillis crier lorsqu'un autre corbeau vola juste devant moi, battant ses ailes avant de disparaître hors de ma vue.

— Qu'est-ce qui se passe, bordel ?

J'enfilai mes chaussures et ouvris la porte de la cuisine. Dès que la moustiquaire claqua derrière moi, un refrain de croassements s'éleva à l'arrière de la maison.

Enroulant mes bras autour de moi, je m'avançai lentement. Je sentais un mauvais pressentiment monter en moi. Ce n'était pas vraiment la peur, mais plutôt quelque chose du genre roh-putain-je-ne-suis-pas-près-de-manger-mon-omelette.

Une demi-douzaine de corbeaux décolla quand je tournai au coin de la maison. Leurs cris perçants dans mes oreilles, je baissai les yeux vers le cadavre, plus mort que mort, qui leur servait de repas. J'avais déjà frappé des gens au point qu'ils soient hospitalisés, mais le teint cireux de l'homme me fit quelque chose. Je commençai à trembler.

Il avait été à moitié grignoté par quelque chose de bien plus grand qu'un corbeau. Et même si des bouts manquaient et que du sang tachait une bonne partie de ses vêtements, même s'il était face contre terre, je le reconnus.

— Merde.

Mon cœur martelant ma poitrine, je pivotai et courus vers la maison. Quand la porte se ferma derrière moi, j'avais déjà les pieds posés sur les marches de l'escalier, fonçant vers mon portable.

Mes mains tremblaient tandis que je composai le numéro des secours. Je ne pouvais pas chasser le corps de mes pensées. Dès que je clignai des yeux, l'image se rafraîchissait dans mon esprit.

— Moonlight Market, comment puis-je vous aider ?

Je retirai le combiné de mon oreille et vérifiai le numéro que j'avais composé. Oui. C'était bien le bon. Je calai de nouveau le téléphone à mon oreille.

— J'ai fait le numéro des secours, dis-je.

— Oh, poussin, Uttira ne s'en sert pas. Dis-moi ce qui t'est arrivé.

J'hésitai un moment. Bon sang, qui avait cru que ce serait une brillante idée de rediriger le numéro des urgences vers cette satanée épicerie ?

— Il y a un cadavre dans mon jardin. Des corbeaux et d'autres choses l'ont mangé.

— Oh là là. Je t'envoie Trammer tout de suite.

La ligne fut interrompue et j'appelai ensuite ma seule bouée de sauvetage.

— Salut, Megan ! lança gaiement Eliana. Tu veux que je te tienne compagnie ?

— Oui. Cette ville est vraiment tordue.

— Que se passe-t-il ? Tu n'as pas l'air dans ton assiette.

— Il y a un type mort dans mon jardin, et quand j'ai appelé les secours, je suis tombée sur l'épicerie. L'épicerie, Eliana ! Sais-tu à quel point c'est cinglé ?

— Jésus, Marie, Joseph.

Je pus l'entendre dévaler les escaliers.

— J'arrive. Ne raccroche pas.

Elle couvrit le combiné, mais je pouvais tout de même comprendre.

— Megan Smith vient de trouver un cadavre dans son jardin. Oui. J'y vais tout de suite.

Le bruit étouffé quitta le téléphone.

— Raconte-moi ce qui est arrivé, dit-elle.

— À part découvrir un cadavre mâchouillé se faisant picorer par des corbeaux ? Rien.

— Mâchouillé ? Par quoi ?

— Je n'en sais rien. Tu m'as prise pour un guide de références d'Animal Planet ?

— Non. Désolée, dit-elle rapidement. Sais-tu comment il est arrivé là ?

— Je suis à trois secondes de te raccrocher au nez. Bien sûr que je n'ai aucune idée de comment il est arrivé là.

— Je suis tellement désolée. Je ne suis pas douée pour ça. Tu veux parler de quoi ?

— De mon omelette.

— Euh, d'accord. Comment l'as-tu appelée ?

— » Froide et trop cuite ». Cette saleté de cadavre a interrompu mon petit-déjeuner. Mais ce n'est pas le pire dans tout ça, Eliana. Je sais qui c'est.

— Qui ?

— Le type d'hier. Jesse.

Elle poussa un petit cri.

— Oui. Je sais.

Après ça, nous ne parlâmes pas beaucoup. J'écoutai le son du moteur et sa respiration lointaine et erratique jusqu'à ce qu'elle se gare devant la maison.

— À plus, dis-je avant de foncer au rez-de-chaussée pour ouvrir grand la porte.

Au lieu de trouver Eliana sur le porche, je découvris Oanen. Il commença par me regarder de haut en bas avec inquiétude.

— Tu vas bien ? demanda-t-il.

Une sirène retentit au loin, le son de plus en plus fort au fil des secondes.

— Je ne sais pas. Est-ce que je vais bien ? Je n'en sais rien.

Le tremblement n'avait pas cessé. Ce n'était probablement pas bon signe. Pourquoi est-ce que je tremblais ? Je me fichais franchement que Jesse soit mort. Je pense que j'étais plus agacée que quelqu'un l'ait tué et mangé.

Oanen me prit par le coude et me guida jusqu'au canapé. La simple chaleur de sa poigne me calma. Je vis Eliana hésiter juste derrière lui au moment de m'asseoir.

— Où est-il ? demanda Oanen, attirant mon attention.

Je secouai la tête et, au lieu de lui répondre, je me levai pour le leur montrer. Sa main s'enroula autour de mon bras pour m'arrêter.

— Tu peux rester ici. Tu n'es pas obligée de revoir ça.

— Non, je ne peux pas rester là. J'ai besoin de réponses. Pourquoi est-il mort ? Et pourquoi est-il chez moi ? Il était en vie quand nous avons quitté la ruelle hier, Oanen. Qui l'a tué ?

Dehors, la sirène s'arrêta. Au lieu de me diriger vers le jardin de derrière, je retournai à la porte d'entrée. Les deux m'accompagnèrent pour que je ne sois pas seule afin d'accueillir Tramer. Ensemble, nous l'observâmes quitter sa voiture et tirer sur son ceinturon avant de marcher vers nous.

— Pourquoi ne suis-je pas surpris ? dit-il. Les problèmes semblent te suivre. Peut-être que tu aimes ça ?

Je ne répondis rien. La petite main d'Eliana autour de la mienne était la seule chose qui empêchait mon humeur de s'échauffer et d'échapper à mon contrôle.

— Eh bien, montre-moi ce que tu as trouvé, dit-il avec impatience.

Je pouvais entendre à son intonation qu'il ne croyait pas vraiment que j'avais découvert un cadavre dans le jardin.

Tournant les talons, je les menai jusqu'à la porte de derrière. Arrivée au coin, suffisamment loin pour apercevoir le corps, je m'arrêtai et le montrai de ma main libre. Eliana poussa un petit cri et ses doigts tremblèrent contre les miens.

— Sainte mère de la pitié, marmonna Trammer dans sa barbe.

Il nous contourna et regarda ce qu'il restait de Jesse.

Entre le mur et les pins, je repérai un éclat lumineux argenté. Une voiture avançait devant la maison. Trammer expira lourdement et croisa les bras. Des portières claquèrent. Un léger murmure de voix flotta jusqu'à nous depuis l'autre côté de la maison.

Je me tournai vers l'allée. Un instant plus tard, deux adultes bien habillés et Adira apparurent.

— Comment ça va, Megan ? demanda-t-elle.

— Euh, pas bien. Il y a un mort dans mon jardin.

— Et que ressens-tu à ce sujet ?

— Vous êtes sérieuse ?

— Pas n'importe quel mort, dit Trammer derrière moi.

Je me tournai et constatai qu'il avait fait rouler Jesse sur le côté.

Le regard sévère du policier se posa sur moi.

— Tu espères me faire croire que tu n'as rien à voir là-dedans après ce qui s'est passé hier ?

— Quoi ? Vous pensez que je l'ai tué ?

Je ricanai avant d'ajouter :

— Ce n'est pas ce qui me vient à l'esprit quand j'ai envie d'un repas fait-maison. Quelque chose l'a mâchonné. Qu'est-ce qui mange les gens ?

Trammer ouvrit la bouche pour répondre, mais il fut interrompu.

— Nous ne pensons pas que tu l'aies fait, Megan. Cependant, nous sommes intéressés par ce que tu ressens à ce propos.

Maintenant que je regardais les autres adultes, Adira avait

disparu. Seul un cercle frémissant indiquait l'endroit où elle se tenait quelques instants plus tôt. Avant que je puisse demander en quoi mes sentiments à ce sujet étaient importants, un loup apparut par le portail. Adira émergea juste derrière. Personne ne parla lorsque l'animal trottina vers le corps pour le renifler.

Je regardai le canidé au pelage marbré, et une seconde plus tard, il devint un vieil homme nu. Je détournai rapidement les yeux. Je ne tenais pas à figer sur ma mémoire rétinienne le corps d'un homme de cet âge-là.

— D'après sa façon de manger, c'est l'un des nôtres, déclara l'homme d'une voix profonde et lugubre. Mais la pluie a lavé toute trace de son odeur. Je me renseignerai pour savoir qui était seul la nuit dernière.

— Il vous faudrait d'abord voir en premier avec votre fils, déclara Trammer.

L'homme tourna son regard d'acier sur le policier, qui pâlit légèrement. Même moi, j'aurais envie de me rouler en boule après un tel regard.

— Vous pensez que Fenris a fait ça ? demanda-t-il.

— Vous avez dit que vous chercheriez qui était seul hier. Sous les ordres du Conseil, Fenris m'a accompagné pour emmener ce type. Je l'ai laissé de ce côté de la barrière, où il devait attendre que je le ramène en ville, mais il n'était plus là quand je suis revenu.

— Aubrey était dehors aussi hier soir, déclara Oanen. Elle s'est arrêtée ici à la recherche de Fenris.

L'homme poussa un soupir lent et son regard se posa sur Adira.

— Nous savons qu'aucun d'eux n'a tué cet humain.

— Ah bon ? dis-je.

Ses yeux argentés se tournèrent vers moi. Les doigts d'Eliana se contractèrent autour des miens.

— Personne n'a pu franchir la barrière sans marque pour tuer cet homme et le ramener ici. Je vais commencer à interroger la meute.

— Merci d'être venu, Raiden, dit l'homme tiré à quatre épingles. S'il vous plaît, transmettez-nous ce que vous apprendrez.

— Ne devrais-je pas être présent pour les questionner aussi ? demanda Trammer, de la frustration dans la voix. C'est mon travail, après tout.

— Non, Trammer. Ce serait mieux si vous laissiez cela au Conseil. Merci pour vos services, mais tout ce que nous requérons de vous, c'est que vous brûliez le corps et effaciez toutes les preuves du retour de cet homme ici.

Le visage du policier rougit.

— Dans ce cas, je vais chercher une housse mortuaire dans la voiture.

Il s'en alla.

— Je vais vous ramener, Raiden, déclara Adira avant de me regarder. Megan, nous nous verrons demain.

Raiden et elle disparurent dans le trou frémissant qui s'estompa rapidement derrière eux.

— Comptez-vous rester ici un moment ? demanda la femme.

— Si ça ne vous pose pas de problème, dit Eliana.

Je les regardai l'une et l'autre, et la nouvelle venue me remarqua.

— Je suis navrée, Megan. Nous en savons tellement à ton sujet que nous avons oublié que tu ne savais pas grand-chose sur tout. Je suis Anwen Quill, et voici Lander, mon époux.

Oh, bon sang. C'étaient les parents d'Oanen ?

— Bonjour. Désolée de vous rencontrer à cause d'un type mort dans mon jardin.

Anwen sourit légèrement.

— Cela arrive de temps en temps. Ne t'inquiète pas. Nous résoudrons tout ça.

Elle posa son regard sur Oanen.

— Nous te verrons pour dîner.

— Oui, mère.

Le couple s'éloigna, croisant Trammer qui revenait, les bras chargés de la housse mortuaire.

— Rentrons, murmura Eliana.

J'approuvai sans hésiter et nous battîmes en retraite à l'intérieur de la cuisine.

CHAPITRE QUATORZE

Je pris mon temps sous la douche en songeant à la veille.

Un mort.

Une conversation avec des adultes qui ne semblaient pas trop pressés d'identifier le coupable.

Et Oanen.

Il s'était débrouillé pour me laisser une drôle d'impression. Après qu'Eliana m'eut laissée dans le salon afin de réchauffer mon petit-déjeuner, il s'était assis près de moi sur le canapé pour regarder la télévision. Simple. Rien d'exceptionnel. Sauf qu'il avait mis son bras derrière moi sur le dossier. Toujours rien d'exceptionnel. Jusqu'à sentir à nouveau ses doigts sur ma nuque. La douce caresse, de haut en bas, avait provoqué un picotement qui s'était répandu sous ma peau.

J'avais décampé. Moi. Je ne décampais jamais. Je tapais dans le tas.

Je gémis et avançai ma tête sous le jet d'eau chaude, regrettant de devoir me rendre à l'académie. L'idée de manquer le contrôle du lundi me vint à l'esprit jusqu'à ce que je me rappelle que Trammer était venu me chercher la dernière fois. Si j'avais envie d'éviter un trajet dans le véhicule aux cadavres, je devais y aller avec Eliana.

Coupant l'eau, je me préparai mentalement pour un autre lundi.

Le temps qu'Eliana arrive devant la maison, je m'étais convaincue de l'accueillir avec un sourire enthousiaste.

— Salut, Megan, dit-elle quand je montai dans la voiture. Tu as bien meilleure mine qu'hier. Ta migraine est partie ?

Je me sentais un peu coupable d'avoir menti à propos de ça pour qu'Oanen et elle s'en aillent.

— Oui. Bien mieux.

Je me penchai et regardai le ciel.

— Pas d'Oanen ?

Elle secoua légèrement la tête.

— Il est en retard, mais il sera là.

Je m'affaissai sur mon siège tandis qu'elle démarrait et je me demandai si je devais l'interroger à son sujet. C'était comme son frère. Était-ce un sujet épineux ?

— Je peux te poser une question à propos de lui ?

— Bien sûr. Mais tu as intérêt à te dépêcher. Je ne sais pas combien de temps il lui faudra pour nous rattraper.

— Est-ce qu'il a une copine ?

Au lieu du « oui » auquel je m'attendais, elle laissa échapper un cri de folle qui faillit me provoquer une crise cardiaque.

— Oh, mon Dieu ! Je n'arrive pas à croire que j'avais raison. Je veux dire, je t'ai vue le mater le premier jour où on a pris la voiture, mais je n'étais pas sûre de tes vraies intentions. Il va devenir dingue quand...

— Oh là, oh là, oh là, m'exclamai-je. Temps mort. Je ne te le demandais pas parce que je suis intéressée.

— C'est ça, fit-elle avec une incrédulité évidente. Je suis un succube. Je sais que tu es intéressée chaque fois que je renifle ton d... désir quand tu le regardes.

J'ignorai son hésitation sur le mot et le fait qu'elle commence à rougir.

— Quoi ? Je n'y crois pas.

Le carillon de son rire emplit l'habitacle.

— Ça ne veut rien dire, répliquai-je aussitôt, niant toute relation éventuelle avec Oanen. C'est comme du lèche-vitrine. Je peux regarder sans avoir l'intention d'acheter.

— Dommage, dit-elle. Parce que je suis presque sûre qu'il a des vues sur toi. Et qu'il veut vraiment acheter, lui.

— Je ne suis pas à vendre. Jamais. On en a parlé. J'ai bien trop de problèmes pour être la moitié de quelqu'un. Je suis déjà à peine ma propre moitié. J'ai juste besoin de savoir quoi faire.

— Faire ? Comment ça ? Est-ce que quelque chose est arrivé ?

Un hurlement distant trancha l'air.

— Peu importe, dis-je rapidement.

Elle ne dit rien, mais garda le sourire pendant le reste du trajet jusqu'à l'école.

Comme d'habitude, notre escorte volante fonça devant dès que nous atteignîmes le portail.

— Peux-tu me déposer devant l'école ? demandai-je.

Elle s'exécuta et je fermai rapidement la portière sur son sourire entendu. À nouveau, Adira m'attendait dans le hall principal.

— Bonjour, Megan.

— B'jour.

Je la suivis dans son bureau, m'assis et poussai un souffle lent et calme, soulagée d'être parvenue à échapper à une confrontation avec Oanen.

— Est-ce que tout va bien ? demanda-t-elle.

— Oui. Bien sûr. Je veux dire, excepté pour ce cadavre que j'ai trouvé ce week-end, tout va bien.

J'aurais pu être plus convaincante si j'étais parvenue à sortir autre chose qu'une réplique sarcastique.

— Oui. Le corps. Un homme nommé Jesse qui se livrait au trafic d'êtres humains. Voudrais-tu parler de lui ?

— Pas vraiment. C'était une pourriture. C'était très clair lorsqu'il a expliqué en détail comment il avait envie de violer Eliana avant de la vendre. Je ne peux pas dire que je suis dérangée outre mesure par sa mort. Par contre, je suis dérangée par le fait qu'aucun de vous ne semble se soucier du responsable.

Elle sourit légèrement.

— Bien. Il est normal que cela te dérange. J'aimerais changer un peu les choses pour toi, Megan. Je pense que tu es prête et parfaitement capable d'assister aux cours quotidiennement.

La stupeur me saisit.

— Quoi ? fis-je en serrant les poings, sachant déjà comment cela se terminerait pour moi. Je ne pense pas du tout que ce soit une bonne idée.

— Chaque fois que tu ressentiras de la colère, j'aimerais que tu me dises qui l'a déclenchée.

— Avant ou après que je le batte à mort ? Je veux dire, c'est pour ça que je suis à Uttira, non ? Parce que je n'ai pas de contrôle sur mon humeur. Parce que je veux faire du mal à tout et tout le monde, quatre-vingt-dix-neuf pour cent du temps. Adira, je n'ai déjà pas beaucoup de gens dans ma vie. Les quelques amis que je suis parvenue à me faire, malgré ma merveilleuse personnalité, finiront par se tirer au fil des bagarres.

— Tu ne fais plus partie des humains. Tu serais surprise de la réaction de tes camarades quand tu te bats. Néanmoins, je t'encourage à venir me voir avant de passer quelqu'un à tabac. Si tu y parviens.

Je m'affaissai dans ma chaise et réfléchis à ce qu'elle me demandait. Essayer de maîtriser mon humeur ? Ma réaction instinctive, c'était de lui rire au visage. Mais je ne le pouvais pas, parce que comme Oanen l'avait fait remarquer, j'étais arrivée à contrôler mon humeur avec Jesse. Cependant, Eliana était avec moi. Ce ne serait pas le cas ici. Je doutais qu'Adira soit très impressionnée par mes seuls efforts. Je serais probablement impliquée dans tant de bagarres qu'elle me renverrait de l'école. Peut-être même d'Uttira. Deux semaines plus tôt, je m'en serais fichée. Aujourd'hui, en revanche, j'avais une amie. Peut-être plus si je comptais Fenris et Oanen. Même si je voulais me sentir capable de quitter la ville, je n'étais pas certaine d'avoir envie d'être bannie ni de recevoir la punition qu'ils avaient en réserve.

— Que se passera-t-il si je me bats ici ? demandai-je.

— Tu ne seras pas renvoyée, si c'est ce que tu espères. Si cela s'avère trop à supporter pour toi, j'assignerai quelqu'un pour rester avec toi tout le temps quand tu es à l'académie. Je crois que tu as déjà une bonne partie de tes cours en commun avec Oanen.

L'idée de l'avoir avec moi chaque minute de la journée eut un effet étrange sur mes tripes.

— Non, je pense y arriver seule, avec un minimum de carnage.

— Bien.

Elle se leva et je sus que nous avions terminé.

En sortant de la pièce, j'errai dans les couloirs principaux, perdue dans mes pensées. Même si j'avais des problèmes ici, ils étaient bien moindres que dans une école humaine. Je subissais quelques élans d'agacement, mais aucune explosion de ma vraie colère. Sauf quand Aubrey était dans le coin.

— Salut, Megan lança Eliana quand je regagnai le hall principal.

Elle se redressa du mur sur lequel elle s'était adossée.

— Comment ça s'est passé ?

— Bien, je crois. Adira veut que je commence à venir en cours tous les jours.

Son visage s'illumina d'excitation.

— C'est génial. Je pourrais passer te chercher et te ramener toute la semaine. Il y a cette nouvelle série que je crève de regarder, mais pas toute seule.

Je souris, sachant pertinemment où cela nous mènerait.

— Oui, tu peux venir chez moi après les cours.

Son sourire s'élargit, exposant ses dents blanches parfaites.

Plus loin dans le couloir, une voix s'éleva au-dessus des autres et réveilla mon humeur. Tandis que mes jambes flanchaient, le dos de la main d'Eliana toucha la mienne. Le contact fut suffisant pour calmer la chaleur de ma colère et m'empêcher de charger comme un bélier.

— Je me fiche de ce que tu auras besoin de faire, tiens-la à distance, bouillonnait Aubrey, jetant des regards meurtriers à Oanen qui ne paraissait pas inquiet le moins du monde.

— Je ne l'ai pas fait, vous savez, dit doucement Fenris à côté de moi, me faisant sursauter.

— Quoi ?

Je tournai la tête pour croiser son regard brun sérieux.

— Tué ce type. Je me fiche complètement de ce que les autres pensent, mais je voulais que vous sachiez toutes les deux que je ne l'ai pas fait.

Pour une raison qui m'échappait, je le croyais.

— D'accord, dis-je.

— Bien.

Il afficha son sourire le plus espiègle.

— Tu me dois toujours un dîner. Spaghettis. Et si on faisait ça mercredi ?

Je jetai un coup d'œil à Aubrey, qui parlait à Oanen d'une voix à peine étouffée et véhémente.

— Je ne sais pas, Fenris. Elle m'a déjà assez dans le nez comme ça.

— C'est exactement pour ça que tu vas dire oui.

Je soupirai et renvoyai son sourire joueur à Fenris.

— On se voit mercredi à dix-sept heures.

La sonnerie retentit et Eliana et moi nous rendîmes à notre premier cours.

Les minutes se changèrent en heures, mais je ne pouvais pas dire qu'il me tardait de passer une semaine entière à l'académie. Certes, j'aimais traîner avec Eliana, mais comme Adira l'avait fait remarquer, le reste de mes cours était avec Oanen.

Quand je le vis après le premier cours, il ne me posa

aucune question sur ma migraine et il agit tout à fait normalement. Il s'asseyait tranquillement à côté de moi dans les salles, et dans les couloirs il m'empêchait de perdre mon sang-froid dès que mon humeur pointait. Je n'eus à me calmer qu'à deux reprises ce jour-là, pour deux filles différentes. En revanche, je ne perdais pas mon temps quand Aubrey me provoquait.

À la fin de la journée, j'étais plus que prête à m'échapper et j'arrivai à la voiture d'Eliana moins d'une minute avant elle.

— Comment t'en es-tu tirée après le repas ? demanda-t-elle, sortant de son emplacement.

— Pas trop mal. Merci de m'avoir fait un truc à manger, au fait. C'était bien mieux que de devoir faire la queue. Il faudra que je pense à préparer quelque chose demain.

— Je n'ai rien fait, c'est Oanen. Il a pensé que tu pourrais vouloir éviter la foule de la cafétéria. C'est quoi, cette histoire avec Fenris ? Je croyais que vous n'étiez qu'amis.

— C'est le cas.

— Je ne sais pas. Tu te souviens de ce que j'ai dit sur les émotions que je ressentais ? Il y a un bon gros paquet de désir qui émane de lui. Même si, pour être honnête, il renvoie toujours des effluves de ce genre.

— Il connaît ma position. Je ne peux pas me permettre d'avoir une relation. Ce serait mauvais pour la sécurité de n'importe quel petit ami.

Au-dessus de nos têtes, un griffon hurla, me rappelant que notre conversation n'était pas franchement privée. Eliana et moi ne prononçâmes pas un mot pendant le reste du trajet.

— Je ne comprends pas pourquoi Adira et les Quill insistent tellement, dit Eliana en agrippant le volant, au comble de la frustration. J'ai prouvé que je pouvais m'alimenter. Pourquoi n'est-ce pas suffisant ?

— Je pense qu'ils craignent que tu craques si tu tombais sur une source de nourriture volontaire en ayant vraiment faim.

— Je n'ai pas craqué avec toi.

— C'est parce que tu ne tires pas du désir ni de la passion de ma part. Je ne fais pas partie du bon groupe alimentaire.

Elle soupira et secoua la tête.

— Je ne sais pas ce que je vais faire.

— Tu as le temps. Tu me l'as dit toi-même. Adira t'en parle maintenant pour que tu puisses te faire à l'idée. La fin de l'année est encore loin, et tu auras une pause avant que la nouvelle commence et que tu atteignes la date limite. Plein de temps.

— Et Fenris et toi ? Prête pour ce soir ?

— Il n'y a pas besoin d'être prête.

Elle ricana.

— Chaque fois qu'il est près de toi, il renvoie des vagues d'énergie sexuelle. Je parie qu'il va tenter quelque chose ce soir.

Cette fois, ce fut mon tour de ricaner.

— Je parie qu'il se pointera à l'école demain avec un œil au beurre noir.

Elle éclata de rire et se gara devant la maison.

— On peut regarder quelques épisodes de ta série avant que je me mette à faire à manger, lui dis-je.

Elle éteignit le moteur et entra pour me tenir compagnie jusqu'à seize heures. Bien évidemment, elle me taquina tout du long et fila dès que je sortis la casserole pour commencer à faire dorer la viande.

— Bonne chance, dit-elle en me serrant dans ses bras.

— Pas besoin. Je ne ferai rien que tu ne ferais pas.

Elle rit et me laissa seule préparer le dîner.

Je n'eus à apprécier que trente minutes de calme avant que Fenris toque à la porte. Puisque j'étais en train d'égoutter les pâtes, je lui criai d'entrer.

— Ça sent vraiment bon ici, dit-il en pénétrant dans la cuisine.

— Merci. Je n'étais pas sûre de la quantité et je pense que j'en ai trop fait. J'espère que tu as faim.

— Je suis affamé.

Sa voix rauque m'avertit juste avant que ses bras ne s'enroulent autour de moi et qu'il me serre fermement par-derrière. Ses mains ne touchèrent aucun endroit inapproprié. En fait, mis à part ses bras et son nez dans mes cheveux, il ne me touchait pas. Jusqu'à...

— Euh, Fenris ? Ce n'est pas ce que feraient de simples amis.

— Désolé.

Il recula.

— Disons qu'il me tardait de faire ça.

Je mis les pâtes dans un saladier et versai un filet d'huile avant de les poser sur la table.

— Il te tardait de faire ça, tu veux dire passer plus de temps loin d'Aubrey ?

Il me lança un sourire penaud.

— Quelque chose comme ça.

— Eh bien, assieds-toi. Je pense que tout est bientôt prêt.

Après son câlin, je crus que la situation serait gênante. Au lieu de ça, le repas avança dans un flux de discussion détendu. J'en appris un peu plus sur l'enquête faiblarde du Conseil à propos du corps que j'avais trouvé, et Fenris m'écouta parler des séries qu'Eliana et moi regardions, parce qu'en dehors de ça, nos vies n'étaient pas franchement foisonnantes. Ça ne semblait pas le déranger, cependant. Il écouta attentivement et posa des questions comme s'il était vraiment intéressé.

J'eus l'impression qu'une heure avait passé quand il soupira et regarda l'horloge.

— Je ferais mieux d'y aller.

— Elle ne te donne droit qu'à une heure ?

Il gloussa.

— Si j'ai de la chance. Heureusement, elle te laissera tranquille. Ça a été utile qu'Oanen soit là, la dernière fois qu'elle est venue.

Je ne dis rien en le raccompagnant à la porte. Il me surprit à nouveau avec une étreinte ferme et son visage enfoui dans mes cheveux.

— Je te remercie, Megan. Ça signifie plus que tu le penses.

Il tourna les talons et partit avant que je puisse répondre. En le regardant monter dans son tas de ferraille, j'espérai que ce dîner avec lui ne signifiait pas plus que je ne le souhaitais.

— Alors ? demanda Eliana quand je grimpai dans la voiture. Comment s'est passé le dîner ?

— C'était sympa.

— Et ? J'avais raison ? Est-ce qu'il a tenté quelque chose ?

— Je ne pense pas. Il m'a serrée contre lui en arrivant et en repartant, mais je crois que c'était surtout amical. Je n'étreins pas beaucoup de loups-garous, alors je ne suis pas sûre. Il a reniflé mes cheveux.

Elle ricana.

— Tu es sérieuse ? C'est drôle, tout ça.

— C'était un peu bizarre, mais à part ça, il s'est comporté en gentleman. Et on dirait que son père n'est pas près de débusquer le meurtrier de Jesse. Tous les adultes ont rendu des comptes et aucun des loups mineurs n'a passé la barrière ce soir-là, pas même sous la supervision d'un adulte.

— Honnêtement, je ne pense pas que le Conseil s'inquiète beaucoup de ça, dit Eliana. Ils ont envoyé quelques gardiens pour s'assurer que la disparition de ce type ne suscite pas de soupçons. Je suppose qu'il était assez impliqué dans de sales affaires pour que personne ne se préoccupe vraiment de son absence. Étant donné ce qu'il avait prévu de faire ici, apparemment il a été assez discret sur son lieu de destination auprès de ceux qui l'ont vu en dernier.

— Est-ce que ça ne t'embête pas que personne ne se préoccupe du fait qu'il y ait une créature qui mange des humains dans le coin ?

Elle éclata de rire.

— Les dieux nous ont tous faits différents. Certains se nourrissent d'humains sans les tuer, comme moi. Ou comme je le ferais si je n'étais pas aussi complexée par ma nature. Certaines créatures, comme Oanen, sont juste ici pour protéger. Et d'autres ? Eh bien, elles aiment la chair. Elles ont trouvé des moyens de satisfaire leur faim sans tuer chaque humain avec qui elles entrent en contact. Ça a été difficile pour moi d'accepter ces nombreuses façons d'utiliser les humains. Évidemment, je suis toujours complexée sur certains points. Cependant, je continue à me rappeler que, peu importe notre façon de nous nourrir, nous en avons tous besoin. Ce n'est pas notre faute si nous avons été faits ainsi.

— Alors, tu acceptes qu'il y ait un cadavre de temps en temps ?

— Si ce sont des humains comme Jesse ? Oui. Sa mort empêche celle d'humains innocents.

Elle marquait un point.

Quand nous arrivâmes à l'école, Oanen attendait sur le parking. Son regard droit me balaya et se posa sur le sac que je tenais en main. Le mardi, il m'avait préparé un autre déjeuner. Je lui avais assuré qu'il n'avait pas besoin de continuer à me faire à manger, et même si son expression n'avait pas changé sur le moment, j'avais eu l'impression que ça l'avait quelque peu déçu. À présent, je ressentais la même chose alors qu'il regardait le sac dissimulant mes restes de spaghettis et de pain à l'ail.

— Je peux le sentir ! cria soudain la voix d'Audrey.

Je posai les yeux sur Fenris et elle. Ils étaient debout près de leur voiture. Il lui tenait fermement le bras pour l'empêcher de courir vers nous.

— Calme-toi, disait-il.

— Tu as prétendu manger des spaghettis à la maison. Pourquoi je les sens ici ?

Quelque chose tira mon sac entre mes doigts. Je tournai la tête à nouveau et clignai des paupières devant la vision, en gros plan, de la chemise parfaitement ajustée d'Oanen. Il ne dit rien en baissant les yeux sur moi et glissa un sac de repas en papier entre mes mains.

Plus il restait près de moi, plus mon pouls s'accélérait. J'ouvris la bouche pour lui demander ce qu'il faisait, mais au moment où son regard tomba sur mes lèvres, j'oubliai ce que je voulais dire.

— J'aurais dû savoir que c'était toi, dit Aubrey dans mon dos.

Oanen se détourna de moi en premier pour poser les yeux sur elle. Je fis de même, prête à l'affronter, mais le griffon m'ancra rapidement à ses côtés en pesant de son bras sur mon épaule. Mon déjeuner confisqué ballottait contre moi.

— Bonjour, Aubrey, dit-il.

Le regard de la louve se posa sur le sac entre ses doigts, puis sur l'emballage en papier marron que je serrais dans les miens. Oanen avait à nouveau couvert Fenris. Ou peut-être moi. Je ne savais pas vraiment qui il cherchait à aider.

— Salut, Oanen, lança Fenris. J'ai oublié de te le demander. Vous allez bien au Roost vendredi ?

— Évidemment, répondit-il.

Fenris nous regarda, Eliana et moi, pour confirmation.

— Bien sûr, dit-elle.

Aubrey me jeta un coup d'œil mauvais. Je souris avant de répliquer :

— Je ne manquerai pas ça.

CHAPITRE QUINZE

— Les cours étaient ennuyeux sans toi aujourd'hui, se plaignit Eliana. Comment t'es-tu arrangée pour qu'Adira te laisse rester chez toi ?

Nous étions toutes deux assises à la table de la cuisine en train de mâchonner notre goûter, pendant que je l'écoutais me raconter sa journée. Je m'étais levée et lavée seulement quelques heures plus tôt. Malgré ça, je ne ressentais aucune culpabilité à avoir fait la grasse matinée, après avoir dû gérer une semaine entière de colère régulière.

— Je lui ai dit que si elle m'obligeait à y aller, je courrais vers la barrière et j'essaierais de la traverser jusqu'à me frire les cheveux.

Un sourire aux lèvres, je me remémorai son bref silence avant qu'elle me surprenne en acceptant.

Eliana gloussa et mangea une autre chips.

— J'aimerais être aussi culottée que toi.

— Culottée ?

— Oui. Ne le nie même pas. Tu es passionnée dans tout ce que tu penses et ressens, enfin, *quand* tu penses. Tu ne laisses personne t'empêcher de faire quoi que ce soit.

Et ce genre d'attitude me causait toujours des problèmes, mais je ne lui en fis pas la remarque.

— Et si tu étais plus culottée, que ferais-tu maintenant ?

— Je mangerais probablement quelque chose de plus satisfaisant que des chips.

Elle soupira.

— Alors, fais-le, dis-je en lui en volant une.

— D'accord.

Elle leva les yeux au ciel.

— On sait toutes les deux que ce n'est pas si facile.

— Pourquoi ?

Elle me jeta un regard impatient.

— D'accord. Va retrouver Oanen et donne-lui le baiser que tu sais que tu veux lui donner.

— Hein ? Tu es folle. Je n'ai pas envie de l'embrasser.

Elle ricana.

— Je suis un succube, tu te rappelles ? Je sais que tu essaies de ne pas avoir de mauvaises pensées à son sujet. Pourquoi le combattre ?

— Parce que je ne veux pas le cogner une nouvelle fois. Les garçons ont tendance à ne pas aimer ça.

— Exactement. Aller avec quelqu'un que je ne connais pas vraiment, juste pour me nourrir, ça me paraît moralement inacceptable. Et je n'ai pas envie de me nourrir de quelqu'un que je connais, parce que je ne serais pas capable de supporter sa fausse dévotion à mon égard. Ce serait comme faire d'un ami un esclave.

— D'accord. Pas de copain pour aucune de nous deux. L'excuse parfaite et la plus pourrie pour acheter toutes les cochonneries possibles à l'épicerie.

Nous mangeâmes en silence pendant une minute, laissant passer le temps jusqu'à ce qu'arrive l'heure de nous préparer pour le Roost.

— Je pense que tu lui manques, dit-elle.

— À qui ? demandai-je, même si je le savais déjà.

— Oanen.

— On n'en parle plus ou je résilie ton invitation à venir ici après les cours.

— Très bien. Allons nous changer.

— Nous changer ?

Je baissai les yeux sur mon jean et mon t-shirt, époussetant quelques miettes de chips.

— Oui. J'ai promis à Anwen de porter la robe qu'elle m'a achetée, alors nous allons fouiller ton placard et décider quelle robe tu vas mettre, toi aussi.

Je tournai la tête vers elle en fronçant les sourcils.

— Je ne porterai pas de robe.

— S'il te plaît ?

Trois secondes suffirent à son regard suppliant pour me faire céder.

— Si je finis par me bagarrer et me donner en spectacle à cause de ma tenue, je ne risque pas de te pardonner facilement.

Elle afficha un grand sourire.

— Tout ira bien. Tu es avec moi. Je ne te laisserai pas t'énerver, d'accord ?

Trente minutes plus tard, j'étais assise dans sa voiture et je tirais sur ma jupe, un cadeau que ma mère m'avait fait des années plus tôt.

— Je ressemble à une prostituée.

— Oui. Peut-être qu'il faudrait que je t'apprenne à faire du shopping toute seule.

Pendant qu'elle conduisait, je jetai un regard meurtrier à la jolie petite robe d'été qu'elle portait, complétée par une veste légère. Avec ma minijupe noire et mon espèce de haut flashy, on aurait dit qu'une souris géante avait grignoté des trous au niveau du ventre et s'était lâchée sur toute l'épaule. Eliana semblait prête pour l'église, alors qu'on aurait pu me marquer de la lettre A comme dans *La Lettre écarlate*.

— Je pense toujours qu'on devrait échanger, dis-je. Ma tenue crie au succube.

— Oh, elle crie, oui. Il me tarde de voir la réaction de tous les autres. Ça va être marrant.

Elle éclata de rire.

— Parle pour toi.

Je remontai la fermeture de mon manteau et jurai qu'il lui faudrait passer sur mon cadavre pour réussir à me l'enlever.

Eliana approcha de l'entrée du Roost et se gara.

— Pourquoi on est là, déjà ? demandai-je de mauvaise grâce.

— Parce que tu aimes énerver Aubrey.

— Ah, oui.

Soudain, la jupe et le haut ne me semblèrent plus aussi légers. Sortant de la voiture, je changeai immédiatement d'avis lorsqu'un vent frais souffla bien trop haut sur mes cuisses. Nous marchâmes vers la porte, qu'Eliana ouvrit devant moi.

— Tu m'en dois une, marmonnai-je tout bas.

J'entrai, la tête haute et les jambes exposées à mi-cuisses. Les strass sur les sandales à lanière que je portais captaient les lumières clignotantes de la scène. Ce soir, il y avait des chanteurs en concert. La mélodie sensuelle me fit vibrer le ventre et je sus qu'ils n'étaient pas humains.

— Des sirènes, dit Eliana, répondant à mon regard interrogateur.

— Génial.

Je levai les yeux et repérai Oanen et Fenris qui discutaient à l'étage. Ils se tenaient près d'une table contre la rambarde. Ils avaient déjà de quoi boire et de la compagnie. Aubrey portait une robe rouge qui ne cachait pas grand-chose et elle était accrochée au bras de Fenris, jouant avec ses cheveux. Il ne semblait pas apprécier cette attention, même s'il la tolérait. Comment Aubrey ne pouvait-elle pas voir la différence ?

— Je ne sais pas comment il fait pour la supporter, murmura Eliana.

Derrière eux, les autres groupies de Fenris se tenaient en petit groupe. Aucune n'approchait le trio, mais elles regardaient le loup avec envie. Vu comment Aubrey les avait chassées dans le parking, je savais pourquoi elles gardaient leurs distances.

— C'est vraiment une garce, approuvai-je, sentant ma colère exploser malgré son éloignement.

Aubrey se raidit et regarda lentement dans notre direction. Son attention attira celle des autres. Elle plissa les yeux quand elle se rendit compte que j'avais capté l'intérêt de Fenris alors qu'elle n'avait pas réussi. Je souris et retirai mon manteau.

Les lèvres de Fenris bougèrent. D'après les sourcils froncés d'Aubrey, il avait dû dire un compliment. À côté de moi, Eliana lâcha un petit rire amusé. Je l'ignorai et retirai entièrement mon manteau avant de souffler un baiser à Aubrey. Elle montra les crocs et s'agrippa à la balustrade.

— Cette soirée va être géniale, dis-je en regardant Eliana avec un sourire.

— On danse ?

— Oui, allons-y.

Avant que je me détourne du groupe à l'étage, le regard d'Oanen croisa le mien. Il ne souriait pas comme Fenris. Il m'observait avec une concentration singulière et je me demandai si j'allais avoir droit à un autre « tiens-toi bien, Megan ». Probablement. Cependant, je choisis de continuer comme si je m'en fichais. Ce qui n'était pas le cas.

Eliana et moi posâmes nos affaires sur un canapé libre près de la porte, puis nous nous balançâmes sur la musique sensuelle des sirènes. Eliana avait des mouvements sacrément sexy quand elle se lâchait, ce qui lui arrivait de temps en temps.

— J'ai presque envie de me frotter à ta jambe quand tu fais ça, la taquinai-je.

Elle rougit, mais recommença. Nous éclatâmes de rire et passâmes un bon moment jusqu'à déclarer forfait parce qu'elle avait besoin d'un verre.

— Monte chercher à boire. Je pense que je vais éviter cette zone pour l'instant, annonçai-je.

Je m'assis sur le canapé et l'observai disparaître en haut des marches. Après ça, je me mis à étudier les gens. Tout le monde semblait assez détendu, mais de temps à autre, mon détecteur de garces s'emballait. Ce n'était pas le niveau de colère que je ressentais avec Aubrey, mais cela attira tout de même mon attention.

Je scrutai la pièce, localisant la source.

Au fond, une fille était assise seule à une table faiblement éclairée. Ses cheveux blond vénitien retombaient en souplesse autour de son visage tandis qu'elle ouvrait le livre devant elle. Elle me rappela un peu Fenris, parce qu'elle faisait de son mieux pour ignorer celle qui se tenait à côté d'elle et lui parlait. Non. Elle ne parlait pas. Vu la tête qu'elle faisait, elle était en train de harceler l'autre.

Je me levai et me rapprochai pour tenter d'entendre ce qu'elle racontait. L'autre fille était debout et on aurait dit qu'elle essayait de forcer celle qui était assise à lui acheter quelque chose à manger.

— Salut, les filles, dis-je.

Mon agacement n'exigeait pas que je fasse passer les poings avant les mots, toutefois je n'aurais rien eu contre l'idée de jouer les vipères si je pensais que c'était justifié.

La fille qui avait faim se tourna vers moi, son regard me balayant de haut en bas.

— Ça t'ennuie de bouger ? C'est mon tour avec le projet scientifique.

J'observai l'autre qui n'avait pas levé les yeux à mon approche. Son regard restait fixé sur le livre.

— Le projet scientifique ? demandai-je.

La fille debout soupira.

— L'humaine. Tu dois être la nouvelle. Tu pourras t'entraîner avec elle lorsque j'aurai terminé.

Ma tête était tellement sens dessus dessous que je ne sus même pas quoi répondre.

— C'est bon, dit la fille au livre, ouvrant la bouche pour la première fois. C'est mon tour ce soir. Ça ne me dérange pas.

L'autre émit un grognement incrédule.

— Bien sûr que ça ne te dérange pas. C'est la seule raison pour laquelle tu es là, humaine. Maintenant, va te chercher de la nourriture pour que je puisse essayer de te la voler.

— Je n'ai pas d'argent, répliqua la jeune fille, qui faisait mine de lire sans lever le nez.

— Je dirai à Adira que tu n'as pas coopéré.

— D'accord.

Sa réponse froide et insensible me fit sourire.

L'autre partit d'un pas lourd et furieux, et je m'assis à côté de la fille.

— Vas-tu avoir des problèmes ?

— Non. Le but de tout ça, c'est qu'ils sont supposés me faire faire ce qu'ils veulent. C'est elle qui a échoué, pas moi.

Elle avait l'air détendue, mais on aurait dit qu'elle s'ennuyait ferme. Toutefois, j'avais plus de jugeote que ça. Elle se recroquevilla légèrement, faisant le dos rond comme pour se protéger, mais elle n'avait toujours pas quitté des yeux la page sur laquelle elle était concentrée à mon arrivée.

— Tu n'aimes pas être ici, dis-je. Pourquoi ne pas partir ?

— On m'a attribué ce poste au Roost jusqu'à vingt heures. Mon oncle viendra me chercher à ce moment-là.

— Comment peut-on choisir un humain pour faire quelque chose comme ça ? Je pensais que les seuls à habiter en ville étaient mariés avec des non-humains.

— Non-humain, répéta-t-elle en ébauchant un sourire, sans pour autant lever les yeux. J'aime bien ça.

— Y a-t-il un autre terme pour eux ?

— Eux ?

Elle releva la tête, son regard noisette à la fois amusé et troublé.

— Tu es l'une d'entre eux.

Je soupirai.

— C'est ce qu'on m'a dit.

— Je n'ai pas été choisie. Je...

— Megan, qu'est-ce que tu fiches ? demanda soudain Eliana en fonçant vers la table, deux verres en main.

— Je parle à...

Je me tournai vers la fille.

— Quel est ton nom ?

— Ashlyn.

— Voilà. Je parle à Ashlyn.

— À moins qu'Adira t'ait donné un travail à faire, nous ne devrions vraiment pas être là, dit le succube.

Une fille, qui chantait sur la scène quand nous étions entrées, se dirigea vers nous puis s'arrêta pour nous regarder, avant de se concentrer sur Eliana.

— Tu ne peux pas être désespérée au point de te nourrir du projet scientifique, s'exclama la nouvelle venue. C'est comme coucher avec son animal de compagnie.

Le ton méprisant de sa voix et le sourcil dressé qu'elle lança à Eliana me firent ouvrir la bouche :

— Je me demande comment tu chanteras après un coup à la gorge.

Elle repoussa ses cheveux dans son dos avec un reniflement et s'éloigna.

Je souris à Eliana et désignai l'autre côté de la table. Elle soupira et s'installa, glissant l'un de ses verres vers moi.

— Si on reste là, on va attirer l'attention et les problèmes, me prévint-elle.

— On sait toutes les deux que j'attire l'attention et les problèmes où que je sois assise, alors pourquoi en faire toute une histoire ?

— Parce que tout humain présent au Roost est là pour faire des tests. Adira attribue des tâches à effectuer sur l'humain.

— Ashlyn, corrigeai-je.

Je n'appréciais pas qu'elle n'utilise pas son vrai nom.

— Non. Pas seulement Ashlyn, rétorqua-t-elle. Les humains le font chacun leur tour. Comme un travail extrascolaire.

— La paie est naze, marmonna Ashlyn.

Eliana la regarda avec un air compatissant.

— Tu veux quelque chose ? proposa-t-elle. À manger ou à boire ?

— Non. Oncle Trammer sera bientôt là. Il aura quelque chose pour moi dans sa voiture.

— Trammer est ton oncle ? demandai-je, surprise.

— Oui. C'est pour ça que je suis là.

— Tous les humains sont approuvés par l'agent de liaison humain pour s'assurer qu'ils soient fiables et accomplissent leur tâche, expliqua Eliana.

— Fiables ? Et les gens qui vivent ici ? Tu es en train de me dire que Trammer recrute des humains pour que la jeunesse modèle d'Uttira puisse tester ses compétences ?

J'avais vraiment du mal à croire qu'il puisse faire une chose pareille.

— C'est à peu près ça.

— Combien y en a-t-il ? demandai-je.

— Cinq. Trois filles et deux garçons. Les quatre autres sont les dernières recrues de liaison en date, répondit Eliana.

La façon dont elle avait prononcé ces mots déclencha un signal d'alarme en moi.

— Les dernières en date ?

— Mon père, dit Ashlyn, a été tué il y a plus d'un an. Oncle Trammer a récupéré son poste et m'a amenée ici pour que je ne sois pas seule.

— Je suis désolée, dis-je doucement.

— C'est bon. C'était un accident. Une bagarre dans un bar entre deux géants. L'un a trébuché. Mon père n'avait aucune chance.

Notre moment de silence fut dérangé par le claquement de talons hauts en colère sur le parquet. Eliana tendit le bras de l'autre côté de la table pour attraper ma main avant que je ne lève les yeux. Il n'était même pas nécessaire que je regarde derrière moi. Je savais déjà que c'était elle qui approchait, à la sensation de colère grandissante qu'Eliana apaisa de son mieux.

— Cesse de monopoliser le temps du projet scientifique, lança Aubrey en s'arrêtant à notre table. Ceux qui ont une vraie chance de passer leur diplôme ont besoin de s'entraîner.

Je gloussai.

— Oh, Aubrey. On sait toutes les deux que ce n'est pas ton diplôme qui t'intéresse.

Elle se pencha en avant. Sans la main d'Eliana sur la mienne, j'aurais craqué et j'aurais foncé sur elle. Pour l'instant, je restai assise en feignant de garder mon calme.

— Je sais que c'était toi, dit-elle. J'ai pu sentir ton odeur sur son corps, sous l'ail et la sauce tomate. Il est à moi.

Je posai les yeux derrière moi, vers la porte d'entrée rouge, avant de croiser son regard.

— Tu es sûre ? Parce que Fenris vient de se faufiler dehors avec Jenna. Tu ferais mieux de courir.

Elle gronda avant de tourner les talons et de sprinter vers la sortie.

— Elle sera énervée lorsqu'elle se rendra compte que tu lui as menti, déclara Eliana quand la porte se referma.

— Oui. Dommage, je ne serai pas là pour le voir.

Personne d'autre n'embêta Ashlyn le temps que nous restions à sa table. Eliana et moi sirotâmes nos verres pendant l'heure qui suivit, parlant tour à tour de l'obsession d'Aubrey pour Fenris, de l'agacement qu'elle provoquait en moi et du choix de ma tenue.

— Ces incubes te regardent depuis un quart d'heure, observa Eliana.

— Moi ? Non. Probablement Ashlyn. C'est la cible première de leur entraînement.

Cette dernière éclata d'un petit rire.

— Ce n'est pas moi qui montre assez de peau pour tenter un saint.

— En parlant de saints, Oanen arrive, lança Eliana.

Je tournai la tête et le vis traverser la salle, le regard rivé sur moi. La chemise claire à manches longues qu'il portait se démarquait de la foule en couleur scintillante, tout comme le jean sombre qui moulait ses hanches. La façon dont il marchait vers nous et retenait mon regard m'enflammait étrangement les sens et je me rappelai ce qu'avait dit Eliana, me mettant au défi de l'embrasser. Maintenant, je ne pouvais plus m'empêcher d'y penser.

Cette dernière prit une vive inspiration et je sus qu'elle goûtait les pensées dans mon esprit.

— Si tu ouvres la bouche, je te frappe, dis-je doucement sans la regarder.

— Mesdemoiselles, nous salua Oanen en arrivant, avant de se concentrer sur moi. Megan, ça te va bien.

— Merci.

Je n'eus pas l'impression de le remercier. J'avais plutôt employé un ton qui sous-entendait : « ferme-la ».

Il regarda Eliana.

— Quand tu seras prête à partir, peux-tu me le dire ? Un orage arrive et je préférerais rentrer en voiture ce soir.

— Bien sûr, Oanen. On te le dira.

Il acquiesça et s'éloigna.

— Il est si sexy, dit Ashlyn. Dommage que les griffons ne s'intéressent jamais aux humains.

— Ah bon ? demandai-je, surprise.

— Non. Ils gardent un œil sur eux, mais ça n'a rien à voir avec l'énergie qu'ils dévouent à la protection de leurs compagnes.

Quelque chose cogna sous la table et Ashlyn grimaça. Je regardai Eliana, qui affichait un air bien trop innocent.

— Tu viens de lui donner un coup de pied, là ?

— Peut-être. Tu veux retourner danser ?

Je plissai les yeux vers elle, puis vers Ashlyn, qui s'était plongée à nouveau dans son livre.

— Très bien. Allons danser.

Pourtant, je ne parvins pas à m'amuser autant qu'avant. La réaction d'Eliana à l'information qu'Ashlyn avait déballée, ainsi que la façon dont Oanen et Fenris nous observaient depuis l'étage, me rendaient nerveuse. Lorsque mon téléphone bipa, je m'en servis aussitôt comme prétexte pour quitter la piste, seule, et trouver un coin tranquille.

Sous le balcon, hors de portée du regard vigilant d'Oanen, je lus le message d'un numéro inconnu.

Retrouve-moi dehors dans 10 min. Seule. Maman.

CHAPITRE SEIZE

Tout le bruit de la salle disparut sous le tambourinement rapide de mon cœur. Après m'avoir abandonnée pendant trois semaines, ma mère était de retour. L'excitation me parcourut. Suivie immédiatement par de l'agacement. Comment pouvais-je être enthousiasmée de voir la personne qui m'avait quittée sans un mot ? Correction. *Avec* un mot qui n'expliquait que dalle. Elle avait intérêt à avoir une sacrée bonne raison pour m'avoir lâchée comme ça. Et pour ne pas m'avoir dit quel était cet endroit. Ni ce que j'étais.

Je relus le message. Une partie de moi se demandait si elle méritait vraiment mon temps. Elle m'avait blessée pendant toutes ces années en insistant pour que je l'appelle Paxton et en prenant progressivement ses distances. Cependant, je me souvenais également de celle qu'elle avait été avant ça. Autrefois, elle était tout pour moi. Quand personne au monde ne m'avait aimée, elle était là. Elle m'avait serrée contre elle et elle m'avait dit qu'elle m'aimerait pour toujours.

Ma poitrine me fit mal à ce souvenir et quand je me rendis compte qu'elle m'avait abandonnée bien avant de me laisser à Uttira. La seule personne qui aurait été capable de m'aimer sans condition avait failli à son devoir.

J'avais beau avoir envie de lui dire de partir, comme elle avait déjà prouvé qu'elle savait si bien le faire, je savais que je ne pouvais pas laisser passer la chance de découvrir ce que j'étais. Et de la revoir.

Je détournai les yeux du téléphone et attendis de croiser le regard d'Eliana sur la piste. Cachant toute trace d'agitation, je lui fis signe que j'allais aux toilettes. Elle acquiesça et continua à se balancer sur la musique sensuelle, ignorant les incubes qui essayaient d'attirer son attention.

Me faufilant dans les toilettes, je pris un moment pour vérifier mon apparence dans le miroir. Les boucles de ma chevelure, qu'Eliana avait réussi à amadouer, encadraient mon visage légèrement maquillé. Si je me concentrais uniquement sur ma tête, je me trouvais jolie. Tout compte fait, je m'étais très bien débrouillée sans présence parentale. Cependant, le reste de mon corps, du cou jusqu'aux pieds, me donnait envie de grimacer.

— Un mois sans supervision, et me voilà péripatéticienne, dis-je dans ma barbe.

Connaissant ma mère, elle célébrerait mon choix de vêtements au lieu de me réprimander.

Après quelques minutes, je finis par sortir. Personne ne me remarqua tandis que je faisais mon chemin jusqu'à la porte de derrière. Tout le monde était focalisé sur Trammer qui fusillait du regard un incube assis à la table d'Ashlyn.

Fermant la porte sur la musique, je pris un moment pour laisser mes yeux s'ajuster à la lumière faible et aux ombres dans la ruelle derrière le Roost. Me pinçant les narines en sentant la puanteur nauséabonde d'une benne à ordures remplie à ras bord, je regardai les alentours. Bon sang, pourquoi ma mère voudrait-elle me rencontrer ici ? Je jetai un œil vers l'entrée. Personne. Je vérifiai l'heure sur mon téléphone. Une minute d'avance.

Quelque chose vibra sur ma gauche. Je baissai les yeux vers la benne sombre et j'aperçus le léger contour d'une lumière sur le sol.

Un portable. Je me penchai pour le ramasser et mes doigts rencontrèrent quelque chose d'humide. Je grimaçai de dégoût, mais je ne lâchai pas le téléphone.

— Comme si ça pouvait être encore plus dégueu, me dis-je en retournant l'appareil.

Un appel manqué d'un numéro inconnu s'affichait sur l'écran.

Les sourcils froncés, je regardai une nouvelle fois le bout de la ruelle. Était-ce le portable de ma mère ? L'avais-je déjà manquée ? Pourquoi l'avait-elle lâché ?

Regardant à nouveau le téléphone, j'aperçus les taches sombres sur mes doigts. Au début, j'avais cru que c'était une sorte d'huile. Puis je rapprochai ma main de mon visage.

Du sang.

La peur se réveilla dans mon ventre, un sentiment indésirable qui ne m'était pas familier.

Je tournai le téléphone et utilisai sa faible lumière pour éclairer le sol. Une mare de sang s'amassait près de l'endroit où il était tombé. D'autres gouttes ruisselaient sur le sol à côté de la benne. Des images de la dernière fois où j'avais vu ma mère emplirent mon esprit. Lentement, je levai la lumière du téléphone.

Les yeux sans vie d'un cadavre déposé sur la montagne de déchets me dévisageaient. Ce n'était pas ma mère, mais une fille, guère plus âgée que moi. Je poussai un soupir de soulagement avant de remarquer les cheveux châtains ternes qui recouvraient son cou, pas suffisamment pour dissimuler sa peau sans défaut.

Le corps n'avait pas été mangé. Je changeai l'angle de la lumière, essayant de comprendre comment elle était morte. Quand j'arrivai vers le milieu, je dus faire un effort pour continuer à respirer normalement. Elle avait été éventrée.

La voix forte de Trammer fit voler en éclats ma maîtrise fragile de mes émotions.

— Relâche ce que tu tiens ! aboya-t-il.

Je me tournai vers lui, la rage faisant chauffer le sang dans mes veines.

— Merde, haleta-t-il en triturant un objet sur sa taille.

Il batailla et je fonçai vers lui. Tout en moi me hurlait de lui flanquer une correction à laquelle il ne pourrait pas facilement échapper.

Avant que je l'atteigne, il libéra un objet de sa ceinture. Un instant plus tard, quelque chose d'invisible me frappa en pleine poitrine. Je valsai en arrière et atterris lourdement par terre, prise de convulsions. Ma colère ne pouvait rien contre les spasmes musculaires.

Pendant que j'étais étendue, saisie de tremblements, Trammer me retourna avec son pied. Je sentis à peine le métal frais des menottes qui se refermaient.

— On ne joue plus autant les dures, hein ? dit-il.

Un instant plus tard, les convulsions cessèrent et Trammer me remit sur pied. Les sondes de son taser restaient enfoncées dans ma chair, à l'intérieur de mon épaule droite, sous ma clavicule. Je courbai le dos en sentant la douleur.

— Enlevez-moi ça, dis-je.

— Je ne pense pas, non. Essaie quoi que ce soit, et je te charge à nouveau.

Il m'empoigna par le bras et me guida vers l'avant du bâtiment, où sa voiture et sa nièce attendaient.

— Ashlyn, il faut que tu montes devant, dit-il.

Il ouvrit la portière et me poussa sur la banquette arrière.

Je croisai les yeux grands ouverts de l'humaine, tandis qu'il dégageait les sondes de mon buste.

— C'est bon, je vais rentrer à pied, déclara-t-elle.

Trammer grommela une réponse et ferma la portière. Ashlyn resta devant l'entrée du Roost pendant que son oncle grimpait dans la voiture et démarrait.

Les gyrophares allumés, mais les sirènes éteintes, il s'éloigna sur la route. Le visage blême d'Ashlyn me parut soudain plus compréhensible quand j'aperçus mon reflet dans la vitre arrière. Du sang était collé à mes cheveux et s'étalait de mon oreille jusqu'à la joue. À cause de Trammer qui m'avait fait rouler par terre. Tête de con.

Je regardai en arrière. Ashlyn avait déjà disparu. En me retournant, j'observai le type que je voulais frapper.

— Pourquoi me menotter ?

— Tu as essayé d'attaquer un officier après avoir été découverte sur une scène de crime.

— En parlant de scène de crime, vous ne pensez pas qu'un cadavre supplémentaire vous pose un plus gros problème qu'une ado un peu colérique ?

— Oui. C'est la seconde raison de ta présence à l'arrière.

— Hein ? Vous n'êtes pas sérieux. Je n'ai pas tué cette fille.

— Alors, qu'est-ce que tu faisais dans cette ruelle ?

— J'ai reçu un message de ma mère.

Il éclata de rire.

— Bien essayé. Nous savons tous les deux qu'elle ne reviendra pas. Ils ne le font jamais ici.

— Je n'ai pas tué cette fille, répétai-je. J'ai l'air d'une meurtrière ?

— De ce que je sais, tu es juste un autre monstre bouffeur de chair déguisé en humain.

— Sympa. N'hésitez surtout pas à me faire part de vos sentiments, rétorquai-je.

— On verra si tu feras encore la maligne quand le Conseil en aura fini avec toi. Tuer des humains dans les limites d'Uttira est interdit.

— Je ne l'ai pas tuée.

— C'est ça. Tu profitais juste de l'air frais de la nuit, dans la même ruelle qu'un mort. Bien tenté.

Il ne dit rien de plus pendant quelques minutes, tandis que le véhicule de police progressait dans les rues. Je regardai par la vitre et me demandai combien de temps il me faudrait rester assise en cellule avant qu'il retourne sur la scène de crime pour examiner mon téléphone.

Cet idiot avait besoin de faire son travail. Même si, pour être honnête, j'avais essayé de l'attaquer. Et j'en avais toujours envie. En fait, j'étais presque sûre qu'il aurait mal dès que je n'aurais plus ces menottes.

La voiture commença à ralentir, mais je remarquai à peine le petit bâtiment minable du poste de police devant lequel il s'arrêta. Au lieu de ça, ma concentration entière se reporta sur Oanen, à moitié habillé, juste devant. Avec ses bras croisés et ses traits exaspérés, pourtant si stoïques en temps normal, il avait l'air sauvage.

Quand son regard rencontra le mien, une partie de cette sauvagerie s'adoucit un bref moment jusqu'à ce que Trammer pousse un grognement agacé et ouvre la portière. Oanen leva les yeux vers lui.

— Qu'est-ce que vous croyez faire, Trammer ? Libérez-la.

— Ça n'arrivera pas. Je l'ai trouvée dans la ruelle près d'un autre cadavre. Quand je lui ai dit de lâcher ce qu'elle avait en main, elle a essayé de m'attaquer.

Oanen me jeta un regard et poussa un soupir de frustration évidente quand je haussai légèrement les épaules.

— Elle peut rester dans sa cellule le temps que le Conseil arrive.

Trammer ouvrit la portière arrière, mais avant que je puisse foncer sur lui, Oanen était là, à me tendre une main.

— Oanen, lança Trammer quelque part derrière le mur de protection musclé qui m'aidait à descendre de la voiture.

Le regard du griffon ne ratait rien. Il remarqua les deux points sanglants juste au-dessus de mon sein droit. Il se tourna tout en gardant une main sur mon avant-bras pour parler à Trammer. Le policier arrogant avait l'air bien trop content de lui.

— Les avez-vous appelés ? demanda-t-il.

— Bien sûr que non. Ma première priorité, c'est de la mettre en détention. Ensuite, je retournerai là-bas pour sécuriser la scène de crime.

— Alors, c'est une bonne chose que je les ai appelés pour vous. Ils devraient être bientôt là. Vous préférez les attendre à l'intérieur ?

Le visage de Trammer rougit.

— Je n'attends pas. J'ai un suspect et une scène de crime à sécuriser.

Trammer s'avança vers moi, mais avant que sa main puisse se refermer sur mon bras, Oanen s'interposa à nouveau.

— Je vais la faire entrer.

Sa poigne m'entravait, me tenant éloignée de Trammer, et nous nous déplaçâmes ensemble vers le petit bâtiment qui ressemblait davantage au bureau de poste d'une petite ville qu'à un poste de police. Un bureau se situait dans l'espace confiné, juste derrière la porte. Au-delà, il y avait une simple cellule.

— Elle va dans la cellule, lança Trammer en nous dépassant pour ouvrir la cage aux barreaux étroits.

Oanen me guida tout droit, mais il s'arrêta juste avant la cellule. Je levai les yeux vers lui en essayant d'ignorer la caresse douce sur mon avant-bras.

— Je suis désolé, Megan.

— Pourquoi ?

Ses lèvres frémirent légèrement.

— Que tu sois ici.

— Ne t'inquiète pas. Dès que Capitaine Balourd aura vérifié mon téléphone, que j'ai laissé tomber dans la ruelle quand il m'a donné un coup de Taser, il verra que je disais la vérité.

— Rentre dans cette saleté de cellule, dit Trammer avec colère.

En entrant, je l'entendis claquer la porte derrière moi. J'avoue que le déclic du verrou m'inquiéta. Que se passait-il, bordel ? Qui m'avait envoyé ce message dans la ruelle ? Je ne croyais plus qu'il s'agissait de ma mère. Trammer avait au moins raison sur ce point.

Elle ne reviendrait pas, et j'avais été stupide de l'imaginer ne serait-ce qu'une minute. Ma bêtise ne fit qu'ajouter à ma colère.

Quelqu'un m'avait piégée. Qui et pourquoi ?

— Je croyais que vous ne pouviez pas attendre ? dit Oanen.

Je me retournai. Trammer baissait les yeux sous son regard de braise, juste devant ma cellule.

— Tu dois t'en aller, dit le policier.

— Non. Je vais rester pour surveiller la situation, le temps que vous vous occupiez du corps. Le Conseil veut toujours savoir ce qui est arrivé à Camil.

— Qui ? demandai-je sans pouvoir m'en empêcher.

— Tu es sûr que c'était Camil ? s'enquit Trammer, soudain blême.

— Oui, répondit-il. J'ai vérifié avant de voler jusqu'ici. Il n'y avait pas de morsure comme l'autre fois, mais des parties lui manquaient. Le cœur. Le foie.

Trammer déglutit difficilement avant d'ouvrir grand les yeux.

— Ashlyn, dit-il.

Il disparut d'un coup par la porte, emportant une bonne partie de ma colère avec lui.

J'empoignai les barreaux et regardai Oanen.

— Pourquoi s'inquiète-t-il pour elle ?

— Camil était humaine. Tout comme Jesse. Quelqu'un à Uttira semble avoir développé un goût pour eux.

Un cercle scintillant apparut à l'intérieur de ma cellule.

— Oui, dit Adira en faisant son apparition. Et ce quelqu'un a eu un sacré cran pour déposer un corps au Roost.

Elle me regarda.

— Comment vas-tu, Megan ?

Était-elle sérieuse ?

— Pas bien. Je suis recouverte du sang d'une fille morte, et Trammer pense que je l'ai tuée.

— C'est peu probable, sinon il ne serait pas parti en s'inquiétant pour sa nièce.

Elle posa sa main sur le verrou. Il cliqueta doucement et Oanen tendit le bras pour ouvrir.

— Mes parents sont-ils ici ? demanda-t-il.

— Non. Ils m'ont envoyée pour libérer Megan. Ils sont au Roost. Je dois retrouver Raiden avant la pluie.

Un grondement léger au loin ponctua ses paroles.

— Peux-tu raccompagner Megan chez elle ? demanda-t-elle à Oanen.

— Oui.

Un autre portail s'ouvrit et Adira disparut à l'intérieur, nous laissant seuls, tous les deux. Oanen se rapprocha de moi. Il écarta légèrement mon haut lacéré pour regarder les deux plaies dans ma poitrine. Je baissai à mon tour les yeux. Cet abruti de Trammer avait bousillé mon t-shirt.

— Eliana aimait bien ce haut, dis-je sur un ton agacé.

Le bout de son doigt balaya la peau indemne, juste au-dessus des marques. Un picotement aigu me traversa, accélérant mon rythme cardiaque. Malgré tout, quand je levai les yeux, son expression était à nouveau fermée et il me fut difficile de savoir ce que signifiait cette caresse délicate.

— Si ça te va, j'aimerais partir avant que Trammer revienne, dis-je.

Oanen acquiesça et alla ouvrir la porte d'entrée. Je sortis rapidement, impatiente de m'en aller avant que quelqu'un ne change d'avis sur ma détention.

Dehors, le vent s'était levé et je frissonnai légèrement.

— Eliana part du Roost pour nous rejoindre, dit Oanen tandis que nous commencions à marcher dans la direction de la boîte de nuit. Elle a ton manteau.

— Merci.

— Est-ce que ça va ? demanda-t-il après un petit moment de silence.

— Pas vraiment. Trammer est convaincu que je suis capable de meurtre. Et tu sais quoi ? Je ne sais même pas si c'est possible. Je suis couverte de sang et plus contrariée qu'écœurée. J'ai vu deux cadavres en moins d'une semaine. Ne devrais-je pas être bouleversée ? Faire une sorte de dépression nerveuse ? Si j'étais normale, ce serait le cas. Mais tout le monde a été bien clair sur le fait que je ne l'étais pas. Je ne suis pas humaine. Alors, comment peut-on être sûr que je n'ai rien fait si je ne sais même pas de quoi je suis capable ?

Le tonnerre gronda dans le ciel et Oanen fit une pause, pieds nus sur le trottoir, pour baisser les yeux sur moi. Oanen le silencieux, Oanen le sérieux. Les lampadaires projetaient des ombres sur son torse et je ne comprenais pas comment il ne gelait pas sur place.

Un autre frisson me traversa.

Il se rapprocha, son regard rivé au mien.

— Je pense que tu sais de quoi tu es capable, dit-il doucement. Tu as simplement peur de l'affronter.

CHAPITRE DIX-SEPT

L a pluie redoubla d'ardeur. Ce n'était plus un fin crachin, mais un déluge féroce, accompagné d'un éclair et d'un grondement de tonnerre. De l'eau glaciale détrempa mes cheveux en quelques secondes. Mais je m'en fichais.

Reconnaissante d'avoir une raison de détourner mon regard de l'intensité de celui d'Oanen et de me nettoyer du sang de cette fille, je fermai les yeux, levai la tête vers le ciel et ignorai mes tremblements.

Je laissai la pluie laver sur mon corps bien plus que la mort de Camil. Je la laissai emporter les restes de ma colère, de ma culpabilité et de mon apitoiement. Trammer pouvait m'énerver jusqu'à en mourir, il se préoccupait de sa nièce, ce qui signifiait qu'il n'était pas si mauvais. Et, de ce que j'avais entendu, il était maintenant la seule famille qu'elle avait. Il me faudrait me rappeler cela la prochaine fois que je le verrais. Je n'aurais rien pu faire pour cette fille dans la ruelle. La découverte de son corps signifiait peut-être qu'elle aurait droit à la justice, si Adira et Raiden la rejoignaient à temps. Et qui s'inquiétait que ma mère ne revienne jamais ? Elle avait fait son choix. Cela n'avait rien à voir avec moi. Ni avec mes crises de colère.

Oui, bien sûr. Parce que ma mère avait voulu une fille qui se bagarrait presque tous les jours, jurait comme un charretier quand elle était énervée, et...

La pluie cessa soudain de tomber sur mon visage. J'ouvris les yeux et clignai des paupières devant la voûte de plumes au-dessus de ma tête. Lentement, je les suivis jusqu'à leur origine. Oanen. Il m'observait attentivement, les ailes courbées au-dessus de lui en bouclier protecteur contre la pluie.

Il leva la main pour écarter délicatement une mèche mouillée de ma joue. Ses doigts restèrent là, un moment, caressant doucement ma peau tandis que nos regards étaient plongés l'un dans l'autre.

— Un millier de vies et un millier de rêves ne pourront pas effacer ça, dit-il.

— Quoi donc ?

— J'aurais dû t'inviter à danser.

Ma poitrine devint douloureuse lorsque je compris ce qu'il faisait. Cette fois, impossible de le nier ou de ne pas saisir ce que cela voulait dire.

— Ne fais pas ça.

Mes mots étaient sortis dans un murmure rauque.

— Pas quoi ? demanda-t-il.

— Ne me désire pas. Ce n'est pas prudent.

Je me souvins du regard plein de haine que mon dernier petit ami m'avait lancé quand il avait saigné du nez, et je sus que je ne parlais pas de la sécurité d'Oanen, mais de la mienne. S'il me regardait un jour comme ça, cela me ferait plus de mal que je ne pourrais le supporter.

Sans se douter de mes pensées, Oanen sourit légèrement. Une goutte d'eau se détacha de ses cheveux mouillés et coula sur son torse. Je déglutis difficilement et suivis sa trajectoire. Plus que tout, j'aurais voulu qu'il puisse me désirer sans danger. Parce que je le désirais comme je n'avais encore jamais désiré personne.

— C'est trop tard, dit-il.

Je levai à nouveau les yeux, mon regard interrogateur croisant le sien.

— Je ne cesserai jamais de te désirer.

Il se pencha vers moi.

Mon cœur commença à tambouriner dans ma poitrine. J'aurais dû reculer. J'aurais dû dire non. Mais à l'abri sous ses ailes, je ne fis rien de tout cela. Au contraire, je tendis le cou vers lui en me demandant ce que ça ferait de l'embrasser enfin.

Une lumière aveuglante nous arracha brusquement une grimace. Un coup de klaxon fit voler en éclats cet instant fragile et ramena un peu de raison en moi.

— Je suis sérieuse, Oanen. Ne fais pas ça.

Sur ces paroles, je sortis de la couverture protectrice de ses ailes et fonçai vers la voiture.

Le regard inquiet d'Eliana m'accueillit dès que j'ouvris la portière.

— Entre vite, dit-elle.

Je fis comme elle me le demandait et je claquai la portière.

— Waouh, dit-elle avec une vive inspiration.

— Désolée, je ne voulais pas la fermer si fort. La pluie est assez glaciale.

— Je ne parlais pas de ça. Je crois que je viens de prendre une dose par procuration.

Elle se pencha en avant et regarda la pluie de l'autre côté du pare-brise juste au moment où un jean mouillé heurta la vitre.

— Intéressant, dit-elle. Je suppose qu'il rentre en volant. Sors et récupère son pantalon s'il te plaît, ensuite tu m'expliqueras ce qui est arrivé.

Elle ne reprit pas la route avant que le jean gorgé d'eau se retrouve sur le sol, devant le siège arrière.

— Alors ? insista-t-elle.

— J'ai reçu un message de quelqu'un qui prétendait être ma

mère. Il me disait de la retrouver dans la ruelle. Quand je suis sortie...

— Pas ça. Je n'ai pas envie d'entendre une nouvelle histoire de cadavre qui a surgi à côté de toi. Voilà ton téléphone, d'ailleurs.

Elle le récupéra sur le tableau de bord et me le tendit.

— Je veux savoir ce qu'il vient de se passer sur le trottoir à l'instant. Oanen ne vole pas quand il pleut, c'est dangereux. En particulier avec de telles rafales. Qu'est-il arrivé ? Est-ce que tu l'as frappé parce qu'il a essayé de t'embrasser ?

— Comment as-tu récupéré mon téléphone ?

— Lander Quill me l'a donné. Alors, que s'est-il passé ?

Je soupirai en m'efforçant d'oublier le moment juste avant qu'elle arrive, sinon elle saurait exactement ce qui avait failli se produire.

— Je n'ai pas frappé Oanen. Nous discutions. En parlant de ça, qu'est-ce qui t'a pris de donner un coup de pied à Ashlyn sous la table ? demandai-je en changeant subtilement de sujet.

— Rien.

— Ne me mens pas, succube. Je te ferai enfiler ces fringues de prostituée et te déposerai à la soirée dansante du lycée le plus proche.

Elle leva les yeux au ciel.

— Nous sommes coincées à Uttira, tu te souviens ?

— Parle.

— Je ne peux pas. C'est le seul sujet que j'ai juré de ne pas aborder avec toi. S'il te plaît, Megan. Je prends mes promesses très au sérieux.

— Qui t'a fait jurer ça ? demandai-je.

Elle hésita, puis leva les yeux vers le plafond de la voiture, répondant à ma question.

Je soupirai en posant mon crâne contre l'appuie-tête du siège.

— Désolée d'avoir mouillé ta voiture.

— Ne t'inquiète pas pour ça. Ce n'est pas la mienne, c'est celle d'Oanen.

Le trajet jusqu'à la maison fut calme. Lorsqu'Eliana s'engagea dans l'allée, elle se rapprocha aussi près que possible de la porte de derrière.

— Tu veux que je reste ? demanda-t-elle.

— Non, c'est bon. J'ai envie de prendre une douche chaude et de me coucher tôt. Je t'appelle demain matin. Fais attention en rentrant.

Elle me lança un sourire triste.

— Je ne pense pas avoir à m'inquiéter. Je ne suis pas humaine.

J'acquiesçai et l'abandonnai pour détaler vers la maison. Dès que je fus à l'intérieur, j'allumai les lumières de la cuisine. Nos chips attendaient toujours sur la table. Ouvrant le paquet, j'en mâchouillai quelques-unes avant de retirer mes sandales ridicules.

— J'aurais dû me douter que cette nuit finirait comme ça, habillée comme une tapineuse.

Mon trait d'esprit me fit sourire et je gravis les marches pour prendre des affaires de rechange avant d'aller me doucher.

Plus de vingt minutes après, je me glissais sous la couette et m'y pelotonnais tout en écoutant la pluie s'abattre sur le toit. Des pensées sur Oanen et notre quasi-baiser tournoyaient dans mon esprit. J'eus beau essayer, je parvins difficilement à trouver le sommeil.

JE BÂILLAI en cassant un œuf dans ma poêle. La faible lueur du soleil brillait à travers la fenêtre de la cuisine. Surtout à cause des nuages, mais aussi à cause de l'heure matinale. Après une longue nuit avec peu de sommeil, faute à tous ces bruits que je continuais d'entendre dans la maison, j'avais décidé que j'en avais assez et j'étais sortie du lit deux heures avant l'aube.

Mon téléphone vibra sur la table. Je me déplaçai vers lui avec un autre bâillement et je lus le message :

Appelle-moi dès que tu es réveillée. Je m'inquiète. Eliana.

Je composai le numéro d'Eliana et je ne fus pas surprise lorsqu'elle décrocha à la première sonnerie.

— Est-ce que ça va ? demanda-t-elle.

— Super. Je suis crevée, parce que l'orage m'a empêché de fermer l'œil. On aurait cru que quelqu'un faisait les cent pas sur mon toit.

— Oh... c'est bizarre.

— Non, ce qui est bizarre c'est ta façon de dire « c'est bizarre ».

Elle éclata de rire.

— Tu veux que je vienne ? On peut passer la journée à regarder nos séries.

— Bien sûr.

— J'arrive tout de suite.

Elle raccrocha avant que je puisse répondre. Secouant la tête, je posai le téléphone et retournai au massacre de mon œuf.

Eliana arriva dans l'allée, peu de temps après ma dernière bouchée.

— C'était rapide, dis-je quand elle entra.

— J'étais déjà prête, j'espérais que tu dises oui. En effet, tu n'as pas l'air d'avoir beaucoup dormi.

— Je risque de somnoler durant le premier épisode.

En fin de compte, je ne dormis pas seulement pendant un épisode, mais deux.

Pendant qu'Eliana jetait un œil à mon réfrigérateur pour le déjeuner, je pris une douche et m'habillai. Nous passâmes le reste de la journée à parler et à regarder la télévision. Au coucher du soleil, elle demanda si elle pouvait rester dormir. J'acceptai volontiers, appréciant sa compagnie plus que la pensée d'un autre week-end en solitaire.

Même avec la présence d'Eliana et la fin de l'orage, je me

réveillai à deux reprises en croyant entendre quelqu'un qui marchait sur le toit. Eliana réfuta cette idée d'un grand éclat de rire quand je lui en parlai le lendemain matin.

— ON EST à la bourre ou quoi ? demandai-je lorsqu'Eliana franchit en trombe le portail de l'académie le lundi matin.

Il y avait plus de voitures que d'habitude sur le parking.

— Nous sommes à l'heure, mais il se passe quelque chose. Oanen a l'air énervé.

Il se tenait près de l'emplacement d'Eliana. Son visage était fermé et il fronçait les sourcils. Avec ses bras croisés et sa position arc-boutée, « énervé » me semblait un doux euphémisme. En voyant son humeur massacrante, j'eus un haut-le-cœur qui retourna dans mon estomac le petit-déjeuner vite expédié. C'était probablement parce que je ne l'avais pas revu depuis que j'avais fui loin de ses ailes vendredi soir, même si j'avais beaucoup pensé à lui. Nous devions parler, mais visiblement, ce n'était pas le moment.

Son regard se braqua sur le mien dès qu'Eliana se gara entre deux voitures. Il recula de quelques pas pour lui faire de la place. Des cernes s'étalaient sous ses yeux, comme s'il n'avait pas bien dormi. À cause de vendredi ? À cause du quasi-baiser ? Parce que je m'étais enfuie ? Merde. Nous devions vraiment avoir une discussion. Discussion que j'avais clairement envie d'éviter.

Avant même qu'Eliana ne coupe le moteur, il avançait vers ma portière.

— Pourquoi ai-je l'impression que je vais avoir des problèmes ? murmurai-je.

— Parce que c'est ce qui t'arrive en général, répliqua-t-elle en ricanant.

Anxieuse, j'ouvris la portière et me levai.

— Bonjour, dis-je en me forçant à croiser son regard.

— Bonjour.

Ses yeux se posèrent sur mon visage avant de descendre sur mon épaule.

— Je vais bien, dis-je. En belle voie vers la guérison.

Il acquiesça sans me laisser passer.

— Euh, tout va bien ? demandai-je.

— Non, rétorqua-t-il en m'observant encore un peu. Mais ça va de mieux en mieux.

Mon ventre fit quelques acrobaties supplémentaires. Sans y prêter plus attention, je me penchai pour jeter un œil au groupe rassemblé près de la porte.

— Que se passe-t-il ?

Son regard se posa brièvement sur Eliana, qui écoutait de l'autre côté de la voiture.

— Pas grand-chose. Juste des rumeurs sur la mort de Camil.

Je levai les yeux au ciel.

— Je n'en doute pas. Des pistes quant au coupable ?

— Pas encore.

— D'accord. Alors, peut-être qu'on devrait rentrer.

Il acquiesça et se décala enfin.

Un groupe composé de garçons et d'une seule fille se tenait près de la porte. Aucun d'entre eux ne semblait avoir gagné à la loterie de la génétique et la fille était si maquillée qu'on aurait dit qu'elle s'était versé un pot de peinture sur le visage. Tous me regardèrent avec un profond intérêt qui me fila les chocottes. Pas de colère, cependant.

L'un d'eux s'avança vers nous quand nous approchâmes. Le garçon plutôt laid se transforma soudain en un... troll disgracieux ? Ou un ogre ? J'interrogerais Eliana plus tard. La nouvelle créature me sourit, dévoilant une rangée de dents jaunes cassées et irrégulières.

— Megan, gronda-t-il. Nous devrions nous retrouver aux rochers un de ces quatre.

Avant que je puisse réfléchir à son invitation, Oanen se campa devant moi. Ses ailes explosèrent sous sa chemise, se déployant en un somptueux étalage de plumes.

— Quoi que tu aies entendu, c'est faux. Elle ne te retrouvera nulle part.

Pendant qu'il lançait son avertissement, Eliana agrippa ma main. Je ne comprenais pas leur réaction.

Je repoussai Eliana et posai le doigt sur le flanc nu d'Oanen, me glissant sous son aile.

— Tu sembles me connaître, mais je ne sais rien de toi, dis-je au grand bonhomme.

— Je suis Epsid.

— Ça m'intrigue. Qu'as-tu entendu à mon sujet, Epsid ?

— Que tu as tué à deux reprises et que tu t'en es tirée chaque fois. Aucune preuve ne pointe vers toi. On voudrait bien avoir des conseils. Si tu as le temps.

Envahie d'un profond dégoût, qui n'avait aucun rapport avec son allure, je dévisageai la créature devant moi.

— Pourquoi veux-tu savoir comment tuer ?

— Nous savons comment tuer. Mais il nous faut apprendre comment le faire sans laisser de preuves.

— Pourquoi ?

Il fronça les sourcils, affichant un air confus.

— Parce que les humains ne doivent pas savoir que nous existons.

— Donc tu veux tuer des humains ?

— Évidemment.

Il jeta un œil derrière lui vers le reste de son groupe avant de baisser un peu la voix.

— Mais pas les gentils comme Camil. Elle, je l'aimais bien.

Le regard qu'il me lança était presque dissuasif. Presque, pas totalement.

— Désolée de te décevoir, mais je n'ai tué personne. Gentils ou pas. Bonne chance pour vos rendez-vous aux rochers.

En secouant la tête, je me retournai et marchai vers la porte.

Le peuple de géants/trolls n'était pas le seul à m'attendre. Des filles à la peau verte et aux feuilles dans les cheveux m'insultèrent et jetèrent des glands dans ma direction. Les sirènes de la piscine firent clapoter l'eau avec leurs queues sur mon passage. Je ne savais pas vraiment si c'était pour m'applaudir ou me huer.

On aurait dit que les élèves de Girderon étaient partagés équitablement entre le soutien et le rejet. Malgré cela, ils restaient unanimes. Pour eux, j'avais vraiment tué deux personnes.

Le temps que je rejoigne Adira dans le hall principal, j'avais acquis pas mal de partisans. Cependant, elle y prêta peu d'attention et se concentra sur moi.

— Comment ça va, ce matin, Megan ?

— Je suis de mauvais poil. Vous pouvez remettre de l'ordre dans tout ça ?

Elle regarda les gens derrière moi.

— Ils ont les faits. Un corps a été trouvé chez toi la semaine dernière, samedi. Tu as été surprise auprès d'un autre cadavre ce vendredi. Quelqu'un s'est nourri des deux morts, mais en utilisant deux méthodes différentes.

— Et est-ce que je l'ai fait ?

— Nous n'avons aucune piste qui mènerait vers un suspect pour l'instant.

— Pourquoi ne diriez-vous pas que je n'ai rien fait ?

— Peut-être que nous pourrions en discuter dans mon bureau.

— Discuter de quoi ? Je n'ai tué personne.

Elle commençait à m'agacer et elle sembla s'en rendre compte, parce qu'une seconde plus tard, nous nous tenions dans un couloir, puis dans un autre, et enfin dans son bureau.

— J'en suis consciente, mais nous aimerions laisser les autres élèves le croire.

— Quoi ? Pourquoi ?

— Il vaut mieux pour tout le monde que ces raisons restent secrètes pour l'instant.

Elle fit le tour de son bureau, s'assit et ouvrit mon dossier.

— J'ai cru comprendre que tu avais essayé de frapper Trammer quand il t'a découverte près de Camil. Pourquoi étais-tu en colère contre lui ?

Je levai les yeux au ciel et m'assis dans un soupir.

— Aucune idée. Je n'en sais jamais rien. Pourquoi continuez-vous à me demander comment je vais ?

— Parce que c'est important. Cette semaine, j'ai besoin que tu te concentres sur les spécificités de tes émotions. Quand tu es en colère, essaie de déterminer pourquoi tu pourrais ressentir cela pour cette personne. Avant de la confronter, viens me voir. Dis-moi qui t'a énervée ainsi que tout ce que tu as pu apprendre sur eux ou sur ta colère.

Quel intérêt ? J'avais l'impression que c'était une tâche inutile, conçue pour essayer de m'éviter les problèmes. Agacée, je dévisageai Adira. Elle restait assise là, calme, la main ouverte et posée négligemment sur mon dossier.

— Qu'est-ce qu'il y a, là-dedans ?

— Les relevés de tes précédents établissements scolaires humains, le contrôle des connaissances que tu as effectué en ligne et mes notes sur tes progrès.

— Des progrès sur quoi ?

Au lieu de répondre, elle sourit et se leva.

— Souviens-toi de ce que j'ai dit. Viens me voir dès que tu es en colère. Je veux les noms des personnes qui te contrarient. Et pense surtout aux raisons qui t'ont poussée à attaquer Trammer. Ta principale tâche, cette semaine, sera d'obtenir une meilleure compréhension de ta colère.

Elle s'empara du dossier et m'accompagna jusqu'à la porte. Un papier glissa quand elle avança, dépassant juste assez pour que je puisse apercevoir un mot écrit à la main dans la marge : *Quatrième génération actuelle.*

Quatrième génération de quoi ? Je me dirigeai vers la porte, mais mon esprit ne parvenait pas à chasser cette question.

J'avais besoin de savoir ce qu'il y avait dans ce dossier.

CHAPITRE DIX-HUIT

JE SALUAI ELIANA EN ESSAYANT DE NE PAS LAISSER TRANSPARAÎTRE MON impatience, et j'entrai dans la maison avec un soupir de soulagement.

— Journée de merde, dis-je dans ma barbe.

Mes évaluations auprès du corps étudiant n'avaient pas évolué au cours de la journée. Ils me voyaient comme une héroïne tueuse d'humains, ou bien comme le diable en personne. Certains avaient changé de camp, mais ils restaient tous invariablement convaincus que j'avais au moins assassiné Camil.

Les chuchotements et les regards ne m'avaient pas dérangée. Adira, en revanche, oui. Comme demandé, j'étais allée la voir dès que quelqu'un m'avait titillée. Elle m'avait interrogée sans fin sur le niveau d'agacement que je ressentais. J'avais dessiné un tableau comportant plusieurs smileys, de souriant à furibond, attribuant à chacun un numéro sur une échelle allant de zéro jusqu'à arrêtez-avec-ces-questions-stupides. Après ça, chaque fois que nous parlions de quelqu'un, je désignais le visage correspondant à mon émotion. Et systématiquement, quand je repartais, elle prenait des notes dans son satané dossier.

Même si j'avais tenté de ne pas paraître trop intéressée par le dossier, j'avais commencé à y prêter attention. Les premières fois où j'étais allée la voir avaient eu lieu après une altercation dont Eliana ou Oanen avaient essayé de me tirer. Ce dernier me faisait toujours reculer tandis qu'Eliana se contentait de me serrer contre elle. À chaque reprise, le dossier était posé sur le bureau dès que j'ouvrais la porte.

À la fin de la journée, j'avais senti un agacement bénin envers un succube. Mis à part le fait qu'elle portait des vêtements similaires à ceux que j'avais arborés vendredi soir, aucune raison logique ne s'était présentée. Déterminée à essayer de découvrir une dernière fois où Adira gardait mon dossier, j'étais retournée dans son bureau.

Toquant à la porte, j'avais entendu le sempiternel : « Entrez ».

Sauf que cette fois, elle ne m'attendait pas. Elle m'avait accueillie et fait signe de m'asseoir tout en se penchant pour ouvrir un tiroir-classeur de son bureau. J'avais ignoré le dossier bordeaux qu'elle en avait extrait je m'étais lancée dans une explication de ce que j'avais ressenti. Pour un peu plus de réalisme, j'en avais rajouté des tonnes au niveau de mon comportement.

Ce fut pendant ce dernier entretien qu'un plan était né dans ma tête.

Je devais entrer par effraction dans l'école pour lire mon dossier après les heures d'ouverture. Et je ne voulais pas attendre. J'avais l'intention de le faire le soir même.

Je quittai les arbres avec prudence et contournai le parking. L'académie se dressait dans les ténèbres silencieuses. Je n'avais toujours aucune idée de la manière dont je me faufilerais à l'intérieur et j'espérais ne pas avoir à briser une fenêtre. Rejoignant discrètement la porte que j'utilisais chaque jour, j'analysai les alentours. Les bruits calmes de la nuit continuaient comme d'habitude. Bien.

Parcourant les derniers mètres en silence, je saisis la poignée de la porte et tirai légèrement. Comme je m'y attendais, elle ne s'ouvrit pas. Je contournai le bâtiment vers l'arrière en vérifiant chaque fenêtre.

Près de la piscine, je fis une pause. Des volutes de vapeur dérivaient par l'une des fenêtres que quelqu'un avait laissée ouverte. Je n'eus qu'à dégager la moustiquaire afin de créer un passage.

Sans un bruit, je me hissai et passai par le trou. L'air chaud m'enveloppa tandis que je me redressais avec prudence et regardais l'espace obscur autour de moi. L'eau lapait les bords de la piscine, formant un bruit de fond apaisant.

Je n'avais fait que deux pas lorsqu'un clapotis bruyant résonna dans la salle caverneuse. Je m'arrêtai net et je tournai le regard vers l'eau pour découvrir, avec horreur, une silhouette flotter au centre du bassin principal. J'attendis qu'il ou elle dise quelque chose, mais le corps coula à pic, sous mes yeux.

Pitié, que ce ne soit pas un autre cadavre, pensai-je en plissant les yeux pour tenter d'y voir plus clair.

La silhouette resta au fond pendant une minute, puis remonta à nouveau. Une nouvelle éclaboussure fit écho quand elle refit surface, avant de recommencer à plonger. Je poussai un soupir de soulagement. Pas mort.

Prenant soin de rester dans le noir, je me déplaçai lentement vers la porte et quittai la piscine pour me diriger vers le hall principal. De là, je me dépêchai d'atteindre l'atrium. Une minuscule lumière verte clignotante, sous les portes, attira mon regard. Je m'arrêtai devant le couloir en me demandant s'il s'agissait de détecteurs de mouvement, mais je chassai aussitôt cette idée. Si détecteurs il y avait, aucune lumière n'aurait alerté les intrus de leur existence.

Je me précipitai dans le couloir jusqu'au bureau d'Adira. La porte n'était pas verrouillée. La refermant doucement derrière moi, j'utilisai ma lampe-stylo pour regarder dans le tiroir de son bureau. Il y avait une serrure à goupilles. Une seule lettre était affichée, le J.

Sans me poser plus de questions, j'ouvris le tiroir. Il céda avec facilité et j'examinai le contenu. Il était rempli à ras bord de dossiers bordeaux, ceux de tous les élèves aux noms de famille commençant par J.

Je fermai le tiroir et plissai les yeux sur le verrou. Il ne pouvait pas réellement contrôler le contenu, si ? Je le tournai sur la lettre S et j'ouvris à nouveau. L'intérieur du tiroir semblait identique, mais cette fois il s'agissait des dossiers des étudiants dont le nom de famille commençait par S. Je passai un doigt dessus, cherchant « Smith ». Quand je le dénichai, je marquai l'emplacement et je sortis le dossier.

Il n'y avait pas grand-chose à l'intérieur. Comme Adira l'avait dit, j'y trouvai des imprimés de mon contrôle de connaissances, les relevés de mes précédentes écoles et une page simple qui avait été ajoutée :

Smith, Megan

Furie

Notes :

Semaine 1 — Début de l'émergence des pouvoirs, qu'elle pense liés à des problèmes de gestion de la colère.

Semaine 2 — Aucune connaissance de son vrai soi ni de sa vraie forme.

Semaine 3 — Aucun intérêt apparent pour les humains pour l'instant. Apathie complète quand elle est exposée à leur mort.

Semaine 4 —

C'était tout ? Le résumé de mon existence ? La ligne soulignée que j'avais vue plus tôt, « Quatrième génération actuelle », était écrite dans la marge à côté du mot « Furie ». Qu'est-ce que ça signifiait ? Qu'était donc une furie ?

Je remis le contenu du dossier à sa place et je rangeai tout au bon endroit dans le classeur.

Cette effraction ne m'avait pas apporté beaucoup

d'informations. Je fermai le tiroir et me glissai hors du bureau. Alors que mon esprit essayait de résoudre comment je pouvais en apprendre plus sur les différentes créatures, et notamment les furies, mes pieds commencèrent à prendre le chemin inverse vers le hall principal.

Un reflet de lumières bleues et rouges sur les murs du couloir m'arrêta net dans mon élan. Cette stupide lumière clignotante était certainement un détecteur de mouvement, tout compte fait. J'avais envie de pester.

Je me concentrai sur le petit fil de colère qui bourgeonnait en moi. Trammer. Si je continuais à avancer dans cette direction, je tomberais sur lui. La partie de mon être qui fulminait en avait envie. Il fallait lui faire mal. Je secouai la tête et battis en retraite. Était-ce vraiment la personne que je voulais être ? Était-ce cela, une furie ? Toute cette rogne et ces bagarres ? Non merci. Ce qu'Oanen m'avait dit au festival avait plus de sens, tout à coup. J'avais un choix et je refusais de choisir cela.

Je rebroussai chemin vers les escaliers du fond. Juste au moment où je montais, un rayon de lumière balaya le couloir derrière moi.

— Stop ! hurla Trammer.

Je courus, grimpant les marches quatre à quatre. Le souffle court, il était à la traîne tandis que j'atteignais le premier étage. Je continuai mon ascension en me demandant où je pouvais me cacher, quand je vis une série de petites marches menant encore plus haut. Le toit. Les bras tendus, je m'élançai vers la porte. Elle s'ouvrit sans bruit et je la refermai tout aussi silencieusement.

Du gravier crissa sous mes pieds lorsque je m'en éloignai. Comment allais-je descendre de là, bon sang ? Je me penchai sur l'un des rebords et mon estomac se retourna à la vue du sol, très loin en contrebas. Sauter était inenvisageable.

Je me raidis juste au moment où une ombre me dépassa. Oanen atterrit à quelques pas de moi, dans une éclaboussure de graviers. Il reprit sa forme humaine – et très nue – quand le nuage de poussière retomba. Mes joues rougirent. Il fallait vraiment que je me tire. Tout de suite.

— Je t'ai cherchée partout pendant des heures, dit-il en marchant vers moi.

Ne baisse pas les yeux, ne baisse pas les yeux.

— Et tu m'as trouvée, répliquai-je précipitamment.

Je me dépêchai de le dépasser pour me diriger vers le côté du bâtiment qui donnait sur le parking et je regardai en bas. Il n'y avait pas de gouttière.

— Et le mot du jour est « foutu », qu'on épelle M-E-G-A-N, marmonnai-je dans ma barbe.

Une main se referma sur mon avant-bras. Je levai les yeux et croisai le regard frustré d'Oanen.

— Qu'est-ce que tu as fait ? demanda-t-il.

— Je suis entrée par effraction dans l'académie pour lire mon dossier dans le bureau d'Adira.

Il jeta un œil aux spectacles de lumières bleues et rouges qui se poursuivaient, devant le bâtiment, puis il me relâcha.

— Je vais t'aider, mais après ça, nous aurons une petite discussion.

Nu comme un ver, Oanen disparut, aussitôt remplacé par un grand griffon qui m'était familier. Il baissa son aile vers moi, invitation évidente à monter dessus.

Toute cette histoire de conversation me semblait de bien mauvais augure. En particulier si cela signifiât qu'il devait abandonner ses ailes. Là encore, je ne voyais pas d'autre option, à moins de vouloir risquer de me faire attraper et potentiellement attaquer par Trammer.

— Très bien. Mais tu n'as pas intérêt à me lâcher.

Je crapahutai sur son large dos et calai mes jambes juste sous ses ailes.

Il banda ses muscles sous mes cuisses et il bondit dans les airs. Mon ventre eut un soubresaut et je me penchai en avant, me pressant contre l'espace entre ses ailes et m'agrippant à son cou pour me maintenir en place. Le vent battit mon visage tandis que le ciel de la nuit et les étoiles envahirent mon champ de vision. Il plana et je perçus chaque respiration, qui gonflait et contractait le torse massif entre mes jambes.

Une euphorie comme je n'en avais jamais senti auparavant me submergea. Je levai la tête pour ne pas en manquer une seconde. Le vent fouettait et rafraîchissait mes joues rougies, me piquant les yeux. Pourtant, je les gardais grands ouverts. Je regardai autour avec émerveillement tandis qu'Oanen s'envolait dans les airs, s'éloignant du toit, dépassant le parking et effleurant la cime des arbres. Tout était sombre et paisible.

Seul le léger battement de ses ailes marquant son passage, Oanen se déplaçait silencieusement dans la nuit. Dès qu'il quitta la ville, il monta encore plus haut et les kilomètres défilèrent rapidement en dessous.

En peu de temps, je repérai ma maison devant nous. Il commença sa descente, se dirigeant droit vers elle. Je plissai les yeux vers le toit. On aurait dit que quelque chose était collé sur la cheminée. Il approchait. On aurait dit une chaise. Il se rapprocha encore. Je commençai à paniquer et à craindre qu'il s'écrase sur la maison, mais il ralentit au dernier moment et atterrit sur le toit, ses pattes arrière en premier.

Les plumes disparurent sous mes doigts et je me retrouvai agrippée au dos nu d'Oanen. Il empoigna mes mains avant que je puisse le lâcher et il me retourna dans ses bras. Tout contre lui, je levai les yeux. Les siens brillaient sous la faible lumière.

— Vas-tu me frapper à nouveau, Megan ?

— Non. Je sais que ce n'est pas un rêve.

Ses lèvres frémirent et sa poigne s'allégea autour de mes poignets. Au lieu de reculer, il porta sa main gauche à mon visage et effleura la ligne de mes cheveux du bout des doigts, de la tempe à la mâchoire. Cette caresse décupla mon rythme cardiaque. Je bougeai pour y échapper, mais il me rattrapa rapidement par les bras.

— Tu ne peux pas faire ça ici. Tu tomberais.

Il me souleva et me déposa sur la chaise, calée contre la cheminée. La vision de sa taille, maintenant au niveau de mes yeux, me fit pousser un petit cri et je fermai vivement les paupières.

— Entrer par effraction était stupide, dit-il. Que se passera-t-il lorsqu'ils feront venir Raiden pour qu'il piste les odeurs ?

— Eh bien, je reconnaîtrai les faits et je leur dirai qu'ils sont tous des enfoirés pour avoir essayé de me cacher des choses. Il te faut vraiment un pantalon, cela dit.

Il gloussa et j'écoutai le froissement du tissu. Lorsque j'entrouvris un œil, il était en train de remonter sa fermeture. J'ouvris les deux et les levai vers lui.

— Pourquoi as-tu un pantalon ici ? Et d'ailleurs, pourquoi y a-t-il une chaise ?

— J'en avais marre de rester debout.

— Tu traînais sur mon toit ? Pourquoi ?

Il soupira et observa les arbres au loin. Je suivis son regard et me rendis compte qu'il avait une vue dégagée sur toute la zone entourant ma maison.

— J'ai commencé à passer mes nuits ici après la découverte du premier corps. Je ne voulais pas que tu traverses cela à nouveau et je voulais trouver le responsable.

Je repensai à tous les bruits étranges que j'avais entendus. Même pendant la pluie. Bien trop d'émotions me percutèrent à la fois. Un pincement au cœur quand je songeais à sa volonté de rester ici et de perdre le sommeil, aussi longtemps qu'il le faudrait, juste pour moi. La peur de ce que tout cela impliquait. L'agacement qu'il l'ait fait sans que je le sache. La trépidation de la conversation qui nous attendait toujours.

Il avança jusqu'à la pointe du toit, à côté de moi, et s'accroupit. Son expression n'était pas aussi fermée, cette fois. Son regard bleu profond était rivé au mien et je pus voir son intérêt pour moi, Megan, celle qui frappait les gens et qui jurait.

— Oanen...

Il y avait un avertissement dans mon intonation, mais mon ventre se noua lorsque ses yeux tombèrent sur mes lèvres. Ce regard commençait à éroder ma résistance.

— Megan...

Il se pencha. Tout en moi se refroidit, puis s'échauffa.

— Je suis une furie, lâchai-je d'un coup. J'ai des problèmes de colère. Enfin, pas de colère. Des superpouvoirs. Ils ont un rapport avec ce que je suis.

Il s'arrêta net. Je continuai à parler, en proie à la panique.

— C'est ce que le dossier disait, quoi qu'il en soit. C'est quoi, une furie ? Est-ce que je fais aussi partie de la chaîne alimentaire de ceux qui mangent des humains ? Honnêtement, ils n'ont pas l'air très bons. Je préférerais frapper la plupart d'entre eux.

Il recula et m'étudia.

— Les furies ne mangent pas les humains. Mais elles punissent les personnes malfaisantes.

— Alors ça ne va pas laver mon nom dans les affaires de crimes, dis-je, déçue par sa réponse, mais soulagée que nous semblions respecter nos bulles personnelles.

— Ça pourrait aider, cela dit.

Pendant une seconde, je crus qu'il avait l'intention de briser cette distance à nouveau et mon ventre palpita de joie à cette idée. Les paroles qui suivirent me renvoyèrent sur le bon sujet.

— Les furies peuvent sentir le mal, et j'imagine que la personne qui a tué Camil devait être sacrément mauvaise.

— Tu dis que je pourrais être capable de sentir le tueur ? Comment ?

Il haussa légèrement les épaules.

— Je pense que tu as besoin d'utiliser ton superpouvoir. Sinon, pourquoi Adira continuerait-elle de t'interroger sur les raisons de ta colère envers telle ou telle personne ?

Abasourdie, je m'assis sur le toit dans le noir pendant un moment, avant de me poser enfin la vraie question qui s'imposait :

— Comment on descend de là ?

Il me prit dans ses bras et sauta. Je faillis crier, mais au lieu de ça, je parvins à enfouir mon visage contre son torse nu. Le grondement de son rire et l'impact de notre atterrissage me firent lever la tête.

— Ce n'est pas drôle, dis-je.

— Non. Mais c'est mignon, répliqua-t-il en me reposant par terre.

Je déglutis difficilement et croisai son regard tout en menant une bataille interne. L'inviter ou le laisser retourner sur le toit ?

CHAPITRE DIX-NEUF

PLUS JE LE REGARDAIS, PLUS LA POINTE D'AMUSEMENT DANS SES YEUX s'accentuait. Oanen devait savoir quel effet il me faisait, le conflit que je ressentais.

Non, c'était ce que je ressentais qui créait un conflit en moi. Pourquoi était-ce si difficile d'être auprès de lui, et pourtant si dur de m'éloigner ?

— As-tu déjà dîné ? demandai-je.

— Non.

— Tu aimerais ? Avec moi ? Dans la maison ?

J'avais envie de me cogner la tête. Qu'est-ce qui clochait chez moi ?

Il afficha un grand sourire.

— J'aimerais beaucoup dîner avec toi, Megan.

— D'accord.

Je le contournai avec un intense besoin de m'échapper rapidement. Il ne me laissa pas prendre mes distances et je l'entendis me suivre de près tandis que je traversais la maison.

Dans la cuisine, je me concentrai sur la confection de sandwiches avec des ingrédients du réfrigérateur. Comme la dernière fois, il s'assit à la table et m'observa m'agiter.

— Quelque chose a changé, déclara-t-il.

— Comment ça ? demandai-je, sans lever le nez des assiettes que j'avais posées sur le plan de travail.

— Tu sembles nerveuse à présent. Pourquoi ?

— Parce que la vie est compliquée. Parce que je n'ai personne à qui en parler.

— Tu peux me parler, à moi.

Ses mots simples firent battre mon cœur si bruyamment dans mes oreilles que j'avais du mal à réfléchir correctement. Je savais que c'était le moment de lui expliquer que ça ne pouvait pas fonctionner. Que j'étais trop imprévisible pour être une petite amie.

— C'est juste que... que...

J'eus l'impression d'avoir avalé ma langue et de m'étouffer. Maintenant que le temps de la discussion était arrivé, j'avais envie de courir. Mobilisant toute ma volonté, je gardai ma position et bataillai avec les mots qui lui feraient comprendre ce que je ressentais.

— Je ne te connais pas, Oanen, et je ne me connais clairement pas. J'ai l'impression de ne rien connaître. Tu m'as dit de me concentrer sur ce que je fais, et j'essaie. Mais plus que ça, c'est...

— Trop pour l'instant. Je comprends.

Je lâchai un profond soupir, reconnaissante.

— Bien.

Je me tournai et apportai sur la table les sandwiches que j'avais faits.

— Tant que c'est clair, tu peux rester dans la chambre d'amis ou sur le canapé ce soir. Tes va-et-vient sur le toit me tiennent éveillée.

Il m'examina tandis que je m'asseyais, puis il acquiesça et mordit dans son sandwich, avalant un quart en une seule bouchée. Je mangeai mon dîner en silence, tout en me demandant si je prenais les bonnes décisions. Pas uniquement avec Oanen, mais dans la vie en général.

J'étais une furie. Maintenant, que faire ? Utiliser ma colère comme un bâton de sourcier et trouver le meurtrier ?

— Puisque j'ai prévu de surveiller l'endroit, déclara-t-il, interrompant mes pensées, je vais faire un peu de ménage.

Je me rendis compte que je jouais avec les miettes de pain dans mon assiette et je l'emportai dans l'évier.

— Merci.

— Pas de problème. Au fait... Megan ?

Je m'arrêtai à la porte de la cuisine et regardai derrière moi.

— Merci de m'autoriser à rester. La prochaine fois, j'espère que tu me laisseras entrer.

Je hochai la tête, sans trop savoir ce qu'il voulait dire, et je filai à l'étage.

UNE VOIX CHANTANTE ME RÉVEILLA. Une voix de femme.

Je m'assis sur le lit et tournai la tête vers la porte. Je n'en croyais pas mes oreilles. À moins qu'Oanen ait une troisième forme, je ne devrais pas entendre cette voix mélodieuse en train de chanter un air populaire dans ma cuisine.

Rejetant les draps du lit, je marchai vers la porte. Était-ce la douche que j'entendais couler ? Je me faufilai en bas des escaliers et je surpris Eliana en plein mouvement de danse devant ma gazinière.

— Bonjour, dis-je depuis la porte de la cuisine.

Elle sursauta et se retourna avec un sourire.

— Bonjour ! Je te fais un petit-déjeuner pendant qu'Oanen se douche. Il m'a demandé de lui apporter des affaires de rechange pour l'école.

Son grand sourire se transforma en un rictus complice.

— Alors... cette soirée pyjama, hein ?

— Tais-toi. Il restait sur mon toit comme une sorte de gargouille protectrice.

— Oh, voyons. Il n'a rien à voir avec une gargouille. Ces

machins-là me font une de ces peurs, la nuit, quand elles reprennent leur vraie forme.

— Attends, les gargouilles sont réelles aussi ?

Elle soupira avant de secouer la tête.

— Tu ne l'as toujours pas compris ? Pratiquement tous les mythes sont vrais. Certaines créatures sont mal représentées ou exagérées, mais la plupart existent.

La porte de la salle de bain s'ouvrit et je tournai automatiquement la tête dans cette direction. Mes poumons se figèrent et mon cerveau se comprima à la vue d'Oanen, une serviette enroulée autour de la taille. Il me vit et ses lèvres s'étirèrent en un petit sourire. Mon cœur rejoignit la liste de mes autres organes défaillants.

Il avait un look dévastateur à la sortie de la douche. Les mèches trempées de ses cheveux clairs retombaient en légères ondulations sur sa tête. La lumière du petit matin se reflétait sur chaque creux et saillie humide de son corps. Et sa démarche lorsqu'il approcha n'avait d'égale que le parfum de propre qui se dégageait de lui.

— Bonjour, Megan. J'espère que ça ne te dérange pas, j'ai utilisé ta douche.

— Oh, ça ne la dérange pas du tout, dit Eliana d'une voix étrangement lointaine.

Je jetai un œil par-dessus mon épaule en direction de la cuisine, mais elle était vide.

— Enfile quelque chose ! s'écria-t-elle depuis l'extérieur.

Oanen gloussa, envoyant un frisson dans mon ventre.

— Je reviens, dit-il.

Il attrapa les vêtements sur la chaise de la cuisine, puis il monta à l'étage.

Hébétée, je marchai jusqu'à la porte de derrière. Eliana se tenait devant sa voiture, les bras croisés, et me regardait avec les sourcils froncés.

— Tu devrais prendre une douche aussi, dit-elle. Une bien froide.

Au lieu de l'écouter, je sortis et m'assis sur la marche du porche. L'air frais donna la chair de poule à mes bras et mes jambes exposés.

— Comment fais-tu ? demandai-je.

— Fais quoi ?

— Combattre ton instinct.

— Je ne le combats pas. Je le crains.

Elle se frotta les bras, puis retourna à l'intérieur en passant près de moi.

— Le petit-déjeuner est presque prêt, annonça-t-elle.

J'acquiesçai, mais restai sur la marche. Au lieu de m'appesantir sur ma non-relation avec Oanen, je reportai mes pensées sur l'instinct que je possédais en tant que furie.

Si je pouvais sentir la malveillance par ma colère, comme Oanen le suggérait, je pourrais être capable de trouver le tueur. Mais tant de personnes me mettaient en rogne chaque jour. Comment pourrais-je savoir qui était le bon ? Je ne pouvais pas me balader et les tabasser jusqu'à ce qu'ils avouent, si ? Je secouai la tête. Non. Même si cela pouvait s'avérer très satisfaisant, je n'avais pas envie de m'y résoudre. De devenir comme ça. Tout comme Eliana, je craignais où cela pourrait me mener. Je savais ce que c'était que de se sentir rejeté et seul. J'avais des amis maintenant, et je ne voulais pas risquer de les perdre.

Après ma douche rapide, je rejoignis Oanen et Eliana pour le petit-déjeuner, puis elle nous conduisit toutes les deux à l'école. Pendant tout ce temps, mon esprit restait fixé sur les résidents d'Uttira et non sur les élèves de Girderon. La mort de Jesse avait prouvé que le tueur n'était pas un membre d'Uttira et je doutais de le trouver entre les murs de l'académie. Cependant, mon temps là-bas ne serait pas perdu. Je prévoyais de tester mon pouvoir de furie afin d'identifier les personnes malveillantes.

Je restai auprès d'Eliana autant que possible toute la journée. Au lieu de courir au bureau d'Adira chaque fois que quelqu'un me titillait, j'interrogeais le succube concernant l'élève en question. Je faisais attention à ce qu'elle savait – c'est-à-dire pas grand-chose – et au niveau de colère que je ressentais. Aubrey régnait toujours au sommet du podium des élèves que j'avais envie de cogner en pleine face. Ce qui me rendait encore plus déterminée à comprendre pourquoi. Ce n'était pas une tâche facile en étant à l'académie, sous l'œil vigilant d'Oanen.

À la fin de la journée, j'avais un plan.

J'attendis d'être dans la voiture pour en faire part à Eliana.

— Ça te dit de sortir ce soir ? demandai-je.

Oanen décolla du toit et fit des cercles au-dessus de notre véhicule tandis qu'Eliana reculait de son emplacement de parking.

— Bien sûr. On mangera, aussi ? m'interrogea-t-elle.

Elle se fondit dans la circulation hors du domaine de l'académie.

— Peut-être. Si on a le temps.

Elle me jeta un coup d'œil.

— Comment ça ?

— Tu te souviens de cette sirène dans le couloir après notre premier cours ? demandai-je.

— Oui. Marla.

— Et le type à midi ?

— Devian.

— Oui, ces deux-là. Je veux les suivre ce soir et voir si je peux trouver pourquoi ils m'agacent tellement.

Eliana fit une grimace, une sorte de froncement de sourcils qui signifiait : « oh, oh. »

— Roh, allez. S'il te plaît ? la suppliai-je.

— Bon, d'accord. J'espère simplement que ce soir ne se terminera pas avec un autre cadavre. Et encore moins celui de l'une de nous.

— Tout ira bien. Nous sommes l'équipe parfaite. Je botte des fesses et toi, tu m'empêches de devenir complètement folle.

— Si tu avais dit : « Qu'est-ce qui pourrait mal tourner ? » à la fin de ton petit discours, je t'aurais forcée à rentrer à pied. Rappelle-toi, les sirènes ne piègent les humains qu'avec leurs chansons. Et puis, je ne sais même pas ce qu'est Devian. On touche à l'inconnu, là.

Cela ne m'inquiétait pas. Pas même un peu.

Eliana tourna à droite en sortant de l'allée de l'académie.

— Alors, qui on file en premier ? demandai-je.

— La voiture de Marla est devant. Je n'ai aucune idée de l'endroit où elle habite, alors il va falloir la suivre.

Marla sortit de la ville en direction du nord. Après quinze minutes environ, elle s'engagea dans un joli quartier niché sur la rive d'un énorme lac.

— Waouh. Mais jusqu'où va cette barrière ?

— Elle fait tout le tour du lac. Uttira est plus grand qu'il n'y paraît à cause de l'étalement urbain.

Eliana tourna dans la même rue, loin derrière Marla, et nous observâmes la voiture jaune compacte de la sirène s'engager sur une allée près de la rive. Eliana ralentit et se gara dans la rue.

— Tu sais qu'on va se faire attraper, hein ?

— C'est pour ça que tu vas rester dans la voiture et que j'y vais seule. Si je ne reviens pas dans cinq minutes, pars sans moi.

Eliana poussa un soupir qui se transforma en assentiment et je quittai rapidement la voiture. Si quelqu'un m'observait, ma promenade sur le trottoir jusqu'à la maison de Marla devait paraître décontractée. Mon passage en force à travers la haie d'arbustes qui surplombait son jardin, en revanche, l'était beaucoup moins.

De l'autre côté des cèdres, la voix légère et chantante me fit contourner la maison. Je ne parvins pas à discerner les mots jusqu'à arriver à quelques pas de la troisième fenêtre. Quelque chose à propos d'une écolière cochonne qui se déshabillait.

Comme un voyeur pervers, je jetai un œil par la vitre pour comprendre ce qu'elle trafiquait. Ce que je vis me rendit perplexe. Elle ne se déshabillait pas, mais elle était assise au bord de son lit, se limant ses ongles tout en chantant. Elle leva le nez vers l'ordinateur sur son bureau et afficha un sourire suffisant en direction de l'écran, partagé entre quatre vieux types. Ils avaient tous le visage en sueur et rouge, bien trop près de leurs caméras. En les voyant respirer frénétiquement, je compris ce qu'ils étaient en train de faire.

— Dégueu, dis-je tout bas.

Je me concentrai sur Marla. Elle avait presque l'air de s'ennuyer en chantant. Ses paroles évoquaient les sous-vêtements qu'elle voulait enlever, trempés par le profond désir qu'elle avait ressenti à l'école. Ma colère était aux prises avec mon envie de vomir. Une alarme retentit et elle se leva rapidement avant de s'enrouler dans une robe de chambre.

— Vous savez ce que ça signifie, dit-elle en arrêtant de chanter. Mes parents vont bientôt rentrer. Si vous voulez me revoir demain, envoyez l'argent sur mon compte.

Elle éteignit la caméra et partit s'asseoir devant son ordinateur pour afficher une autre fenêtre. Une liste de dépôts bancaires, allant de cinquante à trois cents dollars, défila sur l'écran. Elle sourit lorsque deux autres versements arrivèrent, puis elle se leva et retira la robe sur ses vêtements. Utilisant une télécommande, elle reprogramma l'alarme sur son bureau, ralluma sa caméra et se remit à chanter. Cette fois, c'était un peu plus cochon. Elle ne parlait pas que de se déshabiller, mais aussi de se toucher.

Ce que les hommes pensaient voir était un mensonge, une illusion jetée par son chant de sirène. Elle les dupait. C'était clairement quelque chose que je définirais comme malhonnête. Pourtant, ces vieux mecs n'auraient jamais dû la regarder. Je ne me sentais pas trop désolée pour eux.

Je m'éloignai de la fenêtre et rebroussai chemin vers la voiture.

— Ça fait sept minutes, annonça Eliana dès que j'ouvris la portière.

— C'est une bonne chose que tu ne sois pas partie. Maintenant, il nous faut trouver Devian.

Elle leva les yeux au ciel et fit demi-tour, sortant du quartier.

— Comment sommes-nous censées faire ça ? J'ignore où il habite.

— Qui le saurait ?

— Oanen, mais je ne pense pas qu'il faille le lui demander. Il doit probablement déjà paniquer et nous chercher partout parce que nous ne sommes pas chez toi.

Je choisis d'ignorer toute conversation concernant Oanen pour le moment.

— Quel est le plan B ? Il y a toujours un plan B.

— On va au Roost pour trouver quelqu'un susceptible de le savoir. Tous ceux qui ont grandi ici sont des candidats potentiels.

Elle avança la voiture et reprit la route en sens inverse.

— Nous aurons du mal à trouver quelqu'un qui pourra nous dire ce que nous voulons apprendre. Je ne sais pas si tu as remarqué, les habitants d'Uttira aiment garder leurs secrets.

Le Roost était plus animé que je ne l'aurais cru pour un lundi après-midi. La musique tambourinait comme toujours et la piste était bondée.

Je repérai immédiatement celui dont j'aurais besoin. Fenris dansait au milieu de son essaim de femmes.

— Reste là, dis-je à Eliana.

Sans hésitation, je marchai vers la foule. Aubrey me vit en premier et se raidit. Fenris le remarqua et se retourna. Dès qu'il m'aperçut, il afficha un sourire chaleureux.

— Salut, Megan.

— Salut, Fenris. Je peux te parler une minute ?

— Bien sûr.

Aubrey attrapa immédiatement son bras avec une possessivité insupportable.

— Seul, Aubrey, insistai-je. Tu peux mettre ta jalousie de côté pendant cinq minutes, tu ne crois pas ?

Ma colère la suppliait de plonger vers moi.

Son visage devint écarlate et j'attendis, anticipant son prochain mouvement.

— Continue à danser, dit Fenris en lui tapotant la main. Je reviens tout de suite.

Fenris s'extirpa et nous nous rendîmes dans un coin sans incident. J'essayais de ne pas paraître déçue.

— Quoi de neuf ? lança-t-il.

— Je me demandais si tu savais quelque chose à propos de Devian, un élève de l'école. Où va-t-il quand les cours sont terminés ? Où habite-t-il ?

Fenris réfléchit un moment avant de poser le regard sur les gens qui dansaient sur la piste.

— Sa copine est ici. Donne-moi une minute, je peux probablement te trouver cette info.

— Merci.

Il disparut dans la foule de danseurs et Eliana me rejoignit.

— Il le sait ?

— Non, mais il va demander à la petite amie de Devian.

— Sympa.

Aubrey choisit ce moment pour fondre sur nous. Je lui fis un grand sourire et je serrai les poings. Avant que je puisse avancer, Eliana me poussa vers le canapé le plus proche et s'assit sur mes genoux, enroulant ses bras autour de moi.

Toute la colère que je ressentis me quitta en un instant.

— Oh, comme vous êtes mignonnes, lança Aubrey en ricanant. Je t'ai prévenue, Megan. Si tu continues à toucher ce qui m'appartient, je vais commencer à toucher à ce qui t'appartient.

— Oanen te botterait les fesses, répliqua Eliana.

Ses mots retentirent dans mon oreille puisqu'elle me tenait tout contre elle.

— Pas Oanen, tête de nœud. Toi.

Son visage quitta aussitôt mon épaule.

— Tu penses que j'appartiens à Megan ?

L'éclat de rire qu'elle poussa attira l'attention sur nous avant qu'elle puisse l'étouffer dans mes cheveux. À mon tour, je ne pus m'empêcher de sourire. Le visage d'Aubrey devint de plus en plus rouge.

— Aubrey, que fiches-tu là ? demanda Fenris en émergeant de la piste de danse.

— Je parle à Megan.

— Je vois. Eh bien, pendant que tu parlais à Megan, Nala et Brin sont parties avec Jenna.

— Quoi ?

Elle tourna les talons et fonça vers la porte.

Eliana relâcha son étreinte et descendit de mes genoux. De fines volutes de colère continuaient à me tirailler, mais elles s'estompèrent au fur et à mesure qu'Aubrey s'éloignait du Roost.

Fenris me tendit la main, un geste poli, mais inutile, que j'acceptai. Ses doigts se fermèrent autour des miens et il me tira, m'aidant à me remettre sur pied. Au lieu de me lâcher quand je me levai, il me prit dans ses bras et me serra contre lui.

Eliana haussa les sourcils derrière son épaule pendant qu'il inhalait profondément et chuchotait l'adresse de Devian à mon oreille. Il me libéra enfin et s'en alla presque aussi rapidement qu'il m'avait étreinte.

— Je commence à me demander si tu n'es pas au moins à moitié succube, me taquina-t-elle.

— Ferme-la. Allons-y.

Nous quittâmes le Roost et roulâmes vers l'adresse que Fenris avait obtenue pour nous. Eliana me jeta des regards espiègles pendant tout le trajet jusqu'à la maison blanche classique, en pleine campagne, à la périphérie de la ville.

Elle ralentit pour se garer, mais la porte d'entrée était ouverte. Elle reprit rapidement sa vitesse et passa juste devant, mais nous eûmes le temps d'apercevoir Devian embrasser une fille avec la langue, sur son porche. Puisque Fenris avait obtenu son adresse auprès de sa petite amie, j'étais presque sûre de l'avoir surpris en flagrant délit – ce que je qualifiais clairement d'acte méchant.

— Tu veux que je fasse demi-tour pour y passer à nouveau ? demanda Eliana.

— Non, je pense que j'ai mes réponses à présent.

— Quelles réponses ? À quelles questions ?

— Comment une furie détecte-t-elle les personnes malveillantes ?

— Une furie ?

Elle se tourna vers moi.

— C'est ce que tu es ?

— Oui. Oanen ne t'en a pas parlé ce matin ?

— Non. Il a juste appelé pour me demander d'apporter des vêtements propres chez toi. Comment l'as-tu appris ?

— Je suis entrée par effraction dans le bureau d'Adira.

— Sans déconner ?

— Oui. Il m'a retrouvée avant Trammer. Et d'ailleurs, les sirènes font vraiment flipper quand elles dorment.

— Je ne sais même pas par où commencer. En quoi suivre Marla et Devian t'a-t-il offert des réponses ? Comment Oanen t'a-t-il retrouvée ? Est-ce que tu avais l'intention de m'en parler ? Est-ce que ça veut dire que tu vas devoir me détester à présent ?

Ses yeux se remplirent de larmes à cette dernière question.

— Waouh, quoi ? Pourquoi je te détesterais ?

— Les furies punissent les êtres malfaisants. Je ne connais pas plus malfaisant qu'un succube.

— Sérieusement, si tu ne conduisais pas et si je n'avais pas peur d'avoir un accident, je te ferais un putain de câlin maintenant. Je ne sais pas grand-chose sur le fait d'être une furie, mais je sais que je ne laisserais jamais ma nature changer ce que je ressens pour ma meilleure amie. Jamais.

Elle renifla légèrement.

— Arrête. Tu me rends encore plus émotive. Et j'ai très faim quand je suis émue.

— D'accord. Changement de sujet. Nous suivions Marla et Devian pour me tester. Oanen a suggéré que je pouvais sentir les méchants grâce à mon humeur. Ces deux-là m'ont légèrement agacée aujourd'hui.

Eliana ricana.

— Si je ne t'avais pas tenu la main, tu aurais essayé de frapper Devian.

— Eh bien, c'est parce qu'il trompe sa copine. Je n'aime pas les infidèles.

— Pourquoi n'es-tu pas en rogne contre Fenris, alors ?

— Il est très ouvert sur ce qui l'intéresse et il n'est pas engagé auprès d'Aubrey, même si elle croit le contraire.

— Alors, chaque fois que tu es en colère contre quelqu'un, c'est parce qu'il y a une cause malveillante ?

— Si je me base sur ce que je viens de prouver, ça semble être le cas. Je n'ai pas fini mon expérience, cela dit.

— Comment ça ? Que veux-tu faire d'autre ?

— Je dois suivre mon humeur jusqu'au tueur de Camil.

CHAPITRE VINGT

Oanen se tenait sur le porche devant ma maison quand nous arrivâmes dans l'allée. Il darda les yeux sur moi. Les bras croisés, plus stoïque que d'habitude, il descendit et suivit la voiture.

— Tu vas avoir de gros problèmes, déclara Eliana.

— Moi ? Pourquoi seulement moi ?

Elle secoua simplement la tête et se gara derrière la maison.

Quand j'ouvris la portière, il était là, envahissant mon espace.

— Qu'est-ce que tu as fait ? demanda-t-il doucement.

— Fait ? Pourquoi penses-tu que j'ai fait quelque chose ?

— Parce que vous avez une heure de retard. Parce que j'ai fait le tour de la ville à votre recherche et que vous n'étiez pas là. Ce qui signifie que vous étiez ailleurs. Pour une fille qui aime rester loin des autres, je trouvais étrange que tu aies subitement envie de traîner dans tout Uttira. Sauf si ce n'était pas une simple promenade. Sauf si tu avais un but spécifique. Comme retrouver un meurtrier, par exemple.

— Ah ! dis-je avec un sourire triomphant. Je ne cherchais pas le meurtrier.

Il continua à me dévisager de toute sa hauteur et je levai les yeux au ciel.

— Je devais tester ce que tu as dit, voir si c'était vrai. Ma colère indique-t-elle une personne malfaisante ? Je pense que oui. Je pense aussi que le degré de colère laisse entendre le degré de malveillance.

— Je répète... Qu'est-ce que tu as fait ?

— J'ai suivi une sirène jusque chez elle et je l'ai observée en train d'extorquer de l'argent à de vieux porcs. J'ai aussi vu un type qui trompait sa petite amie. C'est tout.

Il expira lentement.

— Megan, quand j'avais suggéré d'utiliser tes capacités pour trouver le tueur, je ne voulais pas dire toute seule.

Je fronçai les sourcils.

— Je n'étais pas seule. J'avais Eliana.

Il se rapprocha, plaçant une main sur le toit de la voiture, de chaque côté, pour m'emprisonner. Ma poitrine se comprima et un frémissement me noua le ventre. J'entendis vaguement la porte de la cuisine claquer et je plongeai le regard dans ses yeux d'un bleu profond.

— Avec moi, Megan. Tu y vas avec moi.

Son regard soutint le mien jusqu'à ce que j'acquiesce. Puis il tomba sur mes lèvres. Mon cœur bondit douloureusement dans ma poitrine et j'en oubliai de respirer.

Il ferma les yeux et soupira.

— Que veux-tu faire ensuite ? demanda-t-il.

Mon cerveau buta sur sa question. Que voulais-je faire ? Quelque chose en rapport avec ce regard plein de désir, pas vrai ? Non. Je n'en avais pas envie. C'était trop dangereux. Rester debout comme ça, c'était trop dangereux. J'avais l'impression qu'un feu se déclenchait dans mon ventre. Cela ne pouvait être bon pour aucun d'entre nous. Je l'avais déjà bien trop dans la peau.

— As-tu une idée de qui cela pourrait être ?

Sa question était comme une douche froide sur les flammes qui me léchaient de l'intérieur.

— Quoi ?

Il s'éloigna de moi et retira ses bras de la voiture.

— Qu'as-tu prévu de faire une fois que tu auras vérifié que tu peux utiliser tes pouvoirs comme je te l'ai dit ?

J'essayai de ne pas rougir en comprenant que j'avais mal interprété sa première question. Il me demandait ce que je voulais faire une fois que j'aurais trouvé le meurtrier.

— J'avais songé à passer plus de temps en ville près des adultes.

— Et quand tu seras en colère contre l'un d'entre eux ?

— Eliana surveille mes arrières avec ses talents de ninja câline.

— Tu dois prendre ça au sérieux.

— C'est le cas.

— Tu parles d'adultes. Des gens qui ont eu des années pour perfectionner leurs capacités, ce n'est pas comme les débutants de l'académie. Sais-tu quoi faire si jamais tu énerves une gorgone ? Un sphinx ? Et pourquoi pas un minotaure ?

— Oui, je les cogne.

Ses mains prirent subitement mon visage en coupe.

— Tu me tues, dit-il.

Je dégageai ma tête de ses paumes délicates.

— Ne plaisante pas à ce sujet.

Je marchai en trombe jusqu'à la maison.

Eliana, assise à la table tout en observant la fenêtre d'un air absent, bondit au son de la porte. Elle me regarda, puis par-dessus mon épaule. Je perçus la teinte noire de ses yeux.

— Ça va ? demandai-je.

— Oui.

Mais son sourire ne se reflétait pas dans ses yeux.

— Je ne suis pas de bonne compagnie ce soir, alors je pense que je vais rentrer.

Elle se leva et s'échappa par la cuisine avant que j'aie le temps de cligner des paupières.

— On se voit demain matin ! cria-t-elle depuis l'extérieur.

Elle m'avait laissée seule avec Oanen. Encore.

Je me détournai de la porte, vers le plan de travail où il était appuyé. Il m'observait avec ce même regard attentif qu'il portait sur moi depuis le jour où je l'avais frappé, des semaines plus tôt.

— J'ai des choses à faire, dit-il en se redressant. Tu me promets d'attendre que je revienne avant d'aller en ville ?

— Je n'ai pas prévu de sortir ce soir.

— Si jamais tu changes d'avis, tu promets de m'attendre ?

— Oui. D'accord.

Il n'avait pas l'air de me croire et il fit un pas dans ma direction.

— Promis. Bon sang.

Il me jeta un long regard avant de marcher vers la porte.

— Est-ce que je campe à nouveau sur le toit ou ta chambre d'amis est-elle toujours disponible ?

Au fond, j'envisageais sérieusement de lui dire de camper dehors. Toutefois, malgré mon tempérament irrationnel, je n'étais pas méchante.

— La chambre est à toi jusqu'à ce qu'on trouve le tueur.

— Merci.

Il partit dans le jardin et je me concentrai pour sortir le dîner du réfrigérateur au lieu de le regarder se déshabiller pour décoller. De toute façon, la direction de mon regard n'avait aucune importance. Mon imagination me donnait toutes les images nécessaires correspondant à chaque bruit jusqu'à ce que ses ailes battent lourdement dans l'air.

Une fois qu'il fut parti, je rapportai ses vêtements pliés à l'intérieur et me mis à préparer tous les ingrédients des tacos. Cette activité gardait mes mains occupées, mais pas mon esprit.

Adira voulait que je fréquente assidûment l'académie, à suivre les cours, ce qui signifiait que je ne pouvais pas être en ville alors que la plupart des adultes y étaient en vadrouille. Si je ne pouvais pas y être en même temps qu'eux, comment pouvais-je espérer trouver le tueur ? Une pensée me fit lever la tête. Je regardai par la fenêtre et souris à mon génie.

Peut-être que je n'avais pas besoin de traîner en ville. Deux morts. Deux humains. Peut-être me fallait-il simplement fréquenter les humains.

ELIANA ET OANEN avaient d'autres plans le lendemain matin.

— Comment ça, on n'y va pas ? Si je sèche les cours, Trammer viendra toquer à ma porte.

— On ne sèche pas, dit Eliana. On a appelé pour dire qu'on ne pouvait pas y aller aujourd'hui et peut-être demain.

— Et Adira n'avait pas de problème avec ce « Allô, je n'ai pas envie de venir aujourd'hui » ?

— Nous lui avons fait savoir que nous allions en ville pour t'aider à travailler sur ta colère, répondit Oanen. Elle a simplement demandé que tu lui envoies un rapport par e-mail avec le nom des gens qui t'ont contrariée, ainsi que les raisons qui t'y ont poussée.

Une école qui autorisait les absences ? Ça me plaisait bien.

— D'ailleurs, merci de m'avoir laissé à dîner hier soir, ajouta Oanen. Je ne pensais pas en avoir pour si longtemps.

— Pas de souci, répondis-je en me levant rapidement pour emporter mon assiette dans l'évier.

Je ne manquai pas le sourire entendu d'Eliana.

Elle nous avait encore préparé le petit-déjeuner. Sauf que cette fois, quand j'étais descendue, Oanen était déjà lavé et habillé. Ce n'était pas grave. Sa présence sous toutes ses formes me distrayait d'une façon vraiment étrange. Comme si mes yeux revenaient constamment sur lui. Dès que nous aurions trouvé le tueur, je devrais lui demander de ne plus monter la garde sur mon toit et de dormir dans ma chambre d'amis. Je ne serais jamais capable de me concentrer pour apprendre à mieux connaître ma nature de furie s'il restait dans le coin.

— Alors, par où commencer ? demandai-je.

— Pour brouiller les pistes, j'ai pensé que nous pouvions commencer par les boutiques, histoire de t'acheter un nouveau haut, puisque l'autre a été troué par le Taser, dit Eliana.

— Tu veux vraiment aller faire du shopping ?

Elle acquiesça avec un grand sourire. Je haussai les épaules.

— Très bien.

Vingt minutes plus tard, je me trouvais dans une cabine d'essayage, enfilant le haut qu'Eliana avait choisi pour moi.

— C'est trop serré, dis-je en tentant de me tortiller sur place.

— C'est fait exprès, répliqua-t-elle de l'autre côté de la porte.

— Je n'aime pas les trucs moulants. J'aime bien respirer.

Un autre haut apparut sur le côté. Celui-ci avait un décolleté modeste en forme de cœur, avec une touche de brillant sur le tissu ample. Je me dégageai du haut moulant qui m'étranglait et donnai une chance à ce nouveau choix. La couleur sombre m'allait bien.

En souriant, j'ouvris la porte. Oanen était assis sur la chaise en face des cabines d'essayage. Détendu et affalé, il ne bougea pas quand je sortis, contrairement à son regard. Le désintérêt et l'ennui cédèrent le pas à un vif intérêt dans ses yeux.

— Megan, fit Eliana derrière lui, attirant mon attention. Ça te va vraiment bien. Ce haut retombe sur tes courbes au lieu de les serrer.

Le rouge lui monta aux joues.

— Évoquer mes courbes t'embarrasse ? demandai-je.

— C'est la première fois de ma vie que je l'entends utiliser ce mot, commenta Oanen.

Eliana plissa les yeux.

— Continue comme ça, toi, et tu attendras devant chaque boutique.

— Chaque ? dis-je. C'est inutile. Regarde autour de nous. Il n'y a personne ici. Où sont tous les adultes qui portent la marque de Mantirum ?

— Beaucoup ont des emplois à l'extérieur d'Uttira.

Je gémis.

— Pourquoi tu ne me l'as pas dit ?

Juste avant le festival, la rue commerçante grouillait de monde à cette heure-ci. Quand j'avais prévu de passer plus de temps en ville, c'était précisément parce que je pensais que ce serait tout aussi fréquenté.

— Comment ces magasins parviennent-ils à ne pas mettre la clé sous la porte ?

— Ils se font de l'argent avec ceux qui ne sont pas marqués, comme nous.

Frustrée, je retournai dans la cabine pour changer de haut. Si les adultes n'étaient pas en ville, il n'y avait aucun intérêt à rester là non plus.

Je sortis à nouveau et m'arrêtai à la vue des grands yeux suppliants d'Eliana.

— Pitié, ne me dis pas qu'il faut rentrer. Je n'ai jamais pu faire de shopping comme ça. Adira considérera qu'il s'agit d'un progrès.

Je ricanai.

— Des progrès ? Ça se voit que ce n'est pas toi qui essaies des hauts olé olé.

— Les sélectionner, ça compte. C'est un petit pas.

En soupirant, je levai les yeux au plafond et acquiesçai. Elle tapa dans ses mains et me prit le vêtement des bras.

— On achète celui-là, hein ?

— Oui.

Nous rejoignîmes la caisse où une femme lisait un roman. Elle leva le nez vers nous et sourit.

— Vous avez trouvé tout ce dont vous aviez besoin ?

— Oui, merci, répondit Eliana en faisant glisser le haut sur le comptoir.

La femme commença à enregistrer l'achat. Tout se passait bien jusqu'à ce que je lui tende un billet de cinquante et qu'elle ouvre la caisse.

La colère me percuta brusquement. Je cherchai la main d'Eliana, mais au lieu de me lier à ses petits doigts frais, je sentis une grande main se refermer. Le choc du contact avec Oanen me détourna de ma rage.

— Voilà votre monnaie, dit la femme en tendant quelques billets.

Comme je ne faisais aucun geste pour les prendre, Eliana s'en chargea.

— Merci, dit-elle.

— J'espère que vous apprécierez votre achat.

Oanen me guida jusqu'à la porte. Je contemplai nos mains liées et mes tripes s'échauffèrent de seconde en seconde. À la dernière minute, je me rappelai ma colère et regardai derrière moi juste à temps pour voir la femme prendre mes cinquante dollars dans le tiroir-caisse.

Une fois sur le trottoir, je libérai ma main de celle d'Oanen. La chaleur était remontée de mon ventre jusqu'à mon visage.

— Est-ce que ça va ? me demanda Eliana.

— Oui. Elle a volé l'argent de la caisse pendant que nous partions. Je n'ai rien senti la concernant jusqu'à ce que je lui tende le billet. Dès que je l'ai fait, c'était comme si je savais qu'elle allait faire quelque chose de mauvais à la seconde où elle y a pensé.

— Waouh, c'est plutôt chouette, dit Eliana.

Je lui souris.

— Chouette ?

— Quoi ? C'est vrai. On continue à faire du shopping, pas vrai ?

Je soupirai en m'efforçant d'ignorer le regard attentif d'Oanen.

— Je te suis.

JE TOURNAIS ET me retournais dans mon lit en essayant de dormir. J'essayais de ne pas entendre le chant d'Eliana dans la cuisine ni Oanen dans la salle de bain.

La routine de ces derniers jours s'infiltrait dans ma peau. Non, pas la routine. Oanen. Je ne savais pas quoi faire à son sujet. Enfin, ce n'était pas ça non plus. Je savais ce que j'avais besoin de faire et je détestais cela. Le repousser maintenant était toujours mieux que de le voir se détourner de moi plus tard. C'était plus sûr pour nous deux si je m'éloignais tout de suite. N'est-ce pas ? Mes tripes bouillonnaient à cette pensée.

Le conflit interne me déchirait, et puisque j'ignorais comment le résoudre, je prévoyais de rester cachée. De plus, je n'avais aucune raison de sortir du lit aujourd'hui.

Après le succès de cette première journée, nous étions allés en ville chaque jour de la semaine avec la bénédiction d'Adira. Bien sûr, j'avais identifié quelques personnes impliquées dans des infractions mineures, et maintenant, je comprenais mieux comment le degré de mon énervement correspondait au niveau de malveillance de la personne. Néanmoins, durant tout ce temps, je ne m'étais pas rapprochée du niveau de colère que je pensais pouvoir associer avec un meurtre.

Au rez-de-chaussée, le chant s'interrompit et la porte de la cuisine s'ouvrit et se referma. Mes yeux s'agrandirent. Eliana me laissait encore seule ?

Une minute plus tard, sa voix à l'extérieur de ma porte me fit sursauter.

— Sors du lit, allez. Il est parti.

Je roulai sur le matelas pour la regarder.

— Pour longtemps ?

— Jusqu'à ce soir. Je pensais qu'on pouvait continuer à mater nos intégrales de séries.

Soulagée, je sortis du lit. Nous parlâmes, grignotâmes et regardâmes la télé, puis nous nous prélassâmes jusqu'au soir, après le dîner, lorsque le téléphone d'Eliana annonça un nouveau message.

Elle fit une grimace en le lisant.

— Qu'y a-t-il ?

— Les parents d'Oanen s'inquiètent que je ne noue pas assez de relations sociales pour un jeune succube. Ils veulent que j'aille au Roost ce soir.

Je fis la même grimace qu'elle avait faite un instant plus tôt. Je n'avais pas envie de passer la soirée toute seule. Pas alors qu'Oanen avait une invitation ouverte dans ma chambre d'amis.

— Tu es obligée ? demandai-je.

— Si je n'y vais pas, ils feront part de leurs inquiétudes à Adira, qui me forcera à faire des choses dont je n'ai pas envie. Les Quill n'ont pas de mauvaises intentions. Ils se préoccupent vraiment du fait que je ne... mange pas correctement.

Son visage blêmit à ces mots, et je pus lire de l'effroi dans son regard.

— Tu veux que je t'accompagne ? proposai-je.

— Tu ferais ça ? Je sais que tu en as assez d'aller en ville.

— Bien sûr que je viendrai. J'en ai marre, mais je préfère sortir avec toi au Roost plutôt que rester ici à regarder la télé toute seule.

Je me levai et lui souris.

— De plus, je veux être là quand tu porteras cette robe que je t'ai choisie.

Son sourire de victoire commença à s'estomper.

— Allez. Ne joue pas les poules mouillées. Tu mettras la tienne, et moi la mienne.

Elle rit en tapant dans ses mains. Sa réaction ne m'étonnait pas. Ma robe était pire que la sienne.

CHAPITRE VINGT-ET-UN

— Arrête de tirer dessus, dis-je à Eliana en frappant la main qu'elle posait sur son décolleté.

— Je me sens mal, dit-elle en regardant les doubles portes rouges du Roost.

— Non, tu ne te sens pas mal. Tu es nerveuse. C'est différent.

— Rentrons chez toi.

— Hors de question. Je veux voir les mecs tomber par terre en te découvrant comme ça.

« Ça », c'était une robe tube avec des mancherons. Et ça n'avait rien à voir avec les robes d'été classiques et guindées, à hauteur de genoux, qu'elle portait d'habitude. Nous savions toutes les deux que cette robe ferait tourner toutes les têtes. Le tissu moulait chacune de ses courbes, et c'était exactement ce qui la faisait paniquer.

Je croisai son regard nerveux. Son maquillage était sans défaut et naturel. La moue de ses lèvres surlignées au gloss n'exprimait en rien « je suis un succube, écoutez-moi hurler », mais suggérait plutôt la demoiselle en détresse. Je m'étais dit que ce serait plus efficace dans cette foule.

— Tu vas leur en mettre plein la vue. Tu vas provoquer des

bagarres et ficher la pagaille. Si j'ai de la chance, je pourrai en coller quelques-unes pour défendre ton honneur.

Elle ricana, mes paroles enjouées effaçant la crainte dans ses yeux, comme je l'avais espéré.

— Tu ne peux pas te battre ce soir. Cette robe ne survivrait pas.

La robe en question, un fourreau noir qui atteignait tout juste la courbe de mes fesses et le haut de ma poitrine, n'avait pas besoin de survivre plus d'une nuit, de toute façon. Je n'avais pas prévu de porter à nouveau cette stupidité.

— On verra, dis-je en arrivant à la porte.

Nous entrâmes dans le Roost ensemble. Le rythme de la musique faisait trembler ma cage thoracique. Pas de chanteuse sensuelle qui se déhanchait sur la scène ce soir. Tout le monde était entassé sur la piste.

Comme je m'y attendais, il ne fallut pas longtemps aux gens pour commencer à nous remarquer. Non pas que nous étions vêtues de manière bien plus séductrice que les autres. J'étais presque sûre que la fille à la robe transparente, avec seule une bande opaque sur les seins, remportait le concours de la tenue la plus osée – et du plus mauvais goût.

Eliana se pencha pour que je puisse l'entendre parler.

— Je vois Ashlyn à la table du fond. Allons discuter.

Je hochai la tête et passai devant. Ce n'était pas comme si nous étions venues au Roost pour nous faire des amis. C'était une question d'apparences. Eliana devait donner l'impression qu'elle fréquentait des gens et qu'elle essayait de devenir un vrai succube.

Avant que nous arrivions à la table d'Ashlyn, Fenris sortit de la foule sur la piste.

— Mesdemoiselles, dit-il en ouvrant grand les bras. Quelle vue spectaculaire. Venez danser.

— Merci, mais nous voulons parler à Ashlyn avant qu'elle s'en aille, répondit Eliana.

— Alors, dis-moi que vous viendrez danser après.

Aubrey choisit ce moment pour émerger à son tour de la foule. L'agacement qui bouillonnait au fond de mon esprit se changea en une colère pure. J'avais été témoin de la méchanceté d'Aubrey et je pensais certainement que son degré de tyrannie et de garcitude pouvait être qualifié de malveillant. Mais au point de correspondre au degré de rage que je ressentais ? Non. Il y avait autre chose derrière tout ça, et j'avais très envie de découvrir quoi... après lui avoir mis un pain dans les dents.

Je m'avançai vers Fenris, qui n'avait pas conscience qu'elle se rapprochait dans son dos.

Il m'étreignit. Les yeux d'Aubrey s'agrandirent. Décrétant que c'était une meilleure punition que de la frapper, j'enlaçai Fenris et fis courir mes doigts dans les cheveux derrière son crâne. Poitrine contre poitrine, je levai les yeux vers son regard amusé.

— Débarrasse-toi de ton poids mort et on dansera avec toi toute la nuit, lui dis-je.

— Salope ! s'écria Aubrey.

J'éclatai de rire et Fenris émit un son à mi-chemin entre le grognement et le soupir.

— Tu fous la merde, dit-il avant de me relâcher doucement.

Il se tourna vers Aubrey, les mains levées dans un geste d'apaisement. Sans lui accorder un seul regard, elle fonça sur moi, le repoussant sur le côté.

J'affichai un grand sourire et écartai un peu les jambes afin de me placer en position pour l'accueillir. Ses doigts courbés, maintenant terminés par des griffes vicieuses, balayèrent l'air devant mon visage. Je reculai, évitant le coup, et je répliquai promptement, entrant en contact avec la joue gauche d'Aubrey. Elle grogna et claqua des dents vers moi. Virevoltant hors de portée, j'attendis ma prochaine ouverture et lui plantai mon poing dans les côtes. Au lieu de soulager ma rage, cela ne fit que la décupler.

— Allez, Aubrey, raconte-moi tes péchés, dis-je doucement. Parle-moi de toutes ces mauvaises choses que tu prévois de faire.

Elle gronda et essaya de revenir à la charge. Cette fois, Fenris enroula ses bras autour d'elle et décolla ses pieds du sol. D'autres bras fins m'entourèrent. Je soupirai sans chercher à lutter. Je n'avais pas envie de blesser Eliana ni de perdre la maigre couverture que m'offrait ma robe.

Un sifflement strident fendit l'air. Je me tournai pour découvrir Trammer, qui nous jetait à tous un regard mauvais.

— Arrêtez ça ou décampez dehors sous vos formes animales !

— Viens, dit Eliana dans mon oreille, m'entraînant vers le fond du bâtiment.

Pendant que Trammer jetait à Aubrey, qui se débattait toujours, un dernier regard noir, Eliana et moi nous installâmes à la table près d'Ashlyn. Dès qu'elle relâcha ma main, une marée de rage me coupa le souffle. Je m'immobilisai au moment de m'asseoir et je levai la tête vers le policier, qui nous rejoignait. Non, pas nous. Ashlyn. Je me raidis en songeant que si je le voulais, il n'aurait pas le temps de me voir bondir.

Eliana m'agrippa avec une force dont je ne l'aurais pas crue capable et elle m'attira à elle. Nous étions à peine assises qu'Oanen traversa la foule droit vers nous. Mon ventre eut un soubresaut quand je le vis, malgré la voix de Trammer qui me tapait sur les nerfs. Eliana garda un bras sur mes épaules nues, éteignant le maudait orage de colère qui cherchait à se frayer un passage.

— Cinq minutes toute seule et tu t'arranges pour te battre, lança Oanen en baissant les yeux sur moi.

Je haussai les épaules comme si de rien n'était, même si c'était faux. Le mouvement attira son regard sur mes épaules nues. La lueur dans ses yeux changea et je me rappelai la fois où j'avais cru qu'il s'adonnait à un examen froid et distant de ma personne. Je n'aurais pas pu me planter encore plus.

Il tendit la main et mon pouls s'accéléra.

— Viens.

Je jetai un œil à Trammer, qui attendait que sa nièce rassemble ses affaires, puis je secouai la tête en regardant Oanen.

— Je ne peux pas quitter Eliana maintenant.

Il pencha la tête et sa main retomba lentement sur son côté. Il resta là en silence pendant que Trammer et Ashlyn avançaient jusqu'à la porte. Dès qu'elle se referma, il m'offrit à nouveau sa main.

Eliana me relâcha et me poussa gentiment.

— Vas-y. Je peux me débrouiller toute seule. Bon entraînement, ajouta-t-elle.

J'hésitai un moment, puis je tendis la main vers Oanen. Le contact de ses doigts chauds contre les miens me fit trembler. Il s'en aperçut, mais ne fit pas de commentaire en m'aidant à me lever. Ma main dans la sienne, il se tourna et me conduisit vers les danseurs. Je n'avais vraiment pas envie de danser.

Sans s'arrêter, il se fit un chemin vers les escaliers qui menaient à l'étage. En montant, j'avais du mal à me concentrer sur chaque marche, car son pouce ne cessait de caresser les jointures de mes doigts. S'il n'arrêtait pas, j'allais bientôt trébucher.

Dépassant le bar, il avança jusqu'à une porte, tout au bout. L'air frais de la nuit balaya mon visage dès qu'il ouvrit. Nous sortîmes sur un palier en métal, puis nous gravîmes les escaliers conduisant jusqu'au toit. Le gravier crissa sous mes talons et je regardai vers l'enseigne lumineuse du Roost.

Oanen s'arrêta et se tourna alors vers moi.

— J'étais en train de m'habiller ici. Même avec la musique forte et une couche de goudron et de gravier, je pouvais t'entendre dire à Fenris de se débarrasser d'Aubrey.

Il déglutit et baissa les yeux sur ma main, qu'il avait toujours dans la sienne.

— Est-ce que tu tiens à lui ? demanda-t-il doucement.

— À Fenris ?

— Oui.

Mes tripes s'animèrent et j'étudiai son visage tendu.

— Fenris n'est qu'un ami. Les amis sont la seule chose que je puisse me permettre d'avoir.

Il releva les yeux, me plaquant sous son intense regard.

— Pourquoi ? Tu as appris beaucoup cette semaine. Tu n'es plus dans le flou en ce qui concerne ta nature.

— Exactement. Et c'est pour ça que je ne peux avoir que des amis. À cause de ce que je suis. Ce que j'ai appris cette semaine a rendu les choses plus claires pour moi. Être trop proche de quelqu'un, c'est dangereux. Sauf peut-être pour Eliana.

— Tu as peur de faire du mal à quelqu'un.

— J'ai peur de faire du mal à quelqu'un que j'apprécie.

Et plus important encore, j'avais peur que quelqu'un que j'apprécie me fasse du mal.

— Peut-être que la personne que tu apprécies a juste besoin de comprendre les règles pour ne rien faire de travers.

Ses mots me firent encore plus mal à la poitrine. Son pouce caressa mes doigts et je me rendis compte qu'il ne le faisait qu'à ma main droite. Celle dont je m'étais servie pour frapper Aubrey. Ce geste destiné à me calmer m'influençait encore plus. Territoire dangereux.

Je tournai la tête et regardai l'enseigne du bâtiment en essayant de retrouver une distance mentale à ma réaction et à ma distraction physique.

— Accepterais-tu de m'emmener chez Trammer par la voie des airs ? demandai-je.

— Maintenant ?

Je pris une profonde et lente inspiration, abandonnant tous mes regrets.

— Oui. Je pense que c'est le meilleur moment. Depuis que je suis arrivée à Uttira, cet homme m'a mise en rogne sans explication. J'ai besoin de savoir pourquoi.

— D'accord.

Oanen lâcha ma main et se tourna vers une rangée basse de

casiers juste derrière le néon. Il en ouvrit un et ôta sa chemise, qu'il fourra à l'intérieur.

Je pris un moment pour admirer sans honte son torse musclé. Étais-je stupide de refuser cela ? Probablement. Mais c'était plus sûr ainsi.

En lui tournant le dos, j'écoutai le froissement de ses vêtements tandis qu'il se déshabillait pour prendre son envol. Au grattement léger de ses serres sur le gravier, je lui fis face à nouveau. Il baissa son épaule vers moi, un geste élégant qui m'attira vers lui. Au dernier moment, j'enlevai mes talons.

— Regarde devant toi. Ma robe est bien trop courte pour ça.

Il émit un bruit silencieux puis tourna la tête vers l'enseigne. Je levai ma jambe sur son large dos et m'installai derrière ses ailes, ses plumes duveteuses caressant mes cuisses.

— Je suis prête, dis-je.

Il tourna la tête et toucha ma cuisse de son bec avant de battre ses puissantes ailes. En quelques secondes, nous étions dans les airs, décrivant des cercles au-dessus des bâtiments.

Il ne lui fallut pas longtemps pour trouver la maison de Trammer. Il se posa non loin de la route. Je descendis rapidement de son dos et je reculai, mais Oanen ne reprit pas forme humaine. Repliant ses ailes, il marcha à côté de moi tandis que je me faufilais le long de l'allée.

Comme à la maison de la sirène, je jetai un œil par les fenêtres jusqu'à trouver les deux humains. Ashlyn était assise dans le salon à lire un livre. Trammer se déplaçait dans la cuisine, préparant un dîner évidemment tardif.

— Tu as envie de quoi, poussin ? demanda-t-il d'une voix étouffée qui parvenait tout juste jusqu'à la fenêtre.

— Je n'ai pas vraiment faim, répondit-elle d'un air absent sans lever la tête.

— Ashlyn, tu dois manger.

— J'ai mangé. J'ai eu des bâtonnets de poisson aujourd'hui.

Il s'arrêta de bouger et passa une main dans ses cheveux grisonnants.

— Ce n'est pas suffisant. Tu dois aussi manger le soir.

— Je sais, oncle Tram. Je mangerai.

Il vint dans le salon et s'assit en face d'elle.

— Je m'inquiète pour toi, dit-il gentiment.

Elle ferma son livre et leva les yeux vers lui.

— Pourquoi ? Je vais bien.

Il secoua la tête.

— J'aimerais que tu restes éloignée de Megan et d'Eliana. Ce sont des filles à problèmes.

Elle lui jeta un regard dubitatif.

— J'aime bien Eliana. Elle est gentille.

— Comment peux-tu dire ça après ce que ces monstres ont fait à ton père ? répliqua-t-il sans méchanceté.

— Je pensais que c'était un accident, chuchotai-je à Oanen.

Il me poussa légèrement avec la tête, sans doute pour m'avertir de rester silencieuse.

— Tu dois chasser cette colère, dit Ashlyn à l'intérieur. Moi, je l'ai fait. C'était un accident. Humains ou autres, nous faisons tous des erreurs.

À nouveau, Ashlyn me parut quelqu'un de très gentil. Comme Eliana.

Trammer se leva, le visage cramoisi. Il ne lui hurla pas dessus, mais il se contenta de lui tapoter l'épaule avant de retourner à la cuisine. Elle le regarda partir avec un air triste, puis elle reprit son livre.

Je ne comprenais pas comment une personne qui se préoccupait tant et si clairement d'une autre pouvait me mettre dans une telle colère. Constatant qu'ils s'apprêtaient à aller se coucher, je m'éloignai de la fenêtre et me tournai vers Oanen.

Il baissa son épaule, m'invitant à voler de nouveau. Je prêtai à peine attention aux maisons qui défilaient en contrebas. Mon esprit s'appesantissait sur le mystère de Trammer, jusqu'à ce qu'Oanen atterrisse sur le toit du Roost.

Je descendis et ses plumes disparurent brutalement lorsqu'il reprit forme humaine. Je poussai un petit cri et je me retournai tandis qu'il se moquait de moi.

— Qu'espérais-tu voir là-bas ? demanda-t-il.

— Je n'en suis pas sûre. Quelque chose de malfaisant ? Il n'y a aucune raison pour que Trammer me mette en colère, dis-je en ramassant mes chaussures. Je veux dire, bien sûr, il a de la rancune pour tout ce qui n'est pas humain depuis le décès du père d'Ashlyn, mais ça ne veut pas dire « méchant tueur ». Au contraire, c'est même l'exact opposé, étant donné que les gens qui meurent sont des humains.

Le bruit sourd de la musique ne couvrit pas les frôlements d'Oanen en train de se rhabiller.

— Je ne sais pas non plus, répondit-il. Son aversion pour nous, c'est ce qui a fait de lui un bon candidat pour être agent de liaison. Il y a moins de chances qu'il se fasse corrompre par l'un d'entre nous.

— Le père d'Ashlyn est mort il y a combien de temps ?

— Environ un an.

La musique devint soudain plus forte tandis que l'entrée principale du Roost s'ouvrait en contrebas. Un long sifflement perça l'air.

— Tu es ravissante ce soir, dit une voix d'homme.

— Bien sûr que je le suis.

Des talons cliquetèrent sur le trottoir.

— Je suis surprise que tu ne sois pas déjà parti en courant. Tu dois être plus sournois que tous les autres.

Oanen fronça les sourcils et se rapprocha du rebord du bâtiment. Je le suivis et, plus bas, nous vîmes un type en jean et veste de cuir qui parlait avec une fille en pantalon slim noir, des talons aiguilles vulgaires et un haut qui ne laissait pas beaucoup de place à l'imagination. Ma colère se réveilla en les regardant tous les deux.

Tandis que nous les observions, l'homme fouilla sa poche et en sortit un petit sac.

— Puisque tu es si jolie ce soir, et si je te donnais un échantillon gratuit ? proposa-t-il.

— J'ai une meilleure idée.

Elle commença à chanter pour le convaincre de lui refiler tout son argent. Selon les paroles de sa chanson, elle refermerait la portière d'une voiture sur sa queue avec grand plaisir. Oanen recula du rebord au moment où le type donnait son argent à la fille.

— Je dois prévenir mes parents et leur dire qu'il y a un autre dealer en ville. Quelque chose à Uttira semble les attirer.

Une portière claqua et Oanen tressaillit en entendant le hurlement rauque de l'homme.

— Demande à Eliana de te ramener, dit-il juste avant de se transformer, déchirant ses vêtements.

Incapable de m'en empêcher, je jetai un coup d'œil dans la rue. L'homme pleurnichait, se cramponnant à la carrosserie de la voiture, le pantalon déboutonné sur sa taille.

La sirène avait fait une faveur à Uttira, mais j'avais tout de même envie de la punir pour avoir volé ce type. À quel point étais-je tordue ?

CHAPITRE VINGT-DEUX

La musique pulsait bruyamment et les lumières clignotaient de façon exaspérante lorsque je retournai à l'intérieur du Roost.

M'approchant de la rambarde de l'étage, je regardai les danseurs en contrebas. Ils passaient tous un très bon moment, ignorant complètement qu'il y avait un homme plié en deux à l'extérieur. Ou peut-être avaient-ils une excellente ouïe comme Oanen, mais s'en fichaient complètement. Probablement la deuxième option. Ce qui rendait la vie encore plus foireuse, même pour une furie de dix-sept ans. D'accord, ma vie n'avait jamais été « normale », mais je brûlais d'envie de savoir à quoi ressemblait cette fameuse norme, maintenant plus que jamais.

Mon regard se posa alors sur Fenris et son groupe de filles, qui dansaient au milieu de la piste bondée. Il avait l'air de s'ennuyer ferme, malheureux comme les pierres. Peut-être que la norme – ou du moins notre version de la norme – n'était pas si géniale, tout compte fait. Sa vie s'améliorerait, cependant, s'il acceptait de s'éloigner de ses groupies.

En me secouant de ma rêverie, je descendis les marches et contournai les danseurs. Quelques personnes me firent un signe de tête, mais je ne ralentis pas. J'avais envie de sortir et de chercher cette sirène.

Eliana m'attendait à la table du fond, là où je l'avais laissée, et elle se leva dès qu'elle me vit.

— Il était temps, dit-elle. Qu'est-il arrivé ?

— On en parlera dehors.

Elle glissa sa main dans la mienne et nous marchâmes toutes les deux vers la porte.

Fenris m'appela et je m'arrêtai pour le regarder. Il nous fit signe de les rejoindre. Son regard était suppliant. Je secouai la tête et lui désignai la porte d'entrée. Il fronça les sourcils, puis il nous salua d'un geste de la main. Derrière lui, Aubrey nous jeta son regard mauvais habituel.

Sans lui prêter attention, j'entraînai Eliana au-dehors. L'homme qui avait essayé de donner de la drogue à la sirène était toujours appuyé contre la voiture, le visage pressé sur le toit, tandis que des sanglots silencieux faisaient trembler ses épaules. Eliana lui lança un regard perplexe.

Je lâchai sa main, laissant mes émotions m'envahir à nouveau, et je lui fis signe de rester immobile. J'avais beau avoir conscience des blessures de cet homme, cela ne réduisit pas l'immense colère que je ressentais pour lui. Malgré cela, j'éprouvais aussi une pitié très humaine.

Je marchai vers lui, mes pieds nus silencieux sur le trottoir.

— Voulez-vous que je vous ouvre la portière ?

Le son de ma voix le fit sursauter et il poussa un cri tout en acquiesçant frénétiquement de la tête. Je tendis le bras entre la voiture et lui, puis je tirai sur la poignée. Il brailla en tombant sur le trottoir, empoignant son entrejambe.

À présent que je l'avais libéré, je ne ressentais plus de pitié pour lui, seulement du dégoût. Je me retournai pour rejoindre Eliana.

— C'était quoi tout ça ? demanda-t-elle en dévisageant l'homme.

— Un deal de drogue qui a mal tourné. Une sirène a pris son argent et lui a dit de claquer la portière sur sa queue.

Eliana grimaça.

— Oui, c'est ce que je pensais. Ce type est un salaud, mais la punition semble un peu trop cruelle. On ne devrait pas prévenir quelqu'un à son sujet ?

— Oanen s'est envolé pour le dire à ses parents. Je suis certaine que quelqu'un est déjà en chemin, et ce type n'ira nulle part.

Elle détacha de l'homme son regard plein de pitié et elle hocha la tête. Nous n'avions pas fait un pas qu'un trou scintillant apparut devant nous. Adira en sortit et nous adressa un sourire chaleureux.

— Je suis très fière de toi, Eliana. Je trouve que tu es magnifiquement habillée ce soir. As-tu eu de la chance ? demanda-t-elle.

— De la chance ? répliqua Eliana avant qu'une rougeur ne lui monte aux joues. Pas vraiment. Je n'essayais même pas. Un pas après l'autre, n'est-ce pas ? J'ai enfilé une robe au style très succube.

Adira tendit la main et lui pressa gentiment le bras.

— Tu t'en es bien sortie. Le progrès est une bonne chose. Fais en sorte de continuer comme ça.

— Qu'allez-vous faire de lui ? demandai-je en penchant la tête vers l'homme derrière nous.

Elle le regarda et son expression se durcit.

— Nous allons lui effacer la mémoire et le renvoyer loin d'Uttira. Il trouvera des villes humaines autres que la nôtre pour jouer les terreurs.

— Avez-vous besoin d'aide ? demandai-je.

— Non, vous êtes libres de continuer votre soirée. Je te revois lundi, Megan. Nous pourrons parler de tes conclusions en ce qui concerne ta semaine de pause en ville.

J'acquiesçai, dissimulant ma déception. À la fin de chaque journée, cette semaine, j'avais satisfait sa requête et envoyé un e-mail avec des noms et les raisons présumées pour lesquelles ils me tapaient sur les nerfs. Après chaque échange, elle me demandait de faire la même chose le lendemain. Comme Adira n'avait pas répondu à mon message d'aujourd'hui, je supposais déjà avant qu'elle me le confirme à l'instant qu'elle voulait que je retourne en classe.

La coordinatrice nous dépassa et Eliana et moi marchâmes rapidement vers notre voiture. J'y montai avec un soupir de soulagement.

— Alors ? demanda le succube en démarrant. Qu'est-il arrivé ? Pourquoi es-tu partie si longtemps ?

— Adira m'a demandé de chercher pourquoi telle ou telle personne me mettait en colère, pas vrai ? Il y a deux personnes dans cette ville qui m'ont fait sortir de mes gonds dès le tout premier jour. La première est Aubrey. C'est une garce et elle est mineure. Elle ne peut pas être le tueur. L'autre, c'est Trammer. Oanen m'a emmenée jusque chez lui pour que je puisse comprendre pourquoi il m'irritait tellement, comme Adira ne cesse de le suggérer. Sauf que, une fois là-bas, Trammer s'est montré tout gentil avec Ashlyn, à lui faire à dîner et à s'inquiéter pour elle. Ce n'est pas le comportement d'une personne malfaisante, si ?

— Pas vraiment, approuva-t-elle.

— Et non seulement il est super adorable avec sa nièce, mais en plus il déteste tout ce qui n'est pas humain, ce qui, selon Oanen, fait de lui le parfait agent de liaison. Maintenant, si les corps qui apparaissent partout étaient des créatures comme nous, je pourrais carrément le considérer comme suspect. Mais ils sont humains. Trammer n'a aucune raison de tuer des humains.

— Eh bien, peut-être Jesse, mais pas Camil, dit Eliana.

— Comment ça ?

— Jesse était un trafiquant d'êtres humains, non ? Un humain. Mais il ne savait pas que nous ne l'étions pas.

— Donc, tu penses que Trammer aurait voulu le tuer à cause de ses trafics ?

La luminosité dans l'habitable diminua tandis que nous quittions la ville.

— Si tu étais une adulte humaine essayant de protéger ta nièce, tu ne le ferais pas ?

Je fronçai les sourcils.

— Tu as raison. La mort de Jesse a plus de sens que celle de Camil. Mais pourquoi tuer Jesse si sa mémoire a été effacée et que Trammer avait l'ordre de le conduire hors de la ville ? Son départ d'Uttira aurait éliminé la menace qui pesait sur sa nièce.

— C'est vrai.

Oui. C'était vrai, mais quelque chose chez Trammer continuait à m'agacer. Et tant que je ne savais pas quoi, pouvais-je me permettre de faire des suppositions sur son innocence alors que ma colère me disait le contraire ?

Je sortis mon portable et envoyai un message à Oanen.

Je pense que nous devons suivre Trammer quand il raccompagnera le type hors de la ville.

Il répondit :

Je serai chez toi dans 10 min.

— À quoi penses-tu ? demanda Eliana.

— Je n'en suis pas sûre. Je crois qu'il y a une bonne raison si je suis en colère contre Trammer. Je ne dois pas abandonner tant que je ne saurai pas pourquoi. J'ai demandé à Oanen de m'aider à le suivre quand il quittera la ville avec le type ce soir.

Elle ralentit et s'engagea dans mon allée.

— Si Oanen vient et repart avec toi, je ferais mieux de rentrer.

Elle se gara devant la porte de derrière.

— Appelle-moi quand vous aurez fini, par contre, d'accord ?

— D'accord.

Je me précipitai à l'intérieur et montai les escaliers. Chevaucher un griffon en robe une fois m'avait largement suffi. Je me déshabillai, envoyant valser ma tenue d'un coup de pied, et j'enfilai à toute vitesse un jean et une chemise noire à manches longues, que je recouvris d'un sweat à capuche pour me réchauffer.

Descendant rapidement au rez-de-chaussée, j'attachai mes cheveux en queue de cheval et je bus un verre d'eau. Quand Oanen atterrit dans mon jardin, j'étais dehors et fin prête.

— J'espère que tu sais où aller, dis-je en grimpant sur son dos.

Il s'élança dans les airs, battant des ailes pour gagner de l'altitude. Une fois montés en flèche bien au-dessus de la maison, il partit vers la barrière, côté sud.

— Il ne faut pas tomber nez à nez avec lui, m'époumonai-je.

Un cri retentissant me répondit.

Il tourna en cercles sur une portion de la chaussée à deux reprises avant de commencer à descendre. Juste au moment où nous foncions sous les pins, j'aperçus des phares de voiture qui approchaient. Oanen se posa près de l'orée des arbres en bordure de route. Je descendis rapidement de son dos et me cachai derrière un tronc. Oanen reprit forme humaine et se plaça derrière moi.

— On aurait dû te prendre des vêtements, dis-je doucement sans détourner mes yeux de la route.

— Je ne ressens pas les températures, à moins qu'il fasse vraiment froid.

— Je ne m'inquiétais pas pour toi, mais pour moi.

Il gloussa et je rougis.

La voiture de patrouille de Trammer passa en trombe et continua sur la chaussée jusqu'à franchir la barrière.

— J'aurais aimé pouvoir le suivre, dis-je.

— Moi aussi.

L'odeur de cheveux brûlés me dissuadait d'envisager de quitter Uttira. Avec Oanen près de moi, je n'avais pas du tout froid. En revanche, je me sentais très nerveuse. Pourquoi n'avais-je pas pensé à prendre le pantalon qu'il avait laissé chez moi ?

— Tu étais jolie ce soir, dit-il.

Une fois de plus, mes joues virèrent au rouge pivoine.

— Merci.

— J'aurais aimé être là quand tu es arrivée. J'aurais aimé danser.

Des flammes s'embrasèrent dans mon ventre.

— Il faut rester concentrés, dis-je.

— Je suis concentré.

— Sur la surveillance de Trammer, précisai-je.

— Je ne pense pas qu'il revienne tout de suite. La ville la plus proche est à vingt minutes en voiture. Plus le trajet de retour... Ça devrait prendre presque une heure. Nous avons le temps de continuer notre conversation commencée sur le toit.

— Hein ?

— Celle où tu essayais de me dire que tu ne sors avec personne.

Ma gorge me brûlait et de la sueur perla sur mon front tandis que mon pouls battait en vitesse accélérée.

— Tu es sérieux là ? demandai-je.

L'écorce de l'arbre me griffa la paume quand je me pressai durement contre le tronc.

La main d'Oanen se posa sur mes épaules.

— J'ai une excellente ouïe, Megan. Tu dois te calmer. On ne fait que parler. Tu n'es pas en colère, ce qui signifie que je ne fais rien de mal.

L'arrivée de phares du côté sud m'empêcha de répondre. Avec une rage grandissante, j'observai la voiture bordeaux foncer à travers la barrière et je plissai les yeux vers le conducteur.

— Ce n'était pas... ?

— Oui. Trammer. Grimpe.

Les feuilles mortes se froissèrent dans mon dos. Quand je me retournai, Oanen penchait son épaule plumée vers moi pour que je monte.

Je m'agrippai fermement à lui quand il décolla rapidement. Pourquoi Trammer avait-il changé de voiture ?

Oanen suivit librement le courant, pistant la voiture par en dessus. Trammer prit la dernière à gauche avant ma maison et continua jusqu'au bout de la petite route sinueuse, à trois kilomètres à peine de la porte de ma cuisine. Il s'arrêta là et éteignit le moteur.

— Il faut nous rapprocher, dis-je doucement.

Oanen commença à descendre. Il atterrit silencieusement sur la cime d'un grand pin, ce qui nous donnait un parfait point de vue pour observer Trammer. Celui-ci descendit de sa voiture et regarda autour de lui tout en marchant vers le coffre. Rien qu'en le voyant, j'éprouvai un puissant besoin de lui faire du mal. L'intensité de ma rage avait augmenté depuis la dernière fois que je l'avais vu. Pourquoi ?

J'eus la réponse quand il ouvrit son coffre. Une forme longue et bosselée, enroulée dans des sacs de poubelle noirs, se trouvait à l'intérieur. Trammer se pencha et sortit le corps recouvert de plastique, le laissant retomber au sol. Il s'accroupit et déchira le tissu sombre. La lumière jeta un rayon pâle sur le visage sans vie du dealer.

— Mais pourquoi ? dis-je doucement.

Oanen tourna sa tête vers moi et me mordilla le jean avec son bec. D'accord, j'allais me taire. Pour l'instant.

Nous observâmes Trammer fourrer à nouveau le plastique dans son coffre, puis se tourner vers un arbre non loin de là. Il sortit un couteau du tronc et s'agenouilla une nouvelle fois.

Plaquant mon visage sur les plumes d'Oanen, je ne regardai pas ce qu'il fit ensuite. Je restai ainsi jusqu'à ce que la voiture redémarre et qu'elle s'éloigne.

Oanen décolla sans prévenir dans les airs, m'arrachant un petit cri. Il battit durement des ailes, gagnant suffisamment d'altitude pour nous permettre de discerner les phares de Trammer. Oanen le suivit silencieusement. Au bout de la route, Trammer mit son clignotant à gauche, reprenant le même chemin qu'à l'aller.

— Attends, dis-je à Oanen quand il commença à tourner à son tour. Ça ne sert à rien de le suivre. Il nous faut revenir dans la clairière.

Rien de ce que nous avions vu n'avait de sens. Pourquoi Trammer éliminerait-il un humain qui avait essayé de vendre de la drogue à une sirène ? Il n'aimait aucune créature à Uttira. Pourquoi le sortir de la ville pour le ramener ensuite ? Pourquoi ne pas simplement le tuer et le laisser dans un fossé de l'autre côté de la barrière ?

— Pourquoi revenir ici, Megan ? Nous devons le dire au Conseil.

— Ça n'a pas de sens, dis-je.

Je me tournai pour regarder l'arbre dans lequel le couteau était à nouveau planté.

— Pourquoi laisser cette arme ici ? Comment Trammer a-t-il pu préméditer son coup, alors que personne ne pouvait savoir que nous allions dénoncer ce type ?

— Trammer et le Conseil sont toujours au courant lorsqu'un humain passe la barrière.

— Ah bon ?

Oanen acquiesça.

— La plupart des humains évitent Uttira. Enfin, ceux qui sont corrects. Le Conseil garde un œil sur eux, cependant, pour s'assurer qu'aucun de ceux qui arrivent chez nous ne découvre quelque chose qu'il ne serait pas censé savoir.

Je me rappelai comment Trammer était apparu comme par enchantement sur le pas de ma porte le jour où les livreurs du câble et de la télévision étaient passés.

— D'accord. Alors, le Conseil et Trammer étaient au courant. Ce qui signifie que Trammer aurait pu venir ici et planter un couteau dans l'arbre, anticipant l'élimination de ce type. Mais pourquoi le tuer pour avoir essayé de vendre de la drogue à une sirène ? Trammer se fiche complètement de nous.

Oanen haussa les épaules.

— Ce type fournissait de la drogue à Camil chaque semaine pendant des mois. Il n'a rien fait de plus que s'arrêter chez elle avant de repartir. Depuis que le Conseil est au courant de ses livraisons, et du fait qu'il ne causait pas de problème, Trammer avait pour ordre de le laisser tranquille.

— Ça ne colle toujours pas pour moi. Combien de fois Trammer a-t-il dû raccompagner cette ordure hors de la ville ?

— Au moins une douzaine.

— Mais pas de morts avant que j'arrive ici, pas vrai ?

Je fis les cent pas autour du corps, tout en l'examinant.

— Pourquoi le tuer ce soir ? Pourquoi le découper comme ça, mais ne rien retirer, comme avec Camil dans la ruelle ?

J'arrêtai de tourner.

— Les autres corps ont été dévorés, pas celui-là. Trammer ne les mangerait pas.

Je baissai à nouveau les yeux sur la façon dont il avait ouvert l'homme et laissé ses tripes se répandre partout. L'odeur de sang me montait au nez.

— C'est un appât, dis-je en comprenant brutalement.

Oanen se transforma subitement et tendit son épaule.

— Nous devons savoir qui – ou ce que – il cherchait à appâter, dis-je. Il nous faut observer.

Il me pinça le jean jusqu'à ce que j'abandonne et lui grimpe dessus. Au lieu de me ramener chez moi, comme je le pensais, il nous fit remonter dans l'arbre.

— Bien, dis-je en passant une main sur les plumes de son cou. Je veux des réponses.

Nous restâmes assis dans l'arbre pendant les heures qui suivirent, en silence. Lorsque mes yeux commencèrent à se fermer entre deux clignements de paupières, il mordilla à nouveau mon pantalon.

— Oui, oui, marmonnai-je en m'agrippant. Je ne vais pas tomber.

Soudain, il bascula en avant, se laissant choir de l'arbre, et prit un courant d'air ascendant avec ses ailes. La frayeur me fit battre le cœur.

— Tu aurais pu me prévenir, lui dis-je.

Plaquant ma tête contre son dos, je me cramponnai tandis qu'il volait sur une courte distance vers ma maison. J'appréciais la chaleur irradiant de ses plumes. Même avec les yeux fermés, je pouvais sentir le moment où il entama la descente. Il recula un peu en atterrissant et commença à se transformer sous mon corps. Surprise, je me retins à ses épaules nues tandis que je descendais de son dos. Il se tortilla et me prit dans ses bras. Je clignai des yeux.

— Tu ne vas pas me jeter à nouveau sur mon lit, n'est-ce pas ?

Les coins de ses lèvres se relevèrent.

— Non. Pas cette fois.

Il me remit sur pied sans me lâcher. Ses pouces glissèrent sur mes biceps, par-dessus ma chemise.

— J'aimerais rester encore, ce soir.

Une alarme se déclencha dans ma tête, mais étant donné ce qu'il se passait à quelques kilomètres de la maison, je n'étais pas stupide au point de dire non.

— Oui, c'est bon. Je ne voudrais pas être seule si Trammer se pointait, de toute façon. Je ne sais pas si je serais capable de me retenir de m'en prendre à lui.

Oanen secoua légèrement la tête et fit un signe vers la maison.

Je me tournai et le guidai à l'intérieur. Pendant que je me cachais dans le réfrigérateur pour utiliser la porte comme bouclier et empêcher mes yeux de le reluquer ouvertement, il prit ses vêtements sur la chaise de la cuisine et fila dans la salle de bain. Je regardai l'heure. Minuit et quelques. Même si je venais de voir un cadavre, j'envisageai de nous faire un casse-croûte maintenant que le frigo était ouvert.

De lourds coups contre la porte d'entrée interrompirent mes pensées. Je partis répondre. Oanen sortit de la salle de bain, me bloquant le passage.

— Je m'en occupe, dit-il.

Il s'éloigna et mon regard se posa sur le jean qui descendait bas sur ses hanches et le t-shirt qui lui moulait le dos.

J'affichai une petite grimace d'envie avant de me secouer, sortant de mon nuage mental. Je devrais peut-être lui demander de monter sur le toit.

Il ouvrit la porte et ma colère se réveilla à la vue d'Aubrey.

— Il n'est pas là, dit Oanen avant qu'elle puisse parler. Et je suis resté avec Megan depuis qu'elle est partie de la boîte, alors il n'est pas non plus nécessaire de lancer des menaces.

Elle grogna et tourna les talons, dévalant les marches du porche pendant qu'il fermait la porte.

— Cette fille a besoin d'une laisse, dis-je tandis que ses pneus crissaient sur la route.

— Ou peut-être que c'est Fenris qui en a besoin, répliqua-t-il en fronçant les sourcils. Combien de fois était-il absent juste avant qu'on découvre un corps ?

CHAPITRE VINGT-TROIS

— Tu penses que c'est Fenris qui mâchonne les corps ? Aucune chance, dis-je fermement.

— Pourquoi pas ?

— Parce qu'il n'est pas ce genre de loup. Il est gentil avec tout le monde. Il aime câliner, pas mordre.

Il aime un peu trop câliner, d'ailleurs, songeai-je.

Oanen m'examina sans broncher pendant une longue minute.

— Ton opinion est-elle basée sur ce que tu ressens pour lui ? demanda-t-il calmement.

— Oui. Il ne me met pas en colère. À part Eliana, c'est l'une des personnes les plus agréables que je puisse fréquenter.

Oanen pivota et marcha jusqu'à la cuisine. Je n'étais pas stupide. Je savais bien pourquoi.

— Tu sais quoi ? Il est minuit passé et c'est une des plus longues journées de ma vie. Tu n'as pas le droit d'être vexé parce que tu lis quelque chose dans des paroles, qui en réalité ne sont pas plus profondes que la surface.

Il s'arrêta dans son élan et se retourna pour me regarder.

— Qu'est-ce que tu racontes ?

— Que nous avons déjà parlé de ça et que je n'ai pas envie de le répéter. Si tu ne m'as pas crue la première fois, le dire encore et encore ne te fera pas changer d'avis. Alors, les seuls sentiments dont j'ai envie de discuter maintenant concernent ma fatigue et ma faim.

— Je ne partais pas à cause de ce que tu as dit. Je te crois et je crois en ton instinct. Fenris n'est pas celui qui mange la chair humaine. Cependant, s'il est absent, toutes les femmes vont tourner partout dans les bois à sa recherche. Ce qui signifie qu'il faut retourner là-bas et surveiller le cadavre.

Toutes les femmes ? Il n'y en avait qu'une qui continuait de marteler ma porte. Une porte non loin de l'endroit où il avait été déposé.

— Tu comptes y aller seul ? demandai-je d'une voix incertaine.

— Je n'aurais rien contre un peu de compagnie. Tu veux toujours manger un bout ?

— Non. J'ai envie de choper Aubrey en flagrant délit.

— Ce ne sera peut-être pas elle.

— Pour quelle autre raison serais-je autant en rogne quand elle est dans le coin ?

— Je n'en suis pas certain.

Il me fit signe de le suivre dans la cuisine, puis il ouvrit la porte de derrière.

— Je vais laisser mes vêtements ici.

Je saisis le message et sortis. Seule dans le jardin, j'observai les étoiles en écoutant la porte se refermer. Il ne lui fallut pas longtemps. Comme je ne voulais pas me retourner trop tôt, je restai ainsi jusqu'à ce que quelque chose me mordille le doigt, me faisant sursauter.

Je pivotai et trouvai Oanen déjà transformé. Ses plumes scintillaient sous les rayons de lune, tout comme ses beaux yeux dorés.

— Prêt ? demandai-je.

Il pencha son épaule et je grimpai sur son dos. En peu de temps, il monta en flèche vers le ciel, volant vers la clairière. Quand nous arrivâmes, rien n'avait changé. En dessous reposaient toujours les restes du dealer de drogue.

Il fit des cercles en spirale paresseuse jusqu'au sol. Tandis qu'il planait, une forme pâle se déplaça furtivement entre les arbres. La colère familière que j'associais à la louve s'embrasa en moi.

— Je le savais, dis-je doucement. C'est Aubrey.

Pourtant, au fond, je me demandais pourquoi j'avais besoin de ressentir une telle rage envers elle. L'homme était déjà mort. Elle ne l'avait pas tué. Je n'acceptais pas l'idée de manger des humains, mais était-il juste de vouloir la tabasser pour des instincts qu'elle ne contrôlait probablement pas ? Je repensais à la lutte d'Eliana pour contenir ce qu'elle n'aimait pas chez elle. Elle combattait constamment sa nature.

Toute pitié que je ressentais pour Aubrey disparut dès que je la vis plonger vers le ventre ouvert de l'homme. J'eus des haut-le-cœur quand elle fourra sa tête à l'intérieur et commença à dévorer ses parties tendres. Elle n'essayait même pas de se contrôler. Elle se gavait.

— Oh, c'est tellement dégueu.

Oanen poussa un cri perçant et fonça rapidement vers le sol. J'empoignai fermement ses plumes et observai Aubrey lever la tête en entendant son hurlement.

Elle grogna, sans pour autant fuir ni reculer. Au lieu de ça, elle sauta par-dessus le dealer comme si elle protégeait une friandise.

Oanen atterrit dans un bruit sourd qui fit claquer mes dents et faillit me faire lâcher prise. Un grondement se fit entendre non loin de là et je levai les yeux juste à temps pour voir Aubrey plonger vers nous. Mon cœur tambourina sous l'adrénaline et j'embrassai la rage qui m'emplit. Avant que je puisse descendre pour l'affronter, Oanen se cabra et je faillis tomber à la renverse.

Je cramponnai ses plumes tandis qu'il lui flanquait un grand coup avec ses serres. Elle bondit en arrière, mais ne lâcha rien. Revenant à la charge, elle visa sa gorge. Il se déplaça pour l'éviter, utilisant une nouvelle fois ses serres. Les pointes vicieuses accrochèrent sa croupe, déchirant une bande rouge sur sa fourrure blanche soyeuse. Elle jappa et roula plus loin.

Oanen pencha son épaule, indiquant que je pouvais enfin descendre. Il me désigna le côté opposé à la louve. Je n'avais pas envie de me cacher dans les arbres. Ignorant la direction qu'il me montrait, j'essayai de mettre pied à terre du côté d'Aubrey. Malgré tout, il se pencha pour me forcer à descendre de l'autre.

Aubrey était à nouveau sur ses pattes, le temps que j'atterrisse. Au lieu de me faire face, elle se tourna pour regarder sa plaie. Elle donna un coup de langue hésitant et gémit avant de se retourner vers Oanen avec un autre grognement. De la salive ensanglantée dégoulinait de sa gueule crispée par la rage.

Je fis un pas sur le côté, prête à contourner le griffon, mais il ouvrit à moitié ses ailes pour me bloquer. Le regard d'Aubrey tomba enfin sur moi. Les plumes d'Oanen s'ébouriffèrent, le rendant plus grand et plus effrayant. Le cri profond et menaçant qu'il lança à son intention me fit frissonner.

Elle n'essaya plus d'attaquer. Elle chancela et sa fourrure s'évanouit jusqu'à ce qu'elle se tienne devant nous, nue, en sang et sale.

— C'est toi qui as laissé ça ici ? demanda-t-elle en me jetant un regard noir.

Oanen reprit aussitôt forme humaine et se rua sur elle, la prenant à la gorge.

— C'est la première fois que tu te nourris d'un humain ?

Ses mots étaient vibrants de rage.

Abasourdie, je restai les bras ballants tandis qu'Aubrey levait instinctivement les mains en poussant un cri étranglé. Il la souleva du sol, en réaction, et la secoua un peu.

— Est-ce que c'est la première fois ? hurla-t-il.

Ses yeux se posèrent sur moi avant qu'un « oui » étouffé ne s'échappe de ses lèvres.

— Je ne te crois pas.

Il la relâcha.

Aubrey atterrit mollement par terre, retombant sur sa jambe blessée. Les rayons de lune luisaient sur sa peau pâle et sa poitrine exposée tandis qu'elle levait les yeux vers Oanen. Au fond, j'étais furieuse qu'ils se voient nus l'un et l'autre.

— Va faire ton rapport à Raiden et raconte-lui tout. Il saura si tu mens. Va-t'en ! cria-t-il en constatant qu'elle ne bougeait toujours pas.

Elle se leva d'un bond et boitilla jusqu'aux arbres. Je restai là où j'étais, laissant ma colère disparaître lentement avec elle.

Une fois convaincue qu'elle était partie, je regardai le dos d'Oanen. De fines volutes de vapeur s'échappaient de sa peau et ses épaules bougeaient à chaque souffle furieux qu'il poussait. Il continuait à observer les arbres dans la direction qu'elle avait prise. Je n'étais pas sûre de savoir quoi faire. Je ne m'étais pas attendue à une réaction si violente de sa part. En temps normal, il se maîtrisait tellement.

— Est-ce que ça va ? demandai-je alors qu'il détournait volontairement le regard.

— Non.

Ce seul mot envoya en moi un éclair de panique et je me précipitai vers lui.

— Elle t'a fait mal ?

Mon regard le balaya de la tête aux pieds. Je me souciais plus d'une blessure potentielle que de la pudeur. Mais en découvrant la perfection sans défaut de son corps, je sentis mes appréhensions s'envoler. Elle effaça tout, sauf mes pensées gourmandes.

— Megan, dit-il avec impatience.

Je me rendis compte que ce n'était pas la première fois qu'il m'appelait.

Je détachai les yeux de ses abdominaux et croisai son regard.

— Oui ?

— Est-ce que ça va ?

— Oui. Bien sûr. Très bien. Pourquoi ?

— Tu es toute rouge.

— Non. Je suis troublée, c'est tout.

Mon regard restait rivé au sien.

— Tu t'es montré assez agressif avec Aubrey.

— Je n'aurais pas dû ?

— Je ne sais pas. Ma colère dit oui, mais mon cerveau s'interroge sur mes raisons d'être si furieuse contre elle. Elle n'a pas tué ce type. Nous le savons. Bien sûr, elle l'a bouffé, mais je pense que Trammer l'a mis ici pour l'appâter, elle ou un autre comme elle. Je ne sais pas grand-chose sur les loups-garous, mais je sais que si tu laisses de la nourriture dehors près d'un chien, il va finir par la manger. Nous avons tous des instincts et nous luttons pour les contrôler. Je suis nulle pour contrôler les miens. Est-ce juste de condamner Aubrey parce qu'elle ne maîtrise pas les siens ?

— Il ne s'agit pas de frapper quelqu'un au visage. Il s'agit de manger des humains. Nous pouvons nous alimenter de leur énergie, de leur sang, et même de leur force de vie, mais nous ne pouvons pas nous nourrir de leur chair. En la voyant faire, j'ai craqué. Ce qu'elle a fait, ce n'est pas seulement contraire à ma nature, c'est aussi contraire à nos lois. Nous ne pouvons pas nous attarder dans le coin, il faut faire un rapport.

Sans un autre mot, il reprit sa forme de griffon. Je fis glisser ma main sur les plumes de son cou et je grimpai. Je ne voulais pas qu'il croie que je justifiais les actions d'Aubrey. Ce n'était pas le cas. J'étais compatissante, rien de plus.

Le vol jusqu'à la maison d'Oanen fut plus long que je l'aurais cru. Mes doigts étaient engourdis lorsqu'il atterrit sur le toit du manoir en pierre. En descendant, je prêtai attention à la serre en verre qui occupait la moitié de l'espace, oubliant complètement le corps nu d'Oanen.

— Mon père l'a construit pour que ma mère puisse m'observer quand j'apprenais à voler.

— Elle ne peut pas ?

— Les griffons femelles n'existent pas, dit-il avec un sourire amusé.

— Comment voulais-tu que je le sache ?

— Viens.

Il étreignit ma main froide et j'appréciai le contact chaud de la sienne tandis qu'il me conduisait à l'intérieur de la serre. Il s'arrêta devant des étagères, au fond, et s'habilla rapidement avant d'ouvrir la porte sur une série de marches.

Le changement soudain de température me donna le frisson et je me frottai les bras. Au pied de l'escalier, Oanen tapota un écran digital sur un mur.

— Mère, père. Retrouvez-moi dans le bureau, s'il vous plaît, dit-il.

Sa voix retentit dans différents endroits autour du manoir.

Il tapota de nouveau l'écran et commença à marcher.

— Ta maison a un interphone ?

— Oui. Ça ne suffisait pas quand je hurlais. C'est maman qui a voulu le faire installer. Papa s'en est chargé.

Il me conduisit jusqu'au vestibule, vers une autre volée de marches, puis il tourna à droite et ouvrit de lourdes portes sur une grande pièce. Très masculine, elle ressemblait vaguement à un bureau à cause de son secrétaire en acajou, dans le coin du fond, devant les portes d'un balcon.

— Cet endroit est somptueux, dis-je tout bas en regardant autour de moi.

— Oui, c'est vrai. C'est souvent le cas avec les pavillons de famille par ici. Tu as toujours faim ? Je peux te trouver quelque chose.

— Non. Ça va.

Je déambulai vers un fauteuil en cuir rembourré et je m'assis.

En me tournant vers la porte, je découvris les parents d'Oanen, vêtus comme s'il n'était pas deux heures du matin, mais le milieu de l'après-midi. Ils m'observaient sans parler. Zut alors. Je me levai de nouveau. Qu'avaient-ils entendu ?

— Bonjour, dis-je d'une voix mal assurée.

— Megan, Oanen. Que se passe-t-il ? demanda sa mère.

— Pas mal de choses. Il vaudrait mieux contacter Adira le temps que nous vous expliquions tout ça.

Son père sortit son téléphone de sa poche et envoya un rapide message pendant qu'Oanen racontait ce dont nous avions été témoins durant ces dernières heures.

— Où est Aubrey à présent ? demanda monsieur Quill.

— Je lui ai dit d'aller rendre des comptes à Raiden.

Madame Quill s'avança un peu plus dans la pièce. Elle l'embrassa sur la joue, puis se tourna vers moi.

— Megan, je t'en prie, assieds-toi. Désires-tu quelque chose en attendant qu'Adira arrive ?

— Non, merci.

Je m'installai, plus nerveuse que jamais. Oanen me rejoignit, s'asseyant sur un accoudoir de mon fauteuil. Étonnamment, son geste m'apaisa au lieu de me faire paniquer.

Son père s'avança lentement, son attention rivée sur le message qu'il tapait sur son téléphone. Quand il releva la tête, il poussa un profond soupir.

— Adira arrive avec Raiden.

— Raiden ? demandai-je. Pourquoi pas Trammer ?

Ce mec se baladait partout, tuant des gens, et nous l'avions vu. De quelle autre preuve avaient-ils besoin ?

La mère d'Oanen tendit la main pour la poser sur la mienne. Un calme apaisant m'envahit. Pas du même genre qu'avec Eliana, mais presque.

— Tout se passera bien. Nous nous occuperons des crimes de Trammer. Mais ce n'est pas la plus grande menace pour le moment.

— Comment ça ? Juste parce que ses victimes sont des humains et non des gens comme nous ?

Je parvenais tout juste à retenir mon ressentiment.

Sur ces entrefaites, Eliana arriva dans la pièce d'un pas traînant, en se frottant les yeux.

— Trammer tue des gens ?

— Et Aubrey les mange, ajouta Oanen.

Madame Quill ne se détournait toujours pas de moi.

— Il y a une raison si la consommation de chair est contraire à nos lois. Elle change la nature de la créature. Elle la rend plus violente. Elle lui donne envie d'en avoir encore plus, à n'importe quel prix. Quitte à risquer d'exposer notre monde aux humains. Pour la plupart d'entre nous, consommer la chair n'a aucun attrait. Ça ne représente aucune tentation. Mais ce n'est pas le cas pour d'autres. Nous voulons nous assurer qu'Aubrey est la seule à avoir succombé et que son problème sera traité de façon appropriée, afin que ses actions n'incitent pas les autres à faire de même.

Je comprenais ce qu'elle essayait poliment de m'expliquer. Ils avaient besoin de mettre la main sur Aubrey pour qu'elle ne répande pas ses idées folles. C'était peut-être un peu tard pour cela, étant donné que ça faisait un moment que le premier corps avait été découvert, mais je gardai cette objection pour moi.

Les yeux de la mère d'Oanen brillèrent avec amusement, comme si elle savait ce que je venais de penser. Je retirai lentement ma main et elle sourit.

Eliana nous rejoignit et s'assit sur l'autre accoudoir de mon fauteuil. La mère d'Oanen tendit le bras et passa une main apaisante sur le bras nu d'Eliana.

— Tu devrais dormir, mon cœur, lui dit-elle.

Elles n'étaient peut-être pas mère et fille par le sang, mais je voyais clairement l'affection qu'elle avait pour sa protégée.

— Je vais bien. Je veux savoir ce qui se passe.

Un portail brillant s'ouvrit près de l'entrée, attirant notre attention. Adira et Raiden en sortirent. Le regard dur et argenté du vieil homme balaya la pièce et se posa sur moi.

— Es-tu sûre qu'il s'agissait d'Aubrey ? demanda-t-il sans préambule.

— Oui, répondis-je avant Oanen. J'ai reconnu sa fourrure blanche quand elle était un loup, puis je l'ai vue sous forme humaine également.

Les épaules de Raiden semblèrent s'affaisser un petit peu.

— Nous avons besoin de savoir si c'était sa première fois, dit monsieur Quill, ou s'il y a d'autres responsables pour les autres incidents.

— Je suis d'accord, répliqua Raiden.

— Comment avez-vous pu passer à côté quand vous l'avez interrogée au sujet du meurtre ? demanda madame Quill sans se retenir.

— Je n'ai pas questionné les jeunes qui n'ont pas la marque, puisque l'humain a été tué à l'extérieur d'Uttira. Maintenant que nous savons ce que Trammer faisait, je les interrogerai tous.

— Bien. Peut-être devriez-vous instaurer une interdiction de courir seul tant que ce ne sera pas résolu. Si d'autres ont goûté à la chair, nous ne voulons pas qu'ils se mettent en chasse pour en avoir plus, intervint monsieur Quill.

Raiden hocha sèchement la tête et le père d'Oanen regarda Adira.

— Étant donné le nombre de morts, j'ai l'impression que ce ne serait pas sage d'attendre jusqu'au matin pour questionner Trammer.

— En effet, approuva Adira.

— Je suis d'accord, renchérit Raiden. Je crois que ma présence ici n'est pas plus nécessaire que ma présence auprès de la meute à présent. Avec votre permission, je vais rentrer et commencer à chercher les réponses moi-même, pendant que vous conduirez l'interrogatoire avec l'agent de liaison.

Monsieur Quill hocha la tête et Raiden recula dans le portail.

— Je reviens dans un instant, annonça Adira avant de disparaître.

CHAPITRE VINGT-QUATRE

Le silence dans le bureau devint tellement oppressant qu'il me faisait presque mal aux oreilles. Que fichait le Conseil avec Trammer ? Personne ne semblait excessivement contrarié qu'il ait tué un membre de sa propre espèce. Pourquoi ? Et pourquoi personne ne parlait ? Était-ce à cause de ma présence ou parce que leur fils était assis à côté de moi, son pouce discret caressant mon dos de temps à autre ? J'espérais qu'ils n'aient rien remarqué. Qu'au lieu de ça, ils spéculaient sur les raisons qui avaient conduit Trammer à tuer ces humains. Ils devaient être au moins un peu curieux, n'est-ce pas ? Moi, je l'étais carrément.

Quand le miroitement revint enfin, les caresses d'Oanen cessèrent et je poussai un soupir de soulagement.

Trammer entra en premier, vêtu de son uniforme complet. La chemise était un peu froissée et ses cheveux n'étaient pas aussi bien arrangés que d'habitude. Sa simple vue fit bouillir mon sang, et seule la main d'Oanen sur mon épaule parvint à me retenir sur mon siège.

Le regard du policier tomba sur moi avant de se poser sur le père d'Oanen.

— Monsieur Quill, dit-il. Il semble qu'il y ait un problème ?

— Oanen et Megan ont vu ce que vous avez fait à monsieur Ryan ce soir.

Le comportement de Trammer changea du tout au tout. Il n'avait pas l'air inquiet, mais agacé.

— » Monsieur Ryan » ? Ce sac à merde a droit à des « monsieur » pour avoir vendu de la drogue dans notre ville, alors que le bon vieux Trammer brûle des corps pour nettoyer votre bordel ? Vos critères sont tellement foireux. Vous me traitez comme un inférieur, mais moi au moins, je ne suis pas un parasite qui n'existe que pour se nourrir des autres.

Ses yeux se posèrent directement sur Eliana. Elle poussa un petit cri blessé et je jetai un regard meurtrier à Trammer tout en serrant la main de mon amie. Ses doigts tremblaient sous les miens.

— Avouez-vous avoir tué monsieur Ryan ? demanda monsieur Quill.

— Incroyable, répliqua-t-il. Oui, je l'ai tué.

— Pourquoi ? C'est l'un des vôtres.

Enfin, pensai-je.

Trammer éclata d'un rire furieux.

— Aucun des hommes que j'ai tués ne faisait partie des miens, pas plus que je ne fais partie des vôtres, sale enfoiré ignorant.

— Ces hommes ? Et Camil ? demandai-je.

Il darda son regard accusateur sur moi.

— Tu penses sérieusement que j'ai tué cette fille ? Je n'avais aucune raison de le faire.

Il me jeta un coup d'œil méprisant avant de se tourner à nouveau vers le père d'Oanen.

— Camil est morte d'une overdose. L'homme que vous vouliez justement laisser partir est responsable de sa mort.

— Est-ce pour ça que vous l'avez tué ? demanda monsieur Quill.

Trammer ricana furieusement.

— Vous rejetez ceux que vous considérez comme des déchets pour maintenir la sécurité d'Uttira, mais votre regard est faussé. Ces types-là se nourrissent des humains, tout comme vous. Savez-vous ce qui se passe quand vous les renvoyez à leurs vies de dépravés ? Vous prétendez exister pour protéger l'humanité. Mais en laissant vivre cette ordure, vous condamnez à mort des centaines d'innocents. Vous n'êtes les protecteurs de rien, mis à part de votre intérêt personnel.

— Très bien, dis-je. Vous avez assassiné ces types pour protéger les autres et vous n'avez rien à voir avec le décès de Camil. Mais pourquoi rapporter les corps ici ? Pourquoi mettre Camil dans cette benne ?

Une fois de plus, il partit d'un grand éclat de rire.

— J'ai ramené le premier pour prouver que vous n'êtes que des animaux qui attendent de pouvoir nous tuer, nous les humains. Je ne sais pas qui a trouvé le corps, mais en tout cas il s'est bien régalé, malgré vos lois contre la consommation de chair. Camil, je ne l'ai pas touchée. Je l'ai vue après toi et je ne me suis rendu compte de ce qui était arrivé que lorsque Ryan a jeté un rapide coup d'œil à son dossier, que j'avais laissé dans la voiture durant le trajet. J'ignore qui l'a ouverte et s'est nourrie d'elle, mais il paraît qu'une fois qu'un loup goûte à la chair humaine, il ne peut plus s'empêcher d'en désirer plus. Ramener Ryan à l'intérieur de la barrière et le laisser dans la clairière m'a servi à le prouver. On sait tous que ce n'est pas moi le monstre ici. Ou du moins, pas le pire.

Il ne parlait que d'eux. De nous, en fait. Mais dans mon esprit, je ne voyais que le visage d'Aubrey le soir où j'avais découvert le corps de Camil. Elle avait essayé de me faire quitter la table d'Ashlyn et je l'avais envoyée chercher Fenris en vain. Elle aurait eu le temps et l'opportunité de trouver le corps de Camil avant moi. Elle aurait aussi déjà développé un goût pour la chair humaine, se forgeant d'excellentes raisons pour tenter de me piéger pour meurtre. Tout ça à cause de la jalousie ?

Ma tête commençait à me faire mal. Lorsque j'essayais de voir au-delà de la colère de la furie, je ne savais pas quoi penser. Aubrey s'était perdue dans sa jalousie et son instinct. Mais Trammer ? Certes, il avait tué des gens, mais ce n'étaient que des types qui avaient fait du mal à d'autres personnes. Ce n'était pas qu'un simple justicier, il portait un insigne.

— Étant donné vos déclarations, nous n'estimons plus que vous avez à cœur les intérêts de tous les humains comme votre fonction l'exige. Ainsi, vous n'êtes plus convenable pour le poste d'agent de liaison humain.

Trammer ricana.

— En condamnation, vous aurez la mémoire effacée et vous serez expulsé de la ville.

Ils comptaient donc lui faire tout oublier d'Uttira et le renvoyer dans le monde réel ?

— Attendez, dis-je. Qu'en est-il d'Ashlyn ?

— Était-elle impliquée dans vos actes ? demanda monsieur Quill.

— Bien sûr que non ! répliqua violemment Trammer.

— Ce n'est pas ce que je voulais dire, intervins-je. Que lui arrivera-t-il si la mémoire de Trammer est effacée ?

— Elle gardera ses responsabilités ici.

— Elle n'aura pas le droit de le suivre ? C'est son oncle. De ce que j'ai compris, elle n'a pas d'autre parent. Elle n'a personne d'autre.

— Tu n'as pas écouté ? rétorqua Trammer. Ils ne font que prétendre se préoccuper des humains. Ce n'est qu'une façade.

— Ce n'est pas vrai, Trammer. Le Conseil continuera de pourvoir à ses besoins comme il l'a toujours fait, dit Adira.

— Alors, elle n'a pas le choix ? demandai-je.

— Si elle décide de partir elle aussi, sa mémoire sera également effacée, expliqua Adira. Mais puisqu'elle vit ici depuis trois ans, ce serait une expérience traumatisante.

— Mais cela ne devrait-il pas être sa décision ? Et si elle choisit de rester, ne devriez-vous pas la faire venir pour qu'elle puise parler à son oncle et au moins lui dire adieu ?

Une partie de la colère de Trammer disparut de ses traits.

— Megan, peut-être que vivre dans le monde réel t'a aidée à devenir plus humaine. Ne les laisse pas tuer cette partie de toi.

Avec une vitesse que je ne pus anticiper, il attrapa son arme dans son étui et posa le canon sur sa tempe.

— Garde un œil sur elle, me dit-il.

La soudaine explosion de bruit et de matière cérébrale me fit sursauter. Trammer s'écroula au sol. Je dévisageai l'amas devant moi tandis qu'Eliana se penchait dans mes bras et commençait à pleurer. Tout en lui caressant les cheveux d'un air absent, je levai les yeux vers les adultes. Ils échangèrent un regard, mais aucun d'eux ne semblait bouleversé outre mesure par le fait qu'un autre humain avait perdu la vie.

Garde un œil sur elle.

Il avait dit cela en me regardant. Je savais qu'il parlait d'Ashlyn. Comment pouvait-il l'abandonner comme ça ? Exactement comme quand ma mère m'avait abandonnée.

— Les enfants, dit monsieur Quill. Je pense qu'il est temps que vous alliez vous coucher. Nous discuterons plus amplement demain matin.

Je n'arrivais pas à croire qu'il nous disait d'aller au lit alors que le corps de Trammer tressautait encore sur le sol.

— Et Aubrey ? demandai-je.

— Nous informerons Raiden de la confession de Trammer et son cas sera traité en fonction. Maintenant, partez. Aidez Eliana à se mettre au lit.

Cette dernière tremblait contre moi. Peut-être qu'il valait mieux partir. Je remis Eliana sur pieds et regardai monsieur Quill.

— Je pense qu'Aubrey m'a envoyé un message depuis le téléphone de Camil pour m'attirer dans la ruelle ce soir-là. Raiden devrait lui poser la question.

Dans mon cœur, je savais que ma mère n'était pas revenue, mais j'avais besoin de la confirmation.

Monsieur Quill acquiesça, et avec le visage d'Eliana enfoui dans mon épaule, je dépassai le corps étendu de Trammer.

— Laisse-moi la prendre, dit Oanen.

Il hissa Eliana dans le creux de ses bras et se dirigea vers la porte. Je suivis lentement, faisant une pause dans l'encadrement pour regarder derrière moi. Je ne pouvais m'empêcher de penser aux derniers mots du policier.

— Et Ashlyn ? demandai-je.

— Je lui annoncerai demain matin, répondit Adira. Nous lui donnerons le choix, comme tu l'as suggéré.

— Dites-nous ce qu'elle aura décidé. J'aimerais lui dire au revoir si jamais elle préfère s'en aller.

Adira acquiesça et je partis rattraper Oanen.

Ils n'étaient qu'à quelques pas derrière la porte.

— Oanen, pose-moi, dit Eliana. Je ne voulais pas le voir, c'est tout.

Oanen la posa au sol. Elle me regarda avec des yeux tristes.

— Au moins, tout le monde saura enfin que tu n'es pas une tueuse.

— Je n'en ai rien à cirer. Bon, ce sera sympa de ne plus être au centre de l'attention, mais je m'inquiète surtout pour Ashlyn maintenant.

— Ce qu'il a dit là-bas n'était pas vrai, déclara Oanen. Ils ne s'en fichent pas. Disons simplement que nous ne comprenons pas les humains comme vous deux. Comme lui. C'est pour ça que l'agent de liaison est nécessaire.

Il poussa un soupir saccadé.

— Pourquoi se donner la mort ?

— Je l'ignore, répondis-je. Peut-être la honte. Il était en colère et se rebellait, jusqu'à ce que je parle d'Ashlyn. Il ne voulait probablement pas qu'elle sache ce qu'il avait fait. Que ce soit justifié ou non, il tuait des gens en secret. Ce n'est pas quelque chose que les humains rationnels font en temps normal.

— Et maintenant Ashlyn est toute seule, commenta Eliana.

— Non. Elle nous a nous, si elle le veut. On gardera un œil sur elle.

Le succube se frotta le front.

— Je ne pourrai jamais oublier ça. Je suis fatiguée, mais je sais que je ne serai pas capable de m'endormir.

— Tu veux venir chez moi ? Peut-être qu'un changement de paysage t'aidera.

— Je ne pense pas. Allons regarder un film dans notre salon, répondit-elle en se tournant vers Oanen.

— Vous avez votre propre salon ?

Elle sourit légèrement et m'attrapa la main.

— Viens voir.

Elle me conduisit dans une grande pièce au second étage. Ce n'était pas seulement un salon. Il y avait une kitchenette avec un grand réfrigérateur, une table de billard, deux larges écrans de télévision au fond de la salle connectés à toutes les consoles de jeux connues du monde humain, ainsi qu'un autre écran à l'avant, entouré d'un long canapé et de deux causeuses.

— Bordel de merde. Pourquoi est-ce qu'on traîne toujours chez moi, en fait ?

Je m'assis sur le canapé pendant qu'Eliana parcourait la sélection des films payants. Oanen m'apporta une bouteille d'eau et un grand paquet de chips avant de s'installer à côté de moi. Eliana se posa de l'autre côté.

Le film démarra. Je grignotais mes chips et regardais l'écran sans vraiment le voir. J'étais fatiguée. Eliana également, car elle s'endormit sur mon épaule en quelques minutes. Oanen, à côté de moi, ne semblait pas perturbé par le manque de sommeil.

Dès que je terminai mon paquet, il prit l'emballage et vida la bouteille pour moi. Je m'affaissai sur son siège et fermai les yeux tout en l'écoutant jeter le tout à la poubelle. J'étais contente de ne pas être seule, car tout ce que je voyais derrière mes paupières closes, c'était du rouge.

J'avais chaud. Vraiment trop chaud. Mais je ne transpirais pas. Toute cette chaleur était en moi, se développant de plus en plus jusqu'à me mettre mal à l'aise. Cela n'avait rien à voir avec mon humeur et tout à voir avec Oanen, le meilleur oreiller du monde.

Sa main était posée dans mon dos comme pour me maintenir contre les muscles de son torse. Ma joue était calée contre sa chemise, juste au-dessus de son cœur. Savoir qu'il était réveillé empirait la situation. Tout comme la sensation de son autre main qui lissait mes cheveux.

Je levai la tête et cherchai Eliana sans la trouver. Oanen et moi étions couchés ensemble sur le grand canapé. Seuls.

— Comment on en est arrivés là ? demandai-je en croisant enfin son regard.

— Maman dirait que Freya a répondu à mes prières. Papa dirait que c'est Héra.

Ses prières ? La chaleur me monta aux joues.

— Et toi, tu dirais quoi ?

— Que je me préoccupe seulement de ce que tu répondras, dit-il. Tu sais à quoi sert ta colère à présent, et tu sais que je n'en ai pas peur. Arrête de te cacher de la vie et commence à la vivre.

Son regard ferme se riva au mien.

— Réponds oui, dit-il doucement.

Il me demandait de le laisser entrer. Je savais que je devais me lever. Que je devais trouver une excuse expliquant pourquoi cela ne fonctionnerait pas, puis m'en aller. Mais je n'y parvins pas.

— Et si je te fais du mal ?

— Alors, c'est que je l'aurais probablement mérité.

— Et à quoi je dirais oui, exactement ? Sortir ensemble ? Être ta petite amie ?

— Bien sûr. On peut commencer par ça.

La chaleur tourbillonna en moi, créant une douleur inconfortable.

— J'y réfléchirai, répondis-je avant de m'écarter de lui.

— Timing parfait, déclara sa mère en entrant dans la pièce. J'étais sur le point de venir vous réveiller. Eliana a proposé de préparer le petit-déjeuner pendant que nous discutons.

Oanen se leva et marcha à mes côtés tandis que nous traversions les nombreux couloirs. J'aurais dû songer à ce dont madame Quill voulait parler, mais mon esprit refusait de lâcher la conversation que je venais d'avoir avec Oanen. Allais-je vraiment sortir avec lui ? Étais-je prête à risquer de lui éclater la tête à nouveau, à voir ses yeux remplis de haine ou de dégoût ? Rien que d'y penser, mes tripes passaient du chaud au froid. Je m'efforçai de me changer les idées.

Adira et le père d'Oanen étaient déjà prêts dans le bureau, attendant notre arrivée.

— Bonjour, Megan. As-tu bien dormi ? demanda la coordinatrice tandis que madame Quill rejoignait son mari sur le canapé.

— Assez bien. Comment va Ashlyn ?

Oanen me conduisit vers un fauteuil et se percha sur l'accoudoir lorsque je m'installai. Sa proximité ne facilitait pas ma concentration sur la réponse d'Adira.

— Elle est bouleversée par les événements qui se sont produits et la mort de son oncle, et pourtant elle a choisi de demeurer à Uttira. Nous songeons à la mettre sous tutelle, mais pour l'instant elle restera dans la maison qu'elle connaît. Je lui ai fait part de tes inquiétudes à son sujet.

— Merci. Et Aubrey ?

J'avais besoin de savoir que le Conseil avait fait quelque chose en ce qui la concernait. Elle n'avait peut-être tué personne pour l'instant, mais son degré de malveillance signifiait probablement qu'elle n'en était pas loin.

— C'est Aubrey qui t'a envoyé le message depuis le portable de Camil. Elle a récupéré ton numéro sur celui de Fenris. Puisqu'elle ne possède pas la marque et qu'elle n'a pas tué de ses mains, le Conseil ne l'a pas condamnée à mort. Néanmoins, la meute l'a condamnée au reconditionnement. Elle a été écartée d'Uttira et elle ne reviendra pas tant qu'ils ne la considéreront pas comme guérie.

— Est-ce suffisant ? demandai-je.

Je ne demandais pas qu'on l'abatte, toutefois je n'avais clairement pas envie qu'elle remette les pieds ici pour faire de ma vie un enfer.

— La meute pense que oui. Le premier corps trouvé était accidentel. Elle était jalouse et en colère contre toi à cause de l'intérêt de Fenris, et elle a traîné le cadavre jusque chez toi pour te faire accuser de meurtre. Cependant, elle n'a pas pu résister à l'attrait de la chair humaine après le premier kilomètre.

— Berk. Je ne prendrai pas de petit-déjeuner maintenant.

— Je suis navrée.

— Bon, alors pour Ashlyn, c'est bon. Pour Aubrey, toujours pas, mais c'est géré. Que se passe-t-il ensuite ?

— Ensuite, nous parlons de cette semaine loin de l'académie. Tu as manqué plusieurs cours, mais tes notes en ligne n'ont reflété aucun changement négatif.

— Sans vous offenser, tous les cours auxquels je suis inscrite sont inutiles. Je sais déjà commander une pizza sans tuer le livreur. Me mélanger au monde humain ne sera pas un problème pour moi. Me mélanger à celui-ci, un peu plus. Je ne sais rien des créatures qui existent ni de ce dont elles sont capables. Si je vis dans ce monde, ne devrais-je pas en apprendre plus à son sujet ?

— Je suis d'accord.

Elle regarda les Quill.

— J'aimerais que Megan ait accès à la bibliothèque de l'académie.

— C'est entendu, répondit madame Quill.

— Qu'y a-t-il dans la bibliothèque ?

— La collection la plus étendue d'informations écrites sur notre création et notre histoire. Pendant que les autres élèves auront cours, tu pourras lire ce que tu veux à la bibliothèque.

— Cette autorisation n'est pas gratuite, Megan, dit monsieur Quill. Nous souhaitons que tu remplisses temporairement les fonctions d'agent de liaison avec les humains jusqu'à ce que nous dénichions un remplaçant. Les informations que tu obtiendras à la bibliothèque te seront utiles pour comprendre à qui tu auras à faire quand tu occuperas ton nouveau poste.

— Vous voulez que je sois agent de liaison ? Pourquoi ? Je croyais que c'était le travail d'un humain.

— Ça l'est, et ça le sera. Cependant, après la nuit dernière, tu as prouvé que tu avais aussi les intérêts des humains à l'esprit. Tu possèdes l'expérience requise pour remplir ce rôle à court terme.

— Et tu continueras à me prévenir chaque fois que ta colère éclatera, ajouta Adira.

Les trois adultes m'observèrent, attendant une réponse de ma part.

— D'accord, dis-je.

Les Quill se levèrent.

— Nous espérons que tu nous rejoindras pour le petit-déjeuner, Adira.

— Merci. Avec plaisir.

Ils quittèrent la pièce, mais la coordinatrice ne bougea pas de l'endroit où elle se tenait. Son regard alternait entre Oanen et moi.

— As-tu finalement accepté sa protection ? me demanda-t-elle.

— Protection ? répétai-je, confuse.

— Les humains appellent ça « sortir ensemble », corrigea Oanen.

— Ah. C'est bien. Aucun de nous n'est fait pour vivre seul. Pas même les furies.

Elle commença à marcher vers la porte, mais elle fit une pause et se retourna.

— Oh, et n'entre plus par effraction dans mon bureau. Je ne pardonnerai pas une deuxième tentative.

J'ouvris grand la bouche et elle disparut.

— Je t'avais prévenue qu'elle le saurait, déclara Oanen.

Je fermai la bouche et lui jetai un regard acerbe.

— Cette relation ne marchera pas si tu me lances des « je te l'avais dit » chaque fois que j'ai tort.

— Prévois-tu d'avoir souvent tort ? demanda-t-il, souriant malgré lui.

— Non.

— Alors, laisse-moi profiter de mon moment.

Il me tira la main, me rapprochant de lui, liant ses doigts aux miens. Mon cœur battait la chamade dans ma poitrine à ce simple contact.

— Tu ne regretteras pas d'avoir accepté, dit-il.

— Je n'ai pas accepté, j'ai dit que j'y réfléchirais.

Il sourit légèrement.

— Je suis optimiste.

Je ricanai.

— Ce n'est pas le mot que j'utiliserais pour te décrire.

— Quel mot utiliserais-tu ?

— Obstiné.

Il éclata de rire.

— Allez. Il faut que tu manges et que tu découvres quelles sont les missions qui t'attendent aujourd'hui en tant qu'agent de liaison.

— Ils vont déjà me donner des trucs à faire ? Je pensais que ça consistait juste à harceler les délinquants.

Il prit un air légèrement plus sérieux.

— Maintenant que tu sais ce que tu es, ils souhaiteront t'utiliser de façon à ce que tu remplisses le rôle que tu es destinée à remplir.

— Comment ça ?

— Tu es faite pour trouver et punir les êtres malfaisants. Ils vont te vouloir au Conseil.

— Ce qu'ils souhaitent et ce qu'ils obtiendront seront probablement deux choses bien différentes. Je n'ai même pas encore mon diplôme.

— C'est ce qu'on verra.

NOTE DE L'AUTEUR

Merci d'avoir lu *Instinct Furieux*, premier tome de la série *Le Livre de Megan* ! Je suis tellement enthousiaste à l'idée de vous transmettre l'histoire de Megan en français. Si vous avez aimé ce premier roman (ou même si vous l'avez détesté !), merci de poster un avis. Je ne pourrais jamais vous dire à quel point les commentaires font la vie d'un livre. Ils entretiennent l'intérêt des lecteurs, ce qui me permet de savoir si je dois continuer d'investir dans la traduction.

L'histoire de Megan n'est pas terminée ! La trilogie se poursuit avec le deuxième tome, Divine Fury (à venir !).

Si vous avez aimé *Instinct Furieux* et souhaitez connaître les dates de sortie, n'oubliez pas de vous inscrire à ma newsletter sur melissahaag.com/subscribe. Vous pouvez également me suivre sur Amazon et BookHub pour recevoir des alertes sur les nouvelles sorties.

Laisser un commentaire est l'une des meilleures façons de soutenir un auteur. Votre avis pourrait être celui qui persuadera d'autres lecteurs de choisir un roman que vous avez adoré (ou détesté). De plus, les commentaires augmentent la visibilité du livre sur les sites de vente. Merci de songer à en laisser pour aider mes romans à rester visibles !

9 781943 051373